Jingle Bowels

Colja Nowak

Colja Nowak
Eppendorfer Baum 32
20249 Hamburg
Deutschland

Danke an ...

Meine Mutter und meine Schwestern, dafür, dass ihr mich immer unterstützt habt und mit all dem Scheiß gelebt habt, den man seiner Familie über die Jahre so zumutet. Layla, auch wenn du nicht stillhalten wolltest, manchmal ist es schwer zu verstehen, was der seltsame Mensch von einem will (übrigens benannt nach dem Charakter, nicht umgekehrt).

Meine Freunde und Kollegen, die mir tatkräftig zur Seite standen: Hakan, Yvonne, Emilia, Christin, Patrycia, Rodrigo, Kati und Linda (die die frohe Kunde in einer öffentlichen Lesung vor unschuldigen Zuhörern verbreitet hat). Nina, für den kreativen Input. Ganz besonders auch Sara, du bist dieses Jahr schon dreimal gestorben und stehst immer noch. Inspirierend! Du Zombie!

An LIZZIE_BATHORY_LALAURI, für die netten Worte, die öffentliche Werbung und dafür, dass du einen Hashtag aus mir gemacht hast. Ich war zwar immer der Meinung, dass man nichts Größeres erreichen kann, als eine Actionfigur zu werden, aber ein Hashtag ist auch was Schönes.

Aus denselben Gründen auch an jen_loves_reading_books (www.diebuchfluesterin.com/blog). Wisst ihr, Promotion für sich selbst zu machen, fühlt sich irgendwie an wie öffentliches Masturbieren, falsch und unangenehm. Eine helfende Hand ist dabei wirklich gut. Und weil das jetzt so komisch klingt, bleibt es so stehen.

Danke auch an Simon Pfleger, bin gespannt auf deine erste Veröffentlichung.

Wo ich gerade bei Instagram bin, ganz großen Glückwunsch an Martin Gresch für deinen Erfolg mit Exit-Strategie. Schön zu sehen, dass ein gewagtes Debüt, abseits von kommerziellen Formeln, so eine positive Resonanz bekommt. Ja, das ist eine Kaufaufforderung an alle, die das hier lesen!

Diese Geschichten sind unter dem massiven Einfluss von Heaven Shall Burn, Despised Icon, Anaal Nathrakh und Mayhem entstanden. Danke für die Musik!

Sollte sich jemand fragen, ob gewisse Geschichten oder eine ganz spezielle Figur autobiographische Züge tragen ... Kein Kommentar ...

Inhaltsverzeichnis

Hundsweihnachten

Tag 1

Was bist du?

Sobald ich mich bewege, macht sie es mir nach!

Wenn ich zur Seite gehe, folgt sie mir und verschwindet dann plötzlich! Wir stehen Nase an Nase, aber ich kann sie nicht riechen!Ich hebe meine Pfote und versuche sie zu berühren. Sie versucht es auch ... ich kann sie nicht spüren! Sie treibt mich zur Verzweiflung, ich werde sauer und will sie beißen.

AUA!

Unsere Schnauzen werden von irgendetwas Harten getrennt. Ich versuche von beiden Seiten zu ihr zu laufen, aber da ist sie nicht.

Erst mal ein paar Schritte zurück! Sie macht es mir wieder nach, das freut mich, ich fange an zu wedeln, sie auch.

Moment mal!

Bin ich das?

Ja, das bin ich!

Das sind meine großen Augen, meine schwarze Nase!

Zur Sicherheit fletsche ich die Zähne.

Ja, das bin wirklich ich! Ich habe mich schon vorher selbst gesehen, mein Alpha hat mich vor so ein Ding gehalten, in dem wir beide dann plötzlich drinnen waren.

»Das ist ein Spiegel du blödes Vieh«, sagt Alphas Weibchen zu mir, sie zerrt an meiner Leine. Sie ruiniert mir den ganzen Tag! Eigentlich ist jetzt Schlafenszeit, ich bin Müde. Ihretwegen habe ich auch meine Spielzeit verpasst, ich hasse es, wenn man meinen Tagesablauf durcheinanderbringt. Wir sind schon den ganzen Vormittag spazieren, ich kann nicht mehr. Wir haben den falschen Weg genommen, ich hasse es, wenn wir den falschen Weg nehmen. Draußen ist es schrecklich, überall liegt dieses weiße, kalte Zeug und klebt mir im Fell. Zuerst war es ja lustig darin rumzuspringen, aber dann hat sie mich weggezogen. Mir ist kalt und ich bin nass!

Eigentlich wäre es auch an der Zeit mich zu füttern. Wenigstens verwandelt sich der weiße Kram in Wasser, wenn man ihn in den Mund nimmt.

Warum hat sie mich so weit von unserer Höhle weggebracht? Ist sie verrückt? Es macht keinen Sinn, Feinde könnten unsere Spur aufnehmen und versuchen uns im Schlaf zu fressen!

Menschen machen oft keinen Sinn!

Was kauft sie da eigentlich? Holzstöcke mit langem Fell vorne dran. Könnte Spielzeug für mich sein, aber eigentlich hat sie mir noch nie welches geschenkt. Sie hat auch Rollen, damit könnte ich etwas anfangen. Wofür die lange Stange und die Plastikdecke sein sollen, verstehe ich aber nicht.

»Oh wie süß, wer bist du denn?«, kreischt eine Frau mich an.

»*Ich kann nicht sprechen*«, denke ich und gucke zur Seite, damit ich sie nicht sehen muss. Sie hat seltsame Schuhe an, hinten so hoch, damit kann man bestimmt nicht jagen oder fliehen! Ihr Gesicht ist bemalt, viel mehr als das von Alphas Weibchen und sie riecht komisch. Sie hat etwas Seltsames an der Leine, es sieht aus wie eine mutierte Ratte.

»Was ist das denn für einer?«, fragt sie Alphas Weibchen aufgeregt. Wenn sie einen Schwanz hätte, dann würde sie bestimmt wild wedeln.

»Ein Rauhaardackel.«

»Wie niedlich! Guck mal kleiner Dackel, das hier ist Keisha, sie ist ein Chihuahua!«

Ein Verbrechen an der Natur, das sie!!! Ich wende meinen Körper ab, ich möchte nichts mit einem aufgeblasenen Hamster zu tun haben! Wenn er näher kommt werde ich ihn beißen!

Endlich gehen wir nach Hause! Nein! Nicht den Weg!

Hier hat jemand dieses weiße Pulver auf das kalte Zeug gemacht, das was sie in der Höhle auf ihr Essen streuen. Es brennt an meinen Pfoten. Ich bleibe stehen und hebe meine Pfoten um es ihr zu zeigen, aber sie versteht nicht und zieht mich weiter!

Was hat sie gegen mich?

Vielleicht ist sie immer noch wütend, weil ich versucht habe aus ihrer Zitze zu trinken, als Alpha mich ins Bett gelassen hat. Aber ich wollte ihr doch nicht wehtun, ich war noch so klein und wusste es nicht besser. Milch hatte sie eh nicht!

Oder sie ist böse, weil ich den Kasten mit den bewegten Bildern umgeworfen habe. Da waren Hunde drinnen, die gekämpft haben. Ich wollte mitmachen und sie beißen, da ist er umgefallen.

Ich rieche etwas, ich kenne den Geruch und gucke in die Richtung, in die die Fährte führt, wieder reißt sie mich weg.

***

Alpha ist von der Jagd zurückgekommen und sitzt mit seinem Weibchen beim Fressen. Ich liebe ihn, aber er ist kein guter Jäger und bringt fast nie etwas mit. Sein Weibchen fängt das meiste Essen. Sie ist auch nie so lange auf der Jagd. Aber er spielt wenigstens mit mir, streichelt mich und vergisst nie mich pünktlich zu füttern. Er hat mich von meiner Mutter und meinen Geschwistern geklaut, da war es noch warm draußen. Ist aber nicht schlimm, Mama mochte uns eh nicht mehr so gerne.

Ich heule laut.

»Ruhe!«, schreit das Weibchen.

Ich brauche doch nur Hilfe! Ich bin unter der Couch gefangen!

Oben auf dem Schrank lauert die Katze, sie ist sauer, weil ich ihr Essen probiert habe. Ich wollte ja nicht alles haben, trotzdem hat sie mich geschlagen. Jemand muss mich vor ihr beschützen! Vielleicht sollte ich gegen sie kämpfen, ich bin jetzt größer geworden und habe neue Zähne bekommen. Wenn sie nur nicht so schnell wäre! Die Katze gehört dem Welpen der beiden, oder Tochter wie sie es nennen. Die Tochter hat sich eine eigene Höhle gesucht, bevor ich gekommen bin. Katze musste hier bleiben, hat Alpha gesagt.

Heute war ein schrecklicher Tag! Als wir wieder in die Höhle gekommen sind, ist Weibchen stundenlang aufgeregt durch die Gegend gerannt, um alles zu putzen. Später hat sie die Plastikdecke im Tochterzimmer ausgebreitet und neue Farbe an die Wände geschmiert. Als ich zu ihr gegangen bin, um mir eine der Rollen zu nehmen, hat sie wieder geschrien und mich verjagt. Sie hat gesagt, dass sie mich einschläfern lässt. Keine Ahnung was das bedeutet, aber es klingt nicht gut. Natürlich hat sie auch wieder meine Fress- und Spielzeit vergessen. Das hat sie die letzten Tage schon. Da lag sie nur auf der Couch, hat an die Wände gestarrt und geweint. Kein Wunder, dass Katze schlechte Laune hat, ihr geht es auch nicht besser als mir.

Später ist etwas Seltsames passiert. Alpha hat einen Baum in die Höhle gebracht! Sie haben ihn da hingestellt, wo mein Körbchen hingehört. Es steht jetzt auf der anderen Seite des Raums, das gefällt mir nicht.

Das war mein Platz! Ich mag es nicht, wenn sie ihn verändern. Von da kann ich den Eingang nicht bewachen. Die Couch haben sie auch verschoben, nicht viel, aber genug, dass es mich stört.

Eigentlich waren die ganzen letzten Wochen furchtbar, so viele Veränderungen. Sie haben Bilder und blinkende Lichter in die Fenster gemacht. Überall brennt offenes Feuer, sie haben sogar einen Kreis aus den Ästen von einem Baum gemacht und Feuer reingesteckt. In der Höhle sollte es keine offenen Flammen geben, das ist gefährlich! Katze hat auch Angst. Alpha hat etwas an die Wand gehängt, wo ein Bild von einem anderen Dackel drauf ist. Jeden Morgen öffnet er eine Tür und holt sich etwas zu fressen raus. Alles sehr seltsam!

»Wie gefällt dir die neue Farbe?«, fragt sie Alpha.

»Ganz toll, ein grünes Zimmer habe ich mir immer schon gewünscht!«

»Ich dachte, du möchtest dir vielleicht ein Arbeitszimmer einrichten, oder einen Hobbyraum.«

»Ja, tolle Idee, ich arbeite ja noch nicht genug, da kann ich zu Hause ruhig weitermachen oder?«

Das Weibchen starrt auf ihren Teller und schweigt einen Augenblick.

»Ich dachte auch eher an einen Hobbyraum, du könntest deine Modelleisenbahn aus dem Keller holen.«

»Benutz ihn doch für dein Hobby und richte dir ein Bügelzimmer ein. Oder noch besser, einen Fitnessraum, dann musst du nicht den ganzen Tag auf der Couch sitzen und stricken. Dein Hintern ist auch nicht mehr das, was er mal war!«, sagt Alpha und lacht sie aus.

Tag 2

»Du wirst eingeschläfert!«

Sie bedroht mich wieder, gleich beiße ich!

Den ganzen Vormittag hat sie wieder auf der Couch gelegen und ins Nichts gestarrt. Das Zimmer hat sie nicht weiter angemalt und wieder vergessen, dass ich raus muss. Also bin ich unter den Baum gegangen. Natürlich bin ich das, warum sollten sie sonst einen Baum in die Höhle stellen? Ich dachte, das ist meine neue Toilette, damit ich draußen nicht frieren muss. Sie war so wütend, dass ich sogar einen Schnauzstoß probiert habe. Weil ihre Schnauze so weit oben ist, habe ich versucht an ihrem Bein hochzuklettern, sie hat mich einfach getreten.

Mich! Getreten!

»Mein Teppich du Mistvieh!«

Dein Teppich! Die Flecken, die du mit deinem roten Wasser draufgemacht hast, stören dich auch nicht. Widerlich riecht das!

Das komische Ding macht wieder Geräusche, sie hält es an ihr

Ohr und spricht mit ihm.

»Ich kann nicht mehr Mama! Ich halte es nicht mehr aus! Es gibt Tage, an denen ich nicht mal mehr aufstehen kann. Ich hätte Ärztin werden können, die Welt bereisen!«

Das Ding an ihrem Ohr scheint zu antworten. Es flüstert, ich kann nichts verstehen, weil sie wieder weint. Das ist mir zu dumm, ich nehme mir mein Schwein und gehe auf den Flur.

***

Alpha ist zurück, er hat lange mit mir gespielt, danach waren wir draußen. Er hat mir eine Schachtel mitgebracht, die er Weihnachtsgeschenk nennt. Sie ist silberfarbend und glänzt, auf ihr sind bunte Bilder von Knochen. Ich darf sie erst haben, wenn Heiligabend ist, was auch immer das sein soll. Jetzt steht sie auf dem Schrank.

»Was da wohl drinnen ist?«, hat er gefragt und sie vor meiner Nase geschüttelt. Das frage ich mich auch!

Alpha frisst jetzt, das Weibchen sitzt ihm gegenüber, aber rührt ihr Fressen nicht an. Vielleicht ist sie krank, hoffentlich! Vorhin hat sie das Fleisch verprügelt und in Pulver gewälzt, bevor sie es heißgemacht hat.

»Na, hast wieder einen so anstrengenden Tag gehabt, dass du keine Zeit zum Putzen hattest? Wie das hier aussieht. Weißt du, dein Leben hätte ich gerne!«, sagt Alpha, er fletscht die Zähne.

»Wollen wir morgen Fondue machen?«, fragt sie ihn.

»Na sicher, ein Weihnachtskarpfen oder eine Gans würden dir ja zu viel Mühe machen an Heiligabend, wo sollst du auch die Zeit hernehmen?«

»Es ist unser erstes Weihnachten ohne Marie, ich dachte, wir könnten etwas Geselliges machen, es ist so einsam ohne sie.« Das Weibchen hat nasse Augen.

»Dann such dir ein Hobby, einen Kochkurs vielleicht, das Fleisch ist knochentrocken. Hol mir mal den Ketchup!« Sie bewegt sich nicht und schaut ihn stumm an.

»Hallo!«, sagt Alpha lauter. Sie steht auf und geht an ihm vorbei.

Da ist nicht der kalte Schrank! Sie nimmt das Ding, mit dem sie das Fleisch verprügelt hat und sieht mich an. Will sie mich schlagen?Vorsichtshalber verziehe ich mich hinter die Couch. Sie jagt mich nicht, sondern schließt die Tür.

BUMM! Verprügelt sie noch mehr Fleisch?

BUMM, BUMM, BUMM! Irgendetwas Schweres fällt auf den Boden, dann klirrt es. Der Teller ist runtergefallen, ich kenne das Geräusch. Manchmal, wenn sie das rote Wasser trinkt, fällt das Geschirr hin. Dann kann man von der Erde fressen. Katze und ich rennen zur Tür und versuchen etwas zu riechen. Nichts Besonderes zu bemerken. Ich lege meinen Kopf schief, um besser hören zu können. Es ist sehr ruhig. Jemand setzt sich hin und atmet langsam. Wir pressen unsere Nasen an den Türspalt und versuchen es erneut.

Da, ein Geruch, ich kenne ihn!

Damals, bevor ich stubenrein war, kam er auch aus der Höhle über uns. Da hat ein sehr netter Mensch gewohnt, er hat mir Fressen geschenkt und mit mir gespielt. Ich durfte sogar sein Gesicht ablecken und seine Hände kauen. Er hatte auch ein hübsches Weibchen, für einen Menschen, die mich auch mochte. Einmal konnte ich hören, wie er in seiner Höhle gekämpft hat. Bestimmt war ein Räuber gekommen, danach hat es auch so gerochen. Ich glaube, er hat den Räuber getötet. Aber wenn jemand in unsere Höhle gekommen wäre, hätten Katze und ich das doch bemerkt?

GRRRRRRRR! Menschenschritte in der Küche!

Katze und ich gucken uns an. Wir ergreifen die Flucht, ich zurück hinter die Couch, Katze auf den Schrank und beobachten die Tür.

Tag 3

Wir warten seit Stunden darauf, dass sich die Tür öffnet, damit wir sehen, was passiert ist. Die Sonne geht schon auf. Die ganze Nacht kamen komische Geräusche aus der Küche.

Manchmal hat es laut geknackt, dann hat es so geklungen, als ob sie noch mehr Fleisch schneidet. Später hat es nach dem ganzen Zeug gerochen, mit dem sie Flecken wegmacht.

Die Tür öffnet sich!

Da ist das Weibchen!

»Na kommt ihr beiden! Ich habe was Feines zu fressen für euch!«, singt sie. »Na kommt!«

Ich habe Hunger, aber ich traue der Sache nicht. Katze macht den Anfang, springt vom Schrank und schleicht zu ihr. Sie wird alles alleine Fressen! Das kann ich nicht zulassen, also folge ich ihr lieber.

Weibchen steht mit zwei Schüsseln in den Pfoten über uns. Ihre Augen sind ganz groß, sie fletscht die Zähne. Was ist mit ihr passiert? Sie hat überall rote Farbe. In den Haaren, im Gesicht, auf ihrem Kleid, sogar an den Pfoten und unter ihren Krallen. Das ist doch Blut, es gehört in, nicht auf den Körper! Ich versuche zwischen ihren Beinen durchzugucken, um Alpha zu finden. Riechen kann ich ihn, aber nicht sehen.

»Schön auffressen!«, sagt sie und stellt die Schüsseln vor uns.

Rohes Fleisch! Es schmeckt hervorragend! Wofür belohnt sie uns?Nachdem wir die Schüsseln leergefressen haben, kriegt jeder von uns noch eine. Eigentlich bin ich satt, aber wer weiß, wann es wieder so gutes Essen gibt!

Wir sind fast fertig, als ich sehe, wie Weibchen den kalten Schrank öffnet. Plötzlich rieche ich Alpha viel stärker. Ich sehe Menschenhaare, eine Menschenpfote, der ganze Schrank ist vollgestopft.

Sie kommt zurück!

Nein!

Wir fressen Alpha!

Mir wird schlecht, ich muss würgen und spucke das Fressen wieder aus.

»Mistvieh!«, schreit sie und tritt mich so doll, dass ich aus der Tür rausrutsche. So schnell ich kann, rase ich zurück unter die Couch, Katze ist direkt hinter mir, sie legt sich ängstlich neben mich.

***

Sie hat Alpha getötet!

Warum? Vielleicht will sie selber das Rudel anführen? Alpha war mein Freund, ich habe ihn geliebt!

Katze und ich halten uns seit Stunden versteckt. Das Weibchen hat sich geputzt, sie scheint glücklich zu sein, sie singt und pfeift die ganze Zeit. Sie spricht wieder mit dem Ding an ihrem Ohr.

»Na mein Liebling, wie gefällt dir denn dein Urlaub? Ja, Papa geht es gut! Nein, er ist mit dem Hund spazieren! Wann landest du morgen? Dann komm uns doch übermorgen besuchen!«

Sie legt das Ding beiseite und kommt auf die Couch zu. Wir gucken uns ängstlich an.

BAMM!

Sie hat gegen die Couch getreten! Wir sind vor Schreck rausgerannt, sie hat uns in der Ecke eingedrängt.

»Bald kommt der nächste Leckerbissen für euch«, singt sie wieder, »und wenn ihr alle schön aufgefressen habt, kriegt ihr den Hammer zu spüren. So, kommt mit, Abendessen. Na los!«

Ich folge ihr zögerlich, Katze verliert die Nerven und springt auf den Schrank. Verräterin! Das Weibchen wird wütend. Sie schlägt und tritt gegen den Schrank. Sie rüttelt an ihm! Katze schreit ängstlich.

»Egal, dann gibt es mehr für dich!« Sie stellt zwei Schüsseln vor meine Schnauze. Ich will nicht noch mehr Alpha essen, ich heule leise und versuche sie so traurig wie möglich anzuschauen.

AUA!!!

Sie packt mein Genick und schüttelt mich heftig.

NEIN! NICHT MICH TÖTEN!!!

»Du frisst das jetzt auf!", brüllt sie und haut auf meine Schnauze. Ich mache, was sie sagt und würge ein Stück nach dem anderen herunter. Mein Körper zittert, ich kann nicht anders als zu jaulen.

»Ruhe und friss!«

***

Es ist Nacht, ich kann nicht schlafen, ich habe Angst. Was soll aus mir werden? Ich liege am Höhleneingang und warte darauf, dass sie sich öffnet. Aber das wird sie nicht. Wenn der nette Mann von oben noch dort leben würde, könnte ich um Hilfe bellen, bis er kommt. Er würde mich retten, er würde sie töten und mich befreien. Einmal ist ein großer Hund gekommen, ich durfte auf seinem Arm warten, bis er weg war. Er hat mir gesagt, dass ich vor nichts Angst haben muss, weil in mir ein Wolf steckt und ich mit Bären verwandt bin. Es wäre schön ein Rudel mit ihm zu bilden. Es war sein Geruch, den ich auf der Straße wahrgenommen habe, ich würde ihn finden, wenn ich rauskommen. Vielleicht könnte ich mich beim nächsten Spaziergang befreien, wenn sie denn mit mir rausgeht. Heute musste ich heimlich hinter den Sessel pinkeln.

Sie schnarcht!

Ich kann sie in dem Zimmer mit dem Bett hören und schleiche vorsichtig zur Tür. Sie ist einen Spalt offen.

Ich rieche sie, dieses Biest! Ich sehe sie, das Mistvieh!

Vielleicht muss ich wirklich keine Angst vor ihr haben. Vielleicht hat der nette Mann recht, ich bin ein Wolf, ich bin ein Bär! Mit der Schnauze stoße ich vorsichtig die Tür auf. Sie quietscht! Das Weibchen stöhnt und bewegt sich!

Warum hast du meinen Alpha getötet?

Ich krieche ganz leise zu ihrem Bett und überlege kurz. Ich will sie noch stärker riechen!

Mit den Hinterbeinen stoße ich mich ab und springe! Mein Bauch bleibt hängen, meine Krallen versuchen Halt in der Decke zu finden, aber rutschen ab.

Ich falle!

AUA!

Weibchen dreht sich auf den Rücken und schnarcht noch lauter!

Ich bin ein Wolf!

Mit Anlauf stürme ich auf das Bett zu, hebe ab und lande

direkt neben ihrem Bein. Vorsichtig klettere ich über ihren Arm und nähere mich dem Gesicht. Eine Zeit lang beobachte ich sie, wie sich ihre Brust hebt und ihr Maul schmatzt. Ich mache meinen Hals so lang wie es geht, unsere Nasen sind nur noch eine Schwanzbreite voneinander entfernt.

Ich spüre deinen Atem! Ich rieche dich!

NEIN, ihre Augen sind geöffnet! Sie starrt mich an!

Meine Lefzen beben, ich fletschte die Zähne und knurre leise. Sie will sich bewegen! Blitzschnell bohren sich meine Reißer in ihren Hals. Sie zerrt an mir, sie schlägt auf mich ein. Ich beutle sie so fest ich kann, knurre so wild wie noch nie, schüttele meinen Kopf, meinen ganzen Körper und ziehe so doll wie es geht. Aus ihrem Maul gurgelt es, sie schnappt nach Luft. Ich schmecke ihr Blut. Noch einmal reiße ich mit aller Kraft an ihrem Hals. Ein Stück reißt raus, ich ziehe mich damit zurück und spucke es vor ihre Füße. Ihre Augen sind starr auf mich gerichtet, mit ihren Pfoten versucht sie die Wunde zuzuhalten. Ich kann meinen Schwanz nicht kontrollieren, er wedelt wie wild. Ihre Arme sacken runter. Sie stiert an die Decke und atmet nicht mehr! Zögernd nähere ich mich wieder, horche an ihrer Brust und Schnauze, beschnuppere ihr Gesicht. Sie ist erlegt!

»Miau!«

Katze hat mich beobachtet!

WUFF!!!

Ich stürze mich auf sie, jage sie im Kreis durch das Zimmer mit der Couch, bis sie in der Ecke festsitzt. Es gibt nur noch einen Ausweg, die Kommode. Katze springt, sie stößt dabei etwas runter, mein Geschenk! Langsam beiße ich das Papier ab, darunter ist ein neues Spielzeug für mich. Es ist ein großer, weicher Wolf mit langen Haaren, so schön! Vorsichtig trage ich ihn in mein Körbchen und lege meinem Kopf drauf. Ich liebe ihn, aber muss trotzdem heulen. Er ist das Letzte was Alpha mir gegeben hat. Ich werde ein neues Rudel für uns beide suchen, ich werde den netten Mann finden!

Tag 5

Warten! Den ganzen Tag darauf warten, dass mich jemand befreit. Gestern ist niemand gekommen. Jedes Mal, wenn ich Schritte im Treppenhaus gehört habe, bin ich zur Tür gerannt und habe geschnuppert, aber es war nie die Tochter. Ich hätte bellen können, bis jemand die Tür öffnet, aber bestimmt wären sie gekommen und hätten mich eingeschläfert.

Katze und ich hatten Hunger und Durst. In der Küche hat sie eine Flasche mit rotem Wasser runtergeworfen, damit wir etwas zu trinken kriegen. Es hat widerlich geschmeckt und uns krank gemacht. Mir war schwindelig, ich bin umgefallen, konnte mich nicht mehr bewegen, später musste ich spucken. Katze ist gegen die Wände gelaufen, als sie auf den Schrank springen wollte, ist sie gegen die Tür geknallt.

Irgendwann bin ich ins Körbchen gekrochen und habe Katze bei mir und Wolf schlafen lassen.

Heute früh waren wir so hungrig, dass ich etwas unternehmen musste. Ich habe mir ganz viel Mühe gegeben und den Bauch des Weibchens geöffnet. Immerhin bin ich ein Wolf und mit Bären verwandt. Dann habe ich den Magen weggemacht, er ist leider kaputt gegangen und ihr Herz gefressen. Katze habe ich die Lungen vor ihren Platz gelegt, aber sie wollte sie nicht haben. Dafür hat sie etwas von ihrem Gesicht gegessen, die weichen Teile, die Menschen neben der Schnauze habe. Weibchens Gebiss sieht seltsam aus, ihre Reißzähne sind golden. Als Dank hat Katze mich sauber gemacht und ich durfte ihre Toilette benutzen.

Wir sind in die Badewanne gesprungen, früher bin ich da nie freiwillig reingegangen. Katze hat es geschafft das Wasser zum Laufen zu kriegen, jetzt müssen wir nicht verdursten.

Tag 6

WUFF!!! Schritte im Treppenhaus! Sie kommen die Stufen hoch!

Meine Nase quetscht sich in den Türspalt und schnuppert angestrengt.

Das ist sie! Das ist Tochter!

So schnell ich kann, renne ich zum Körbchen und ziehe Wolf raus. Die Schlüssel drehen sich schon im Schloss. Ich stürme wieder zur Tür und muss stark abbremsen, um nicht dagegen zu knallen. Meine Pfoten verlieren den Halt, ich schlittere über den Boden. Langsam öffnet sich die Tür. Gerade rechtzeitig lande ich in der Ecke, bleibe still liegen und wage es nicht zu atmen. Tochter geht in die Höhle.

»Mama?«

»Maaaaauuuuuuuu!«

Katze ist da, sie reibt sich an ihren Beinen, sie lenkt sie ab! Ich schleiche hinter der Tür raus, gehe auf den Flur und drehe mich zu Katze um. Wir gucken uns ein letztes Mal an, sie wird nicht mitkommen.

Viel Glück Katze, lass dich nicht einschläfern!

Ich springe die Treppen runter, sonst wurde ich getragen. Tochter schreit, sie schreit so laut, dass man sie bestimmt bis in den Wald hören kann. Unten an der Tür sind Menschen, die ihre Beute in die Höhlen tragen wollen.

»Na wo willst du denn hin Kleine?« Ich knurre so laut wie ich kann, damit sie Angst kriegen und mich nicht festhalten, schiebe mich zwischen ihren Beinen durch und bin frei. Meine Pfoten tragen mich so schnell über die Fußwege, wie wohl noch nie ein Hund gerannt ist.

»Och wie niedlich!«

»Guck mal der Hund!«

»Oh wie süß, schau mal wie die Ohren fliegen!«

»Oh, der hat ein Stofftier!«

Die Menschen versuchen mit mir zu reden, aber ich knurre sie alle nur an. Hier muss ich über die Straße. Man darf eigentlich nicht alleine auf die Straße gehen, aber wer will mich noch bestrafen? Also rase ich los. Die Autos schreien mich an, sie quietschen und rutschen über die Straße. Zwei von ihnen rennen gegeneinander. Überall knallt und kracht es, ich ziehe lieber den Schwanz ein!

Am Ende der Straße, bleibe ich stehen, um die Spur zu wittern und blicke zurück.

Hey, Autos dürfen nicht auf den Fußweg!

Eins ist einfach in ein großes Fenster gerannt und ein anderes hat sich auf den Fußweg gesetzt. Ein Menschenweibchen hat sich vor ihm schlafen gelegt, ein Männchen ruht sich sogar auf ihm aus. Oh, einer versteckt sich unter dem Auto, man darf nicht unter Autos gehen!

Da! Da ist seine Fährte! Meine Pfoten brennen wieder, aber das ist mir egal, ich renne und renne!

Ich komme Mensch! Ich komme!

Cocaine Apocalypse

Ich könnte mich runter in die Kantine schleichen, dann den Gasherd aufdrehen, einen kleinen Topf mit Strohrum füllen, ihn in die Mikrowelle stellen und den Timer für die Startzeit auf dreißig Minuten stellen. Dann könnte ich mich auf die andere Straßenseite stellen und zuschauen, wie das Gebäude von einer gleißenden Explosion zerrissen wird, vielleicht würde es sogar kollabieren. Diese Lösung spukt gerade in meinem Kopf herum.

Alle Jahre wieder ... die verfluchte betriebliche Weihnachtsfeier! Ernsthaft Leute, gibt es jemanden, der diese Zwangsveranstaltung tatsächlich will? Wir sind schon den Großteil unserer wertvollen Zeit dazu gezwungen, mit diesen langweiligen Arschlöchern zu verbringen, die wir unsere Kollegen und Vorgesetzte nennen. Warum werden wir zum Ende des Jahres noch hiermit bestraft? Für mich ist unser Gebäude nichts als ein Gefängnis, in dem ich täglich mein Leben die Toilette runterspüle.

Ihr denkt ich übertreibe?

Von meinem Büroplatz aus, kann ich die große Wiese am Kanal sehen. Wenn dort im Sommer die glücklichen Hunde spielen, bin ich eifersüchtig auf sie. Ja, ich beneide die Hunde um ihre Freiheit! Tage und Wochen, ganze Jahre ziehen bedeutungslos an mir vorbei und ich kann nichts machen als ihnen freundlich zuzuwinken.

Ich arbeite bei einem Getränkehändler, hauptsächlich Spirituosen. Unsere Büroräume sind in einem Gebäudekomplex, den wir unter anderem mit einer Rechtsanwaltskanzlei, einem Marketingunternehmen, Wirtschaftsprüfern und diversen Startups teilen. Seit Jahren werden die Weihnachtsfeiern gemeinsam ausgerichtet und sie sind ... nennen wir es, berüchtigt! So schlimm, dass uns niemand mehr haben will. Deshalb findet die Feier dieses Jahr auch in unseren Büroräumen statt. Die Letzte war etwas eskaliert. Wahrscheinlich bin ich nicht der Einzige, der sich wie ein Gefangener fühlt; einmal im Jahr entlädt sich der ganze Stress wie bei einer Gefängnisrevolte. Meine Knastbrüder und Schwestern erinnern mich an diesem Tag an Selenicerus Grandiflorus, die »Königin der Nacht«, eine unscheinbare Kaktee, die nur einmal im Jahr für wenige Stunden blüht. Ist es nicht schön, wie friedlich Menschen sich mit ihrem Schicksal abfinden, wenn sie regelmäßig die Chance kriegen sich zu betäuben? Glaubt mir, ich weiß wovon ich rede. Ich lebe davon euch zu vergiften!

Der Wirtschaftsprüfer hat letztes Jahr drei Mitarbeiter verloren. Zwei sind wegen Vergewaltigung einer Kellnerin, auf der Toilette, in den Knast gewandert und seine Niederlassungsleiterin befindet sich seit einigen Monaten im Mutterschaftsurlaub. Wir wissen nur nicht, wer der Vater ist. Infrage kommen alle Restaurantangestellten, die sich am Gangbang im Getränkelager beteiligt haben. Unser Rechtsanwalt arbeitet an der Sache. Daran sieht man, dass die berufliche Gleichstellung von Frauen einfach nicht funktionieren kann, bis bei der Bewerbung auf Führungspositionen der Nachweis einer Sterilisation verlangt werden darf.

Vor zwei Tagen ist ein Memo durch das ganze Gebäude gegangen: »Inhaftierte Mitarbeiter werden in keinem Fall von der Polizeiwache abgeholt!« Verantwortlich dafür ist mein Kollege Stephen, ein paar Jungs vom Marketingunternehmen und ein ganzes Startup. Sie sind von besagter Party abgehauen, haben ein Wohnhaus in Rotherbaum mit einem Bordell verwechselt, Sturm geklingelt und verlangt zu den Nutten gebracht zu werden. Als die Polizei eintraf, wurden unsere Leute dabei vorgefunden, wie sie sich ein paar Lines Kokain von den Autos der Anwohner gezogen haben. Da sie keine Ausweise dabei hatten, wurden sie mit auf die Wache genommen. Einige der Chefs mussten ihre Personalien vorbeibringen und sie abholen.

Aber zurück zu unserer heutigen Hölle.

Phase Eins, das nüchterne Drittel, habe ich schon überstanden. Hier wird man von Mitarbeitern in langweilige Gespräche verwickelt. Über die Jahre habe ich gelernt diese zu überstehen, indem ich einfach nur zuhöre. Letztendlich will jeder nur von sich erzählen und stellt mir nie irgendwelche Fragen. Ehrliche Antworten würden den Leuten eh nicht gefallen, sie würden sich entweder beleidigt fühlen oder in Panik geraten, die Wahrheit schert sich einen Scheiß um die Gefühle unseres Gegenübers, niemand will sie wirklich hören.

Phase Zwei, die langweiligen Motivationsansprachen, sind vorbei. Die Herde hat das Buffet überfallen und schüttet hemmungslos Alkohol in sich hinein. Ich bin, mit einem blinkenden Geweih auf dem Kopf, zwischen zwei gegensätzlich geladenen Polen gefangen, die meine Aufmerksamkeit ergattern wollen. Ja, ein verficktes blinkendes Geweih, alle tragen eins. Ihr solltet das Lichtermeer sehen, das hier durch die Gänge torkelt. Die Geschäftsleitungen fanden, es wäre witzig, jeden Mitarbeiter dazu zu zwingen. Ich bin mir nicht sicher, womit wir diese Erniedrigung verdient haben. Die Geschäfte laufen bei allen gut. Also wofür die Bestrafung?

Ich schweife ab, die Pole!

Einer ist meine Arbeitskollegin Mandy. Sie liegt etwa fünfzig Kilo über ihrem Idealgewicht und drückt sich fest an meine linke Seite. Mein Körper ist wie erstarrt, ich kriege Gänsehaut. Seitdem ihr Mann sie vor drei Jahren verlassen hat, versucht sie mit jedem anzubandeln. Auf ihrer Stirn kann man das »BITTE FICK MICH« schon fast ablesen. Überflüssig zu erwähnen, dass es bis heute mit niemandem geklappt hat. Mandy ist für den größten Sachschaden auf der letzten Feier verantwortlich. Irgendwann hat sie angefangen eine zartrosa Melange aus Eierpunsch und Glühwein auszukotzen Nachdem sie und einige Kollegen von oben bis unten voll waren, hatte jemand die verwegene Idee, sie auf einen sündhaft teuren Billardtisch in einen Nebenraum zu legen. Bedauerlicherweise ist es nicht beim Kotzen geblieben, vielmehr hat der Punch wohl auch heftigen Durchfall ausgelöst. Na ja, den Rest könnt ihr euch

denken.
Sie trägt heute diesen dunkelgrünen knielangen Rock. Mein Gott, diese Waden ... seid froh, dass ihr diese Waden nicht sehen müsst. Wie kleine Baumstümpfe! Und ihr selbst gestrickter Pullover! Rot, Teddybären, Sterne, ein Santa Claus und ein riesiger Weihnachtsbaum sind draufgenäht. Quasi im 3D Effekt, am Ende baumeln Christbaumkugeln.

Mandy ist auch schuld an den ganzen selbstgemalten Weihnachtskugeln, die an der Tanne auf der Bühne hängen, sie hat das ganze Jahr daran gearbeitet. Unter genau diesem Baum lauert bedrohlich eine Karaokemaschine, bereit, unermessliche Erniedrigung über uns zu bringen.

Zum Gegenpol, unsere Auszubildende Layla! Ein wunderhübsches brünettes Mädchen, mit perfekten Titten und Arsch. Sie umgibt diese Aura von Unschuld und gleichzeitig Gefahr, nicht mal das Geweih kann das Bild ruinieren. Sie ist erst sechzehn, Hardcandy mit Hardbody, eine grausame Laune der Natur. Sie drückt sich von rechts an mich heran, was mich noch nervöser werden lässt. Nicht mal ich würde so weit gehen.

Außerdem habe ich seit zwei Wochen eine Freundin. Sophie, mein letzter Versuch ein normales Leben zu führen, so richtig mit funktionierender Beziehung, wie andere Menschen auch. Mir fehlt etwas das Verständnis für die Lebensweise meiner Mitbürger, aber wenn ich ihr Verhalten kopiere, kann ich mich ganz gut als einer von ihnen tarnen. Psychologen und Kriminologen nennen es »Die Maske der Normalität«. Manchmal ist sie unbequem. Sie kratzt und ist eng, man möchte sie sich herunter zerren. Ihr kennt doch diese Situationen, wo ihr euch zusammenreißen müsst, um nicht Amok zu laufen? Mir geht es jede Minute so.

Sophie ist das normalste Mädchen, das ich je regelmäßig gefickt habe. Konservative Werte, keine Persönlichkeitsstörungen, keine Vorlieben, die nicht der Masse entsprechen würden. Kurz gesagt langweilig, einfach öde und oberflächlich. Um die Wahrheit zu sagen, ich mag sie nicht sonderlich, sie ist dumm.

Davon abgesehen jetzt endlich ein normales Privat und

Liebesleben anzustreben, habe ich mich auch dazu entschlossen, meinen Bürojob zu akzeptieren und mich lieber um eine Beförderungen zu kümmern, statt irgendwelchen wilden Träumen hinterherzujagen.

Klingt nach aufgeben oder? Das liegt nicht wirklich in meiner Natur, aber irgendwann muss man ja erwachsen werden ...

Aber will ich mich wirklich zurücklehnen und darauf hoffen, dass alles einfach so besser wird? Hoffnung ist der größte Feind des Fortschritts, sie macht einen Faul. Du musst kämpfen und wissen, dass du gewinnst. Ich stand in meinem Leben schon vor vielen Mauern, ich habe nicht darauf gehofft, dass sie von alleine einbrechen, ich habe meine verfickte Faust dagegen geschmettert.

Wir werden sehen ...

Der Chef der Wirtschaftsprüfer erlöst mich aus der Zange, er präsentiert uns die Vagina seiner Frau. Nein, nicht die echte, sondern ein lebensgroßer Anhänger, der neben seinem Autoschlüssel baumelt. Nach ihrer Vaginalverjüngung haben sie einen Gipsabdruck gemacht und ihr Geschlechtsteil in Gold gießen lassen. Seine Frau erinnert an eine Plastikpuppe, Titten und Arsch sind mit Silikon gefüllt, die Lippen aufgespritzt, ihr Gesicht ist eine, von Botox gelähmte, Grimasse. Deshalb ist es auch schwer zu erkennen, ob ihr die Präsentation peinlich ist oder nicht.

Am Ausgang winkt Stephen mir zu, er will, dass ich ihm Folge.

***

Ist das hier tatsächlich die bessere Alternative? Ich bin im vierten Stock, mit Stephen, Annika aus dem Architekturbüro und unserem Auszubildendem Christoph. Netter Junge, letzte Woche neunzehn geworden, der Beste in seinem Jahrgang und im Sommer fertig mit der Ausbildung. Er hat eine schillernde Zukunft vor sich. Früher habe ich Jungs wie ihm, noch vor dem Frühstück, in den Arsch getreten. Er war gerade auf dem Weg

zu seinen Freunden auf die Reeperbahn, als Stephen in mit uns geschleppt hat.
Annika führt einen unbeholfenen Striptease auf und entledigt sich langsam all ihrer Kleidung. Christoph zieht eine riesige Line Kokain vom Schreibtisch weg. Stephen streut sich ein kleines Häufchen auf den Schwanz, Annika schnupft es weg und lässt sich, über den Kopierer gebeugt, besteigen. Das Bedenklichste an diesem Bild ist, dass nur ich die Gelegenheit ergriffen habe, das Geweih abzusetzen.

Ich nehme keine Drogen mehr, eigentlich trinke ich nicht mal, höchstens ein Glas. Wenn du mit dem Einen aufhörst, dann musst du auch die Finger von dem Anderen lasse. Enthemmende Mittel sind eine schlechte Idee für jemanden, der einen Schritt vom Amoklauf entfernt steht.

»Willst du sie auch ficken?«, frage ich Christoph und werfe eine Oral Jelly vor ihn. Nach außen hin verkörpert Annika den perfekten Hybriden aus Karrierefrau und Mutter. Ihr Mann kümmert sich um die Kinder, wenn sie mal wieder Überstunden machen muss. Die Überstunden finden allerdings gewöhnlich mit einem Schwanz zwischen den Beinen statt. So hat sie mir die letzten beiden Feiern gerettet, aber heute will ich mich benehmen. Normale Männer betrügen ihre Freundinnen nicht oder?

»Ich hab noch nie«, flüstert er mit peinlich berührt zu.

»Dann wird es Zeit, zieh dir eine davon rein und du vögelst wie ein Pornostar!«

Zur Sicherheit nehme ich auch eine, wer weiß ...

»Ey, willst du auch rauf?«, ruft Stephen mir zu. Was für ein Anblick, dieser dürre Mann, splitternackt, ohne den Hauch eines Muskels, mit erigiertem Penis und dem blinkenden Geweih.

»Nein, lassen den Kleinen mal ran!«

Annika wackelt verführerisch mit ihrem Hintern, als Stephen einen Haufen Koks auf ihm verteilt und Christoph in wegzieht. Er bespringt sie gierig, ein witziges Bild, wie der Energizer Bunny! Slapstick Sex pur! Beiden fallen die Geweihe vom Kopf,

Christophs Schweiß tropft auf ihren Rücken und läuft in feinen roten Perlen ihren Körper herab.

WHAT DA FUCK! Was hat das Blut da zu suchen?

Bevor ich reagieren kann, krümmt sich Christophs Körper zusammen, ein Wasserfall aus Blut klatscht auf Annikas Rücken.

»Hey, hast du mich vollgespritzt?«

Der Junge fällt mit seinem ganzen Gewicht auf sie drauf, zerrt sie mit sich zur Seite und gemeinsam zertrümmern sie den Papierkorb. Annika beginnt laut zu lachen. »Na hab ich dich umgehauen Süßer?«

Wir ziehen den Jungen von ihr runter und legen ihn auf den Rücken. Fuck!!! Sein Mund steht offen, die Augen weit aufgerissen ... wir haben ein Problem!

Jemand beginnt hysterisch zu kreischen! Zuerst denke ich, es ist Annika, aber nein, es ist Stephen. Er klingt wie eine Bitch! Eine kräftige Ohrfeige bringt ihn zum Schweigen, eine weitere erweckt Annika aus ihrer Schockstarre. Menschen suchen in Extremsituationen nach Führung. Ich bin für so eine Scheiße geschaffen!

»Beruhigt euch! Ihr müsst jetzt funktionieren, wir müssen nachdenken. Wenn wir mit der Leiche erwischt werden, sind wir alle fällig. Karriere vorbei, Familie weg, alles im Arsch! Die persönliche Apokalypse! Wir müssen aufräumen und die Leiche verschwinden lassen. Ihr fangt an zu putzen und ich telefoniere.«

Es ist jetzt nicht so, dass mich das Leben der Anderen interessieren würde, aber meines schon. Ich habe den Stoff besorgt, Stephen würde mich, ohne zu zögern, verraten.

Christophs Handy klingelt auf dem Schreibtisch. WhatsApp! Ich trage das Gerät mit dem Ärmel meiner Jacke zu seiner Leiche. Annika gibt ein schrilles Quieken von sich, als ich das Telefon in die tote Hand drücke und den Touchscreen mit den Fingern der anderen bediene. Eine Nachricht seiner Freunde. »Ey Digga, wo bleibst du, wir sind schon aufm Kiez?«

Vielleicht kann ich die Situation ausnutzen und antworte: »Ich besorg uns noch ne Überraschung. Bin in eine Stunde da.«

Ihr könnt euch nicht vorstellen, wie kompliziert es ist mit dem Finger eines Toten zu schreiben.

***

»Tut einfach so, als ob ihr einen Besoffenen in eurer Mitte tragt!« Ich habe meinen Freund Patrick erreicht, der von dem ich das Koks gekauft habe. In einer halben Stunde ist er unten, wir laden die Leiche in sein Auto, er wirft sie auf St. Georg raus. Die Cops werden denken, er hätte die Drogen da gekauft und eine Überdosis erwischt. Während ich den anderen den Plan erkläre, kommen mir selbst Zweifel. Die Fahrstühle sind abgestellt, damit sie niemand als Toilette oder als Darkroom missbraucht. Wir müssen die Treppen nehmen und über die Flure gehen, vorbei an allen Mitarbeiter.

Stephen hüpft wie wild durch den Raum. »Können wir ihn nicht aus dem Fenster werfen? Dann sieht es aus wie Selbstmord oder wie ein Unfall!«

»Nein du verfickter Idiot! Der Junge hatte keinen Grund sich umzubringen. Man wird sein Blut untersuchen, man wird die Drogen finden und sich an deinen Auftritt letztes Jahr erinnern. Man wird diesen Raum untersuchen und kleine Spuren von uns finden. Verdammt, vielleicht werden sie seinen kleinen Schwanz überprüfen und Spuren von ihrer Scheidenflüssigkeit finden. Vielleicht sogar ein paar deiner degenerierten Spermien!«

»Wir könnten ihn trotzdem aus dem Fenster werfen!«, fleht Annika mich an.

»Ihr hört jetzt auf zu denken und fangt an zu funktionieren! Sein Körper darf keinen Verletzungen haben, ganz besonders keine, die nach einem Sturz aus dem vierten Stock aussehen. Also haltet die Fresse, macht was ich sage und alles wird gut!«

Hoffentlich lüge ich nicht. Irgendwie aufregend, definitiv die beste Weihnachtsfeier bisher.

»Ihr nehmt ihn in eure Mitte. Setzt eure verfickten Geweihe wieder auf, seines auch, wir müssen wie der Rest aussehen!«

***

Die erste Treppe haben wir ohne Widerstand nehmen können und sind jetzt im Stockwerk des Marketingunternehmens. Wir bewegen uns vorsichtig über den Gang und müssen unseren toten Freund vorsichtig um drei Schnapsleichen herum manövrieren. In diesem Moment wird eine Tür neben uns aufgerissen, ein Typ stürmt heraus und stößt Stephen um. Alle vier stürzen gemeinsam zu Boden. Der Mann kriecht weiter bis zur nächsten Pflanze, erbricht sich und bleibt leblos liegen.

Wir müssen aus diesem Stockwerk raus!

Ich blicke den Gang entlang, am Ende spielen sich spektakuläre Szenen ab. Einige der Leute von den App Entwicklern missbrauchen Bürokisten als Schlitten und stürzen sich damit die Treppen runter. Ich würde so gerne mitmachen. Aber nein, ich muss mich auf unsere Situation konzentrieren, außerdem bin ich jetzt erwachsen und reif.

Meine Leute kommen wieder auf die Beine, uns bleibt keine Zeit zu entspannen. Mandy stampft aus derselben Tür raus, aus der der Bewusstlose eben kam. »Hallooooooooo!!!«

Ich lächele sie an und blicke tief in ihre Augen. Nebenbei drücke ich Christoph fest gegen Annika, sodass ihre Gesichter sich berühren. Ihr schießen Tränen in die Augen, sie ist zwischen Leiche und Wand gefangen und versucht sich herauszuwinden, aber ich drücke noch fester zu.

Mandy trägt ihren Pullover nicht mehr! Mein Gott, wollte der Typ wirklich? Unwichtig, wie kommen wir aus dieser Scheiße raus?

Die Antwort ist einfach. So einfach, wie sie grausam ist. Ich muss es für mich tun, für das Team! Ich stelle mich dieser Herausforderung! Ich kann es schaffen!

In meiner Verzweiflung lasse ich Christoph los, ziehe Mandy an mich heran und stopfe ihr angewidert die Zunge in den Mund. Womit habe ich das verdient?

Es ist gar nicht so einfach an ihren Mund heranzukommen, zum Glück geben Bauch und Brüste etwas nach, ich muss ein Würgen unterdrücken.

Christophs Körper stürzt bedenklich schnell auf Mandys breiten Rücken zu. In letzter Sekunde kann Stephen sich dazwischenschieben und den Fall bremsen.

Ich zerre den Koloss rückwärts mit mir ins Büro und winke den Rest weiter. Stephen dreht sich noch einmal grinsend um und gibt mir beide Daumen nach oben.

Was für ein Arschloch!

Die Tür fällt hinter uns zu! Ich bin gefangen, es gibt kein Zurück mehr!

Zum Glück benutze ich mittlerweile über hundert Kilo Zusatzgewicht bei meinen Kniebeugen, so gelingt es mir den Fleischberg auf einen Bürotisch zu hieven.

MEIN GOTT!!!

Sie zieht ihr Unterhemd und den BH aus? Warum muss sie es mir schwerer machen als nötig? Die gigantischen Brüste hängen schlaff herab, sie werden nur von den Fettringen an ihrem Bauch gebremst! Das ist ein verfickter Albtraum! Warum zeigen ihre Nippel nach unten? Als würden sie mir den Weg zu Hölle weisen! Ich stecke ihr wieder die Zunge in den Hals und versuche verzweifelt mit der Hand eine Erektion zustande zu kriegen. Sie leckt mein Gesicht ab, sabbert meinen Hals voll und nagt an meinem Ohr. Sie zieht ihren Rock hoch und den Slip aus. Ich möchte mich übergeben, möchte wegrennen, aber ich muss es tun und schließe die Augen. Mit aller Macht der Fantasie lasse ich Layla vor mir erscheinen. Ja, vielleicht sollte ich meine Freundin benutzen, aber das hier erfordert härtere Waffen!

Endlich, das Oral Jelly beginnt zu wirken! Bevor etwas danebengeht, dringe ich in sie ein. Für's Protokoll, das zählt auf keinen Fall als Betrug, das ist ein Notfall.

Am Fenster zum Flur taucht plötzlich Stephen auf, er lacht und klatscht, gibt mir wieder beide Daumen nach oben und verschwindet. Dieser Wichser!

Mandys Hintern rutsch auf die Tastatur, der PC springt an, auf dem Bildschirm breitet sich in rasender Geschwindigkeit ein Buchstabensalat aus. Seite um Seite. Das Protokoll meiner Schande! Sie beginnt laut zu stöhnen, nein, eigentlich zu

röhren, wie ein Elch. Passt wenigstens zum Geweih.
Ihre Schenkel fegen einen Bilderrahmen vom Tisch, der auf der Erde zersplittert. In ihm ist ein Foto eines krankhaft fetten, verpickelten Teenagers mit Mondgesicht und Pottschnitt. In den Rahmen ist »Mein Timmi« eingraviert. Irgendeine verlorene Seele hat sich dazu entschieden, dass der Gedanke an Timmi sie aus dem Sog des Strudels ihrer Corporate Identity retten soll. Irgendwie gibt mir das Mut, verglichen damit, wirken meine momentanen Probleme trivial.

Vielleicht ist es aber auch eine Warnung! Auch etwas Triviales wie Sex hat schwerwiegende Konsequenzen. Wir alle sind ein Beispiel dafür. Jeder der Primaten in diesem Gebäude hat seine banale Existenz als klebriger Cumshot begonnen und sich in einem schmerzvollen, gewalttätigen Akt aus dem Uterus seiner Mutter gegraben, nur um sie mit seiner parasitären Lebensweise über Jahre auszusaugen, bevor der den Zyklus der Infektion vom Neuen beginnt. Jetzt gerade wünschte ich, ich hätte ein Kondom benutzt. Aber es gibt keinen Grund zur Panik, unsere Treppen sind lang und steil.

Mandy kommt, es fühlt sich an wie ein Erdbeben, sie presst ihren Mund auf meine Lippen, saugt mir die Luft aus der Lunge und reißt dabei fast meine Zunge heraus. Was wenn sie jetzt zubeißt?

»Ich will, dass du in mir kommst!«

Ja richtig, wie soll ich das zustande kriegen bei dem Anblick ihres verzerrten Gesichtes und des wabernden Fleisches. Dieser Albtraum muss ein schnelles Ende haben, vielleicht geht es von der anderen Seite. Also ziehe ich sie vom Tisch, drehe sie um und besteige den Koloss von hinten.

Das hier Leute, das ist meine gerechte, längst überfällige Strafe für all die gebrochenen Herzen, absichtlich zerstörten Beziehungen und missbrauchten Seelen. Young, dumb and full of cum ... Ich habe es verdient!

Ein letztes Mal schließe ich meine Augen, visualisiere Layla, stoße so heftig und schnell zu wie ich kann und ... komme.

Mandys durchnässter Körper sinkt auf die Erde, Schweiß tropft von ihrer Stirn auf die Brüste. Sie hechelt wie ein Hund

und wirft mir ein breites Pferdegrinsen zu.
Mir wird schlecht, ich stürze zur Tür hinaus.

Irgendwie fühle ich mich von meinem Körper betrogen! Ich fühle mich so schmutzig, der restliche Weg über den Flur fühlt sich an wie der Weg der Schande. Wenn wir wirklich aus dieser Scheiße rauskommen, werde ich die Nacht zusammengekauert zitternd unter der Dusche verbringen. Meine Mitstreiter finde ich hinter einer Büropflanze versteckt. Na ja, nicht wirklich versteckt, sie ist nur halb so groß wie sie.

Unten an der Treppe stürmen zwei der Marketingexperten, mit gesenktem Kopf, aufeinander zu. Ihre Geweihe krachen zusammen und zersplittern. Beide K.O., jetzt schnell bevor sie aufwachen.

»Ich kann nicht mehr, lasst uns abhauen!«, fleht Annika weinend. Meine Handfläche trifft klatschend auf ihre Wange.

»Du musst es machen, wir sind kurz vor dem Ziel. Du kannst alles schaffen. Für dich! Für deine Karriere! Deine Kinder! Willst du, dass sie erfahren, dass ihre Mutter zu einer schwanzhungrigen syphilitischen Hure mutiert, sobald sich die Haustür hinter ihr schließt?«

»Ich hab keine Syphilis!«, protestiert sie.

Das sind gute Nachrichten, ansonsten hätte sich die Krankheit in diesem Gebäude so schnell verbreitet wie die der Schwarze Tod im Mittelalter. Die Beleidigung hat sie wieder beruhigt, wir machen uns auf den Weg nach unten. In das Stockwerk, in dem die große Party stattfindet. Jetzt entscheidet sich alles!

***

Fuck!

Wir erstarren, als hätten wir ins Antlitz der Medusa geblickt. Keine drei Meter entfernt steht unser Abteilungsleiter Sebastian und redet auf eine der Empfangsdamen ein. Das könnte ein Problem werden, er ist nüchtern, seine Frau erlaubt ihm nicht zu trinken

»Wissen Sie wie gefährlich es für den ungeborenen Fötus ist, wenn Sie während der Schwangerschaft Alkohol trinken? Es kann zu geistigen Defiziten oder zu körperlichen Behinderungen kommen. Bei Gott, sie könnten das Kind verlieren!«, ermahnt er sie.

Ihre Antwort ist ein krachender Faustschlag aufs Kinn, der auch ihn bewusstlos zur Erde schickt. Die Frau stampft heulend davon.

Noch ein Hindernis überwunden!

Zur Erklärung, das war Nancy. Seit einem halben Jahr ist sie begeistertes Mitglied bei den Weight Watchers. Schwanger ist sie nicht, nur noch ein wenig übergewichtig.

So, nur noch diesen einen Gang schaffen!

In der Mitte stehen drei Frauen aus meiner Firma, der Rest feiert in den Büroräumen. Warum müssen sie ausgerechnet von uns sein? Sie werden Christoph erkennen, oder uns in ein Gespräch verwickeln. Langsam setzen wir uns in Bewegung und nähern uns unaufhaltsam der kleinen Tratschrunde. Wie sollen wir da vorbeikommen?

Durch die Fenster ist das verwüstete Buffet zu sehen, in der Mitte thront das zerfetzte Spanferkel. Nur die veganen Speisen, die unser Treehugger Tyler mühsam zubereitet hat, rührt niemand an. Am ersten Esstisch beginnen die Hemmungen zu fallen, ein Eiswürfel wird von Mund zu Mund weitergegeben. Die Kollegen scheinen den Abend teilweise nutzen zu wollen, um ihre versteckte homosexuelle Seite zu erkunden.

Einen Tisch weiter haben sich die Leute aus der Geschäftsleitung mit ihren Partnern eingefunden. Sie stoßen mit unidentifizierbaren Shots an, einige Geweihe fallen, die Frau unseres Chefs wirft sich ruckartig nach vorne und erbricht sich in Dekolleté und Schoß der Wirtschaftsprüferbarbie. Wieder lässt ihre Botoxgrimasse keine Emotionen erkennen, aber die aufgerissenen Augen sagen alles. Der ganze Tisch bricht in Gelächter aus, auch die Verantwortliche, die sich kreischend zurückwirft. Das war zu viel für den Stuhl, er kracht mit ihr auf die Erde. Sie bleibt, mit nach oben gestreckten Beinen, liegen, ihr Rock rutscht hoch und die Umherstehenden nutzen die Gelegenheit ein paar Fotos von ihrem Slip zu machen.

Auf der Bühne versucht sich eine unserer Buchhalterinnen an einer schrillen Version von »Last Christmas«.

Wisst ihr was? Diese Scheiße, die wir gerade durchmachen, ist trotzdem besser, als das was da abgeht!

Mein Blick trifft den von Layla. Sie sitzt alleine am Rand, lächelt mich an und winkt. Für einen kurzen, seligen Moment, vergesse ich unsere Probleme und winke zurück, bis Stephen mir in die Seite stößt. Vielleicht ist es der Stress, aber ich bilde mir ein, ein kurzes Aufblitzen von Chaos und Wahnsinn in ihren Augen gesehen zu haben.

Vor der Bühne wird es spannend. Daniel, er sitzt seit einem Autounfall vor sechs Jahren im Rollstuhl, fährt mit einer halbvollen Flasche Jack Daniels im Kreis und greift jeder Frau, die er erreichen kann, zwischen die Beine. Eine der Anwältinnen stoppt die Amokfahrt, verpasst ihm eine Ohrfeige und schiebt ihn, durch die Tür, direkt vor unsere Füße.

Da steht er jetzt, einsam und verlassen. Mit dem leuchtenden Geweih auf seinem Kopf sieht er aus, wie ein zurückgelassenes Autowrack, bei dem der Warnblinker angelassen wurde. Ein Totalschaden ist er auch irgendwie, in sich zusammengesackt und vor sich hinlallend.

Wisst ihr was er auch noch ist? Die Lösung!

Ein Kinderwagen mit Baby wäre zwar noch besser, aber das hier könnte auch funktionieren.

Annika und Stephen schleppen den toten Körper über den Teppichboden, Stephen hält ihn an den Haaren gepackt, damit der Kopf nicht nach unten hängt. Mit den aufgerissenen Augen sieht Christoph fast schon lebendig aus. Trotzdem sorge ich mal für Ablenkung und setzte mich mit dem Rollstuhl in Bewegung. Wir werden schneller und schneller, rauschen an den anderen vorbei und nähern uns gnadenlos der kleinen Frauengruppe. Daniel murmelt etwas Unverständliches, ich lassen die Griffe los, der Rollstuhl wird zum Juggernaut, setzt seine Todesfahrt zielgerichtet fort und zerschlägt die Gesprächsrunde wie eine verfickte Hellfire Rakete. Die Frauen fliegen durch die Luft als wären sie Kegel, Geweihe und Handtaschen scheinen kurzfristig

in der Luft zu schweben, bevor sie auf ihre Besitzerinnen niederprasseln.
Daniel hebt ab, als hätte man ihn aus einem Katapult geschossen, schlägt mit dem Gesicht voran auf den Teppich auf und schlittert weiter. Sein Geweih zerberstet an der Wand, verhindert aber Schlimmeres, indem es den Aufprall etwas abfängt.

Was fliegt da denn noch?

Eine Plastiktüte klatsch an die Wand, zerplatzt und hinterlässt einen gelblichen Fleck, eine Flüssigkeit regnet in feinen Tropfen auf die Damen herab.

Ah, der Urinbeutel!

»Mein Gott helft ihm!«, schreie ich und scheuche sie in ein leeres Büro, wo wir Daniel auf den Schreibtisch legen. Stephen huscht mit Annika und Christoph am Eingang vorbei, das war dann wohl die letzte Hürde.

Fuck! Der Sturz hat Daniels Nasenbein zerschmetter und der verdammte Synthetikteppich hat blutige Verbrennungen auf seiner Stirn und den Wangen hinterlassen. Der Mann sieht scheiße aus! Vielleicht doch besser, dass kein Baby da war.

»Kümmert euch um ihn, ich versuche etwas Eis zu finden«, lüge ich die Frauen an und stürze wieder auf den Flur. Mein Gott, der Gestank nach Ammoniak treibt mir Tränen in die Augen.

Nein, nicht noch einer!

Annika steht an die Wand gelehnt, panisch presst sie Christophs Körper an sich. Eine Hand krallt sich in sein Hemd, die andere drückt seinen Kopf gegen ihr Gesicht. Ihr Mund liegt geöffnet auf seinem, ihre Augen sind panisch, eine einzelne Träne läuft ihre Wange hinab. Stephen versucht sie mit seinem schmächtigen Körper zu verdecken, während unser Chef auf wackeligen Beinen vor ihm steht und auf ihn einredet. Vorsichtig nähere ich mich von hinten.

»Ich bin ganz Stolz auf Sie Stephen, dass es dieses Jahr keine Vorkommnisse gab«, lallt er, »Ihr Verhalten ist tadellos und ein Vorbild für alle!« Dabei schwankt sein Körper bedenklich hin und her, bis er gegen Stephen stolpert. Seine Hand landet

klatschend neben Annika, die Christoph noch fester an sich heranzieht und wild küsst, die Tränen fließen jetzt. Stephen schiebt ihn wieder etwas nach vorne.
»Tschuldigen Sie Stephen, da hab ich wohl etwas viel getrunken!«, lacht er. Ich stehe direkt hinter ihm, kann seine Fahne riechen, sein penetrantes Eau de Toilette und das Anti Schuppen Shampoo. Annika verlassen die Kräfte, die Leiche rutscht Stück für Stück an ihr hinab. Meine Hand packt unseren Chef an der Stirn, reißt ihn an mich heran, mein Arm umschlingt seinen Hals. Ihm bleibt keine Zeit sich zu wehren, der Rear Naked Choke sitzt, er unterbricht den Blutfluss zu seinem Gehirn, nach wenigen Sekunden sackt er zu Boden.

»Los beeilt euch, weiter!«

Keine Sorge, er wacht gleich wieder auf, die Ohnmacht hält nur wenige Momente an. So schnell wie ich war, wird er wahrscheinlich denken, er wäre einfach umgekippt. Ich hätte den Griff gerne noch ein bisschen länger gehalten, so ein befreiendes, mächtiges Gefühl.

***

Nur noch ein paar Stufen bis zum Ausgang!

Wir bleiben geschockt stehen. Durch die Fenster dringt eine Flut von Blaulicht herein.

»Die Bullen!«, flüstert Stephen.

Am Treppenende liegt ein zersplittertes Geweih und drei Bürokisten, eine davon in der Mitte zerbrochen. »Nein! Kommt jetzt, wir müssen weiter!«

Draußen schlägt uns ein beißend kühler Wind in die Gesichter, eine nette Abwechslung zu der tropischen Hitze da drinnen. Es hat angefangen zu schneien, die Nacht ist ein tiefes Grau getaucht, gierig sauge ich die frische Luft ein. Auf der Straße stehen zwei Krankenwagen, in einen wird ein Kollege mit Alkoholvergiftung geschoben, dabei kotzt er auf seine Trage und einen der Sanitäter. Wir schleppen Christoph weiter, ohne beachtet zu werden.

»Ganz vorsichtig! Da sind mehrere Wirbel gebrochen!«

Vor dem zweiten Krankenwagen ist die Lage ernster, einer der Startup Jungs ist mit seinem Schlitten verunglückt, die Sanitäter versuchen verzweifelt seinen Körper auf der Trage zu fixieren, der Rest blickt gebannt auf die Szenerie.

Fünfzig Meter weiter, steht Patrick neben seinem Wagen und winkt uns zu, die letzten Meter schleifen wir die Leiche nur noch hinter uns her und schnallen sie auf den Beifahrersitz.

»Was machst du?«, fragt Andrew verwirrt.

»Ich setze nur das Geweih wieder richtig auf. Dann sieht`s aus, als würdest du nur einen Betrunkenen nach Hause fahren.«

»Du schuldest mir was!«, knurrt er mich an.

Kein Grund mir Sorgen zu machen, der Mann wird meine Hilfe eh nie brauchen.

Bevor wir das Gebäude wieder betreten, zögere ich. Mich überkommt Abscheu! Das ist mein verdammtes Gefängnis, ich gehöre da nicht rein, ich bin für Größeres geschaffen.

Stephen geht vor mir die Treppen hoch. »Jetzt brauch ich ein Bier!«

Ja, besauf dich ruhig weiter du Wichser!

Ich kralle mir eine der Bürokisten, ich bin bestimmt seit dreißig Jahren nicht mehr Schlitten gefahren. Nachdenklich schleppe ich sie die Treppe hoch. Kann mein Plan funktionieren, wenn meine größte Furcht die Langeweile ist? Es war immer meine größte Angst, dass ich schon alle coolen Sachen erlebt habe, dass nichts Spannendes oder Neues passieren wird, dass eine bösartige Eintönigkeit mein Leben dominieren könnte.

Whatever ... wir werden sehen!

Fuck, morgen muss ich noch ein Weihnachtsgeschenk für Sophie besorgen! Was soll ich nur kaufen?

Furries

»Digga! Ey Leute, kommt mal her! Seht euch den Shit an!«

Die Jugendlichen knallen ihre Bierflaschen auf den Tisch, drehen die Musik leiser und laufen zu ihrem Freund am Fenster.

»Was ist das denn für eine verrückte Scheiße?«

Durch das Panoramafenster der Nachbarwohnung sehen sie einen menschengroßen, rosa Hasen verträumt durch das Wohnzimmer tanzen.

Ihr Name ist Luscious Cottontail, jedenfalls heißt ihre Fursona jetzt so, früher hat man sie Cuddle Bunny genannt, dann ist sie in einen langen Winterschlaf gefallen und paarungsbereit wiedererwacht. Die neue Fursona liegt viel enger an ihrem Körper und hat Öffnungen zwischen den Beinen.

Der Winterschlaf war in ihrem Fall eine dreijährige Beziehung. Sie hat wirklich ihr Bestes gegeben um normal zu sein, aber es war eine Lüge. Der Mann war nicht anthropomorph, immer wenn er sie angefasst hat, war sie nur angeekelt, mit ihm zu Schlafen war eine schmerzhafte Qual. Luscious kann keinen Sex mit Menschen haben, noch nie. Es war furchtbar, sie hatte es nur ihren Eltern zu Liebe probiert, vor zwei Monaten hat sie endlich die Kraft gefunden den Mann zu verlassen, seitdem kann sie zu Hause endlich wieder so herumlaufen, wie sie wirklich ist.

Diese Sache mit den Hasenkostümen fing schon in der Schule an, sie mochte nie unter anderen Menschen sein, sie war verkrampft, hat angefangen zu schwitzen und hatte Herzrasen. Besonders schlimm war es, wenn sie auf Fremde traf, ihr wurde schwindelig und schlecht, sie bekam Kopfschmerzen, einmal hat sie sich im Einkaufszentrum vollgepinkelt. Auf Kostümpartys hat sie sich wohl gefühlt, alle anderen Mädchen haben immer schlampige Outfits angezogen, tiefe Ausschnitte, Strapse und Miniröcke, Luscious ist jedes Mal als weißer Hase gekommen, ihr wahres Ich.

Mit Anfang zwanzig hat sie Cuddle Bunny entworfen, und ihre erste Furry-Con besucht, ein wunderschönes Erlebnis mit hunderten anderen Anthropomorphen, Hunde, Pferde, Katzen, Wölfe und natürlich Füchse. Foxy Hotcheeks ist eine Füchsin, sie lagen mit einem Dutzend Furries auf einem Haufen und haben gekuschelt, aber Foxy hat sie ganz anderes berührt als der Rest, es war das erste Mal im Leben, dass sie wirklich erregt war. Sie haben sich danach oft getroffen, im Wald, um fangen zu spielen, natürlich hat Foxy sie nicht gefressen wenn sie sie bekommen hat, na ja, schon irgendwie, aber nicht so wie Füchse Hasen sonst essen. Die arme Foxy, letzte Woche ist etwas passiert, man hat sie verhaftet und vergewaltigt, sie haben ihr Menschengesicht in der Zeitung abgebildet!

Luscious läuft nervös im Zimmer auf und ab, sie zittert vor Aufregung. Heute ist Ostersamstag, morgen ist der heiligste Tag der Hasen. Heute Nacht geht sie auf diese Party, eine Orgie in Blankenese, in einer Villa im Treppenviertel, nur für Hasen! Endlich ist es soweit, wenn sie sich paart, wird sie endgültig mit ihrer Fursona verschmelzen.

Sie setzt sich und zieht ihren rechten Handschuh ab und greift nach der Nähnadel, die sie immer an einen kleinen Fleischerhaken erinnert hat. Stich um Stich bohrt sie die Spitze durch das Fell in ihr altes Menschenfleisch, bis ihr linker Arm vollständig mit der Fursona verschmolzen ist. Foxy hat es auch so gemacht, an ihrem ganzen Körper.

»*Die Schmerzen der Transformation fühlen sich so schön an!*«

Eigentlich wollte sie nur dieses kleine Stück an sich befestigen, sie kann mit der linken Hand nicht nähen. »*Vielleicht noch die Oberschenkel!*«

***

»Leonie, hör auf mit der Scheiße«, faucht Cecilia, »wenn du schon ein bescheuertes Spiegelselfie machen musst, dann guck wenigstens hoch dabei!«

»Chill Bitch, ich hab mehr Follower als du!«

»Weil du täglich deine Titten auf Instagram und Twitter verbreitest, lacht Cecilia, was soll der Underboob Schwachsinn? Aber wirklich, guck nach vorne wenn du abdrückst, es sieht dumm aus!«

»Ja Schatz, ich habs verstanden!«

Die Mädchen stellen sich nebeneinander vor den Spiegel, um ihre Kostüme zu bewundern.

»Ziemlich knapp oder?«, fragt Leonie, «dir springen die Möpse raus.«

»Das ist der Sinn der Sache, wir wollen ambivalent sein und verstören Süße. Wir sehen perfekt aus! Montag sprengen wir alle sozialen Netzwerke, die ganze Welt wird unsere Namen kennen. Wir werden zu Ikonen werden! Los mach ein Foto von uns!«

Leonie richtet das Handy auf ihr Spiegelbild. »Fuck, ich hätte heute noch ins Solarium gehen sollen!«

»Tiefer, nicht vor den Ausschnitt! Und hör mit dem Fish Gape auf, du machst dich lächerlich!«

***

Luscious schleicht leise die dunkle Allee zu der Villa hoch. Das Taxi hat sie mehrere hundert Meter weiter unten aussteigen lassen, sie ist nervös und braucht noch ein paar Minuten um Luft zu holen. Sie atmet tief ein und lächelt, hier riecht es intensiv nach den Osterfeuern, die unten am Strand brennen, ihr Rauch taucht die Straße in einen leichten Nebel.

Luscious bleibt vor einem schweren Eisentor stehen, sie dreht sich zu den anderen Villen um, alles ist dunkel, die Bewohner sind am Strand, niemand beobachtet sie. Zu der Villa führt ein

Weg durch ein langes Rasenstück, im Hintergrund sind die Schatten eines kleinen Waldes zu sehen. Das Haus selber ist wunderschön, aus hellgrauem Stein gebaut, mit fliederfarbenen Ziegeln, die großen Fenster sind von schwungvollen Ornamenten umgeben. Zur gläsernen Eingangstür führt eine Treppe hinauf, direkt darüber liegt ein Balkon der von mächtigen Säulen gestützt wird.

Sie betritt das Anwesen und versteckt sich hinter einer alten Eiche, um zu beobachten wer kommt. Ein Geräusch lässt Luscious ins zusammenzucken, sie hält den Atem an. Zwei weiße Hasen gehen an ihrem Baum entlang, einer trägt einen Korb in den Pfoten, der andere eine große Karotte, nein, ein orangener Dildo in Form einer Karotte. Jemand öffnet ihnen die Tür, eine beige Häsin mit großen Kulleraugen und einer rosa Schleife auf dem Kopf.

Hektisch setzt sie den Kopf auf, eilt bis zur Treppe, sie zögert kurz, nein, das ist was sie will. Luscious geht zur Tür und drückt die Klingel, die Melodie von »Stups, der kleine Osterhase« erklingt. Die Häsin öffnet ihr die Tür, macht einen Knicks und winkt sie herein.

***

Der rote Toyota ist gegenüber der Villa geparkt, in ihm sitzen zwei dunkle Gestalten und beobachten den Eingang.

»Hast du den süßen weißen Hasen gesehen? Die war cute!«

»Ja, ganz bezaubernd!«, antwortet Cecilia und drückt Leonie ein Paar Google Glasses in die Hand.

»Müssen wir die tragen?«, beschwert sie sich.

»Natürlich, wie sollen wir denn sonst die Videos machen, wir haben bestimmt keine Hand frei! Und Point Of View Pornos sind extrem beliebt!«, kichert Cecilia.

»Wann gehen wir rein?«

»In einer halben Stunde, ich will, dass alle da sind, wenn wir kommen!«

***

Luscious wird in das Spielzimmer geführt. »*Das ist das Paradies*!«

Atmosphärische Synthwave Musik zieht sie sofort in ihren Bann. Duftöle verströmen den Geruch von Orchideen und Vanille. Unter ihren Pfoten spürt sie den Kunstrasen, mit dem der ganze Raum ausgelegt ist. Die Wände und Decke sind mit hellblauen Seidentüchern behangen, von der Decke baumeln wolkenähnliche, große Wattebäuschen. An den Wänden sind Sonnen und Gänseblümchen aus Papier angebracht. Über den Raum verteilt, scheinen echte Stiefmütterchen und Osterglöckchen aus der Erde zu kommen, um sie herum, sind bunte Ostereier ausgelegt. In der Mitte erheben sich zwei Hügel, unter denen wohl eine Couch und ein Bett versteckt sind. Auf einem thront ein korpulenter, weißer Hase in roter Jacke, gelbem Hemd und blauer Hose. In einer Pfote hält er eine übergroße Taschenuhr, mit der anderen winkt er wie in Zeitlupe. »Benny Bunny!«

Neben ihm paaren sich zwei weitere Hasen. Luscoius lässt ihren Blick durch den Raum schweifen, in der Ecke steht Bugs Bunny, vor ihm kniet eine schwarze Häsin, er hat sie an den Ohren gepackt und zieht ihren Kopf immer wieder in seinen Schritt. Ein paar Meter weiter rammelt ein brauner Hase seine Partnerin von hinten, ihr Puschelschwanz wippt dynamisch mit. Luscious bewegt sich vorsichtig durch den Raum, um nicht auf eines der Paare zu treten, die auf der Erde liegen. Vor sich blickt sie verträumt auf eine Gruppe, die ein riesiges, himmlisches Fellknäuel bilden, das sich ekstatisch aneinander reibt.

Sie schreckt auf, zwei Pfoten greifen um sie herum, jemand drückt sich fest an ihren Rücken und streicht über ihren Körper. Ein zweiter Rammler tritt von vorne an sie heran, die beiden schließen sie in ihrer Mitte ein, diese vollkommene Harmonie überwältigt Luscious. Die Hasen ziehen sie mit sich auf die Erde, mitten in den kuscheligen Haufen, dutzende Pfoten berühren jeden Zentimeter ihres Körpers. Ein dunkelbraunes Exemplar umfasst sie und dreht sie zu sich, während sie ihre Gesichter aneinander reiben drängt er sich zwischen ihre Beine und dringt in sie ein.

»*Ich bin vollkommen!*«

***

Die Mädchen stehen am geöffneten Kofferraum, sie halten ein Smartphone vor sich, reißen die Augen auf und strecken die Zunge aus.

»Schatz, postest du das gerade bei Facebook? Das benutzt doch keiner mehr!«, lacht Leonie.

»Wir benutzen jedes verdammte Netzwerk! Jedes einzelne! Die ganze verfickte Welt wird meinen Namen kennen! Los nimm die Spielsachen!«

»Lass uns berühmt werden!«

Sie rennen den Weg zur Villa hoch, Cecilia wirft Leonie einen nervösen Blick zu und drückt die Klingel.

»Hey, den Song haben wir im Kindergarten immer gesungen!«

Die Häsin öffnet die Tür und erstarrt. Vor ihr stehen zwei junge Mädchen in knappen Jägerkostümen, mit spitzen Hüten aus denen eine Feder ragt. Sie tragen seltsame Brillen und haben sogar Gewehre umgelegt. »*Gewehre? Was soll das?*«

Bevor sie reagieren kann, kommt Cecilia auf sie zu, macht einen Ausfallschritt nach links, rammt ihr den Vorderarm in den Hals und drängt sie an die Wand. Die Häsin versucht zu schreien, aber aus ihrem Mund kommt kein Ton heraus, sie blickt an sich herunter und sieht das schwarze Jagdmesser zwischen ihren Rippen stecken. Das seltsame Mädchen lächelt sie an, packt ihren Hals und stößt das Messer wieder und wieder in ihren Körper.

Cecilia lässt ihr Opfer los, es rutscht an der Wand hinab und bleibt leblos liegen.

»Darf ich auch mal?« fragt Leonie. Cecilia reicht ihr das Messer und sie fängt an wie besessen auf die Frau einzustechen.

»Pass auf! Das ganze Blut spritzt dir ins Gesicht, nicht, dass es auf die Linse kommt!«

***

Luscious ist in Ekstase, es ist der schönste Moment ihres Lebens, ihr erster Orgasmus, sie wollte immer wissen, wie sich das anfühlt. Sie lässt ihren Blick durch den Raum wandern, Benny Bunny räkelt sich genüsslich auf seinem Hügel, zwischen seinen Beinen sieht sie große Hasenohren auf und ab hüpfen. Eine Häsin reitet auf ihrem Rammler an ihr vorbei und da im Eingang stehen zwei Jägerinnen in Hotpants. »*Jäger?*«

Cecilia legt ihr Gewehr an, sie drückt ab, die Häsin wird vom Rücken ihres Partners geschleudert, er kauert sich zusammen und legt die Pfoten über sich. Leonie geht auf ihn zu, setzt ihr Gewehr an seinen Kopf und betätigt den Abzug, sein Schädel explodiert, die Ohren fliegen im hohen Bogen durch die Luft. Cecilia zielt in Richtung von Benny Bunny, der Hasenkopf zwischen seinen Beinen verwandelt sich in einen roten Nebel. Ihm bleibt noch genug Zeit, panisch zu versuchen, die Knochensplitter und Hirnmasse von seinem Kostüm zu wischen, bevor eine weitere Salve seine Brust zerfetzt.

Luscious liegt unter ihrem Partner, sie versucht das Chaos um sich zu begreifen, einige Hasen versuchen wegzurennen, aber stürzen getroffen auf die Erde, manche versuchen weiterzukriechen und werden mit gezielten Schüssen hingerichtet. Im ganzen Raum liegt ein feiner, roter Nebel in der Luft, Fellteile fallen wie Schnee auf die Erde. Sie sieht wie die Jägerinnen ihre Waffen nachladen und auf den Hasenhaufen richten. Ein Ohrenbetäubender Lärm bricht los, zwischen den Schüssen kann Luscious das Gelächter und Gejubel der beiden Mädchen hören. Sie spürt, wie die Kugeln in den zuckenden Körper ihres Partners einschlagen, ein dumpfer Schlag trifft ihr Bein, ein brennender Schmerz breitet sich rasend schnell in ihrem Unterleib aus.

Die Schüsse hören auf, Luscious hört Schritte näher kommen. »*Bewege dich nicht, atme nicht mal!*«, fleht sie sich selber an.

»Da, den nehmen wir!«, hört sie eines der Mädchen sagen, ein Körper wird über ihr verletztes Bein gezogen, sie beißt die Zähne zusammen, der Schmerz ist unerträglich. Sie dreht ihre Augen so weit zur Seite, dass es schmerzt, aber sie muss sehen, was passiert. Die Jägerinnen zerren den jammernden Bugs Bunny über den Kunstrasen und setzen ihn auf die Knie. Eine stellt sich hinter ihn, die andere positioniert sich davor und richtet ihr Smartphone auf den Hasen.

»Schatz, nimm die bescheuerte Brille ab und zieh den Ausschnitt tiefer, du sollst scharf aussehen!«, sagt Leonie.

Cecilia packt Bugs am Kinn und macht was ihre Freundin gesagt hat.

»Und Action!«

Der Hase versucht sich mit letzter Kraft zu wehren, als das Messer sich durch seinen Hals schneidet, gurgelnde Geräusche dringen aus der Wunde. Sein Körper sackt zusammen, Cecilia kann ihn nicht mehr halten, folgt ihm auf die Erde und setzt sich auf seinen Rücken.

»Verdammt, ich komm nicht durch das Genick durch! Deshalb schneiden sie immer weg bevor der Kopf ganz ab ist!«

»Dann hack dich durch! Wir können das doch auch schneiden!«

Luscious sieht fassungslos zu, wie das eine Mädchen mit dem Menschenkopf in der einen und der Hasenmaske in der anderen für ein Foto posiert, ihr Bein hat sie auf den Rest des Körpers gestellt.

Als sie fertig ist, lässt sie beides einfach auf die Erde fallen, als wäre es Abfall. Die Mädchen machen sich an den Beinen ihres Opfers zu schaffen. Sie schneiden Fleischstücke aus ihnen heraus und werfen sie lachend in eine Plastiktüte.

Sie spürt wie sich etwas neben ihr bewegt.

»Nein! Nein! Bleib still liegen, dann denken sie wir sind tot und gehen. Bitte!«

Jemand springt ruckartig auf und stützt sich auf ihrer Wunde ab, sie beißt die Zähne zusammen, um nicht schreien zu müssen. Roger Rabbit hüpft über sie, rennt unbeholfen auf die Terrassentür zu, reißt das blaue Seidentuch ab und zerrt die Tür auf.

»Fuck! Da haut einer ab!«, schreit Leonie.

Die Mädchen können gerade eben noch sehen, wie Roger sich in das Waldstück stürzt. Sie verfolgen ihn, er ist erstaunlich schnell für seine großen Füße! Der Hase verschwindet aus ihrem Blickfeld.

»Wo ist er?«

Vor ihnen liegt ein Abhang, direkt unter sich sehen sie Roger den Hügel hinunterrollen, sich wieder aufrappeln und auf eine Menschenmasse zu stolpern, die sich um das riesige Osterfeuer versammelt hat.

»Lassen wir ihn laufen?«

»Auf keinen Fall!«, sagt Cecilia kalt.

Sie legt an, die erste Salve schlägt hinter Bugs in den Sand ein. Sie schießt erneut, ein kleiner Junge geht zu Boden, seine Mutter blickt erschrocken auf das Kind, das noch an ihrer Hand hängt.

»Uuuuuupsi!«

Roger drängt sich durch die verwirrte Menge, einige Leute Bilden einen Kreis um das Kind, sie beginnen hysterisch zu schreien.

Cecilia zielt erneut, atmet aus und drückt ab. Die Kugeln schlagen in Rogers rechte Schulter ein, er dreht sich wie ein Brummkreisel und stürzt mitten in das Feuer.

Unter den Zuschauern bricht Panik aus, einige Versuchen zu fliehen und trampeln sich gegenseitig nieder. Ein Raunen geht durch die Menge, als der brennende Hase wieder aus dem Feuer springt. Er läuft auf eine Gruppe junger Männer zu, in der Hoffnung Hilfe zu finden, aber sie treten ihn panisch weg. Roger führt, unter schrillen Schreien, einen grotesken Todestanz auf, bevor er auf die Knie sackt. Sein Körper verkrümmt sich, er fällt auf die Seite und bleibt in einer fötalen Stellung liegen.

»Schade, dass wir das nicht richtig auf Video haben.« bedauert Leonie.

»Doch haben wir«, sagt Cecilia und zeigt auf die Menge, »guck wie viele Leute es filmen! Das wird um die Welt gehen! Das ist wie ein Teaser für uns!«

»Los, verschwinden wir Schatz!«

***

Mit einem schrillen Schmerzensschrei zieht Luscious ihr verletztes Bein unter dem Hasenhaufen heraus, um sich Richtung Ausgang zu schleppen. Sie angelt sich an der Türklinke hoch und stürzt nach draußen.

»*Nur noch die paar Stufen!*«, denkt Luscoius und lässt sich die Treppe runter rollen. »*Nur bis hinter die Büsche!*«

Gleich ist sie da, nur noch wenige Meter.

»Hey kleines Häschen, wo willst du denn hin?«

Luscoius sieht die Füße der Jägerinnen vor sich stehen und hebt ihren Kopf. Eine von ihnen holt mit ihrem Gewehr aus, als wäre es ein Golfschläger und lässt den Kolben auf sie zurasen.

***

»Wo bin ich?«, murmelt Luscious. Sie versucht sich zu bewegen, aber klemmt in Irgendetwas fest. Sie kann dumpfe Musik hören und dreht ihren Kopf, durch eine Art Fenster kann sie nach draußen sehen. Das Glas ist ganz beschlagen, es laufen Wassertropfen herunter .

»*Es ist heiß hier!*«

Sie sieht die Mädchen.

»*Ist das eine Küche?*«, fragt sie sich ungläubig.

Leonie nimmt die Leichenteile aus der Plastiktüte und wirft sie in einen Fleischwolf.

»Haben wir nicht zu wenig?«, fragt Cecilia zweifelnd.

»Ne Schatz, da kommen doch noch andere Zutaten rein, und Eier in die Mitte, das wird Falscher Hase!«

»Meinst du die essen das?«, lacht Cecilia

»Es ist Brunch Schatz, die fressen alles! Die würden sich gegenseitig verspeisen, wenn man sie lassen würde!«

»Ich würde gerne ihre Gesichter sehen, wenn sie sich Montag auf Youtube beim Kannibalismus selbst beobachten können. Wir werden so verdammt Fame sein, wir werden zu Legenden!«

»Vielleicht drucken sie sogar T-Shirts von uns! Hey, sie ist wach!«

Die Mädchen gehen zum Konvektomaten.

»Lasst mich raus«, denkt Luscious. Sie hält ihre Hand gegen die Scheibe. *»Bitte!«*

Cecilia drückt ihre Hand von der anderen Seite gegen ihre. Sie schaut sie mitleidig an und schüttelt den Kopf.

»Du bist der Hauptgang!«

Leonie holt ihr iPhone heraus, sie positionieren sich so, dass Luscious Gesicht in ihrer Mitte ist und machen ein Selfie.

»Wird sie was da drinnen?«

»Ganz durch kriegen wir sie nicht, aber Teile schon, die löse ich aus und mache ein Hasenragout aus ihr.«

Luscious sieht wie die Hand eines der Mädchens an einem Knopf dreht, sie lächeln ihr zu und winken. Die Hitze wird unerträglich, trotzdem, irgendwie ist sie glücklich, letztendlich ist wirklich ein Hase aus ihr geworden. Ihr Herz fängt an schneller zu schlagen, es pumpt das Blut durch die Schusswunde aus ihrem Körper, sie schläft ein.

Lilith_Petite

Jetzt tu nicht so überrascht, du gottverdammter Idiot! Du hättest es wissen müssen! Wie hätte es anders ausgehen sollen? Und hör auf, dich selbst zu bemitleiden! Guck dich an, du Idiot, hängst hier heulend und blutüberströmt wie ein neugeborenes Baby! Du musst dir jetzt eingestehen, dass sie weg ist, dass nichts sie zurückbringen kann! Und du musst dir im Klaren darüber sein, dass du Hilfe brauchst, dringend, alleine schaffst du es nie! Bis dahin denke mal reflektiert darüber nach, wie es wieder passieren konnte!

***

Du dämlicher Penner hast es doch in deinen Genen! Seit dem ersten Tag! Du kannst einfach nicht mit Frauen! Dir fehlt es vielleicht an Ausstrahlung, keine nimmt dich ernst, du bist einfach keins dieser beeindruckenden Alphamännchen. Dein Vater hatte dasselbe Problem, vielleicht hat er es deshalb getan.

Du bist in Marbella aufgewachsen. Als du sieben warst, hat ein kleines Lächeln von Helene gereicht und du hast ihr dein Pausenbrot geschenkt, für den Rest der Grundschulzeit. Was hast du dafür bekommen? Nichts! Nicht mal den Kuss, den du dir so sehr gewünscht hast.

Mit vierzehn hat Juna versprochen, mit dir auf dem Sommerschulfest zu tanzen, wenn du bis dahin ihre Hausaufgaben machst. Du hast den ganzen Frühling und halben Sommer in deinem Zimmer verbracht, um die doppelte Belastung bewältigen zu können. Und wer durfte dann auf dem Fest zusehen, wie sie nur mit Francesco tanzt? Du! Später hast du das Gerücht gehört, dass er hinter der Turnhalle sogar einen

Finger in ihre Muschi stecken durfte. Das hättest du sein sollen!

Das war derselbe Sommer, in dem dein Vater es nicht mehr ausgehalten hat. Dein Vater mit seinem ausfallenden Haar, den Rettungsringen um die Hüfte und den hängenden Schultern. Du kannst dich nicht daran erinnern, wann deine Mutter jemals ein normales Gespräch mit ihm geführt hat. Ihre Kommunikation bestand darin, ihm Vorwürfe zu machen, ihn zu beleidigen und sich über ihn lustig zu machen. Deine Mutter hat ihn vor dir und deiner Schwester auch niemals Papa genannt. Eine Zeit lang hast du wirklich geglaubt, dass sein Name Verlierer ist. Wenn sie mit ihren Freundinnen geredet hat, hieß er auch oft Schlappschwanz. Irgendwann hast du ihn sogar mal gefragt, warum er deine Mutter nie befriedigt.

Als deine Schwester in die Pubertät kam, hat sie sich den Umgang mit ihm von deiner Mutter abgeguckt. Es war dieser strahlend sonnige Tag, als er ihr verbieten wollte, eine Hotpants anzuziehen, die nicht mal die Hälfte ihres Arsches bedeckte. Sie hat ihm gesagt, dass er ihr nichts zu befehlen hätte, sie hat ihn Schlappschwanz genannt. In seinen Augen waren Tränen und er hat sie geohrfeigt. Deine Mutter ist gekommen und hat gesagt: »Du impotente Schwuchtel, fass meine Tochter nicht an!« Du hast gesehen, wie seine Augen starr wurden, wie seine Mundwinkel sich zusammenziehen, er den Hals deiner Mutter gepackt hat und zudrückte. Du wirst ihr Röcheln nie vergessen! Du wirst den Moment nie vergessen, in dem du sehen konntest, wie die kleinen Äderchen in ihren Augen platzen und das Leben erlosch. Deine Schwester hat angefangen wie am Spieß zu schreien. Du hast gesehen, wie er ihr das Filetiermesser in den Hals rammte, es herauszog und panisch betrachtete. Deine Schwester wollte wegrennen, er zögerte kurz, bevor er hinterhergerannt ist, sie auf den Boden geworfen hat und ihren Rücken in Hackfleisch verwandelte.

Er stand weinend mit erhobenem Messer vor dir. Du hattest keine Angst, du hast ihn verstanden. Du hast ihn fest in deinen Arm genommen und mit ihm geheult. Ihr habt die Leichen in alte Bettlaken gewickelt, in den Kofferraum verfrachtet und seid bis in die Montes de Málaga gefahren. Dort habt ihr sie unter einer mächtigen Aleppo-Kiefer verscharrt, das Messer gleich daneben. Ihr habt das Haus gereinigt und jedem erzählt, dass deine Mutter euch mit deiner Schwester verlassen hätte. Deine Großeltern haben das natürlich nicht geglaubt. Die Polizei hat winzige Blutspuren im Kofferraum und in der Küche gefunden und deinen Vater mitgenommen. Er hat nie verraten, dass du ihm geholfen hast. Er hat erzählt, dass er die Leichen im Meer versenkt hat, man hat sie nie gefunden. Dein Vater ist ins Gefängnis gekommen und du zu deinen Großeltern nach Malaga.

Als Sohn eines Psychokillers war der Rest der Schulzeit nicht einfach. Du bist als hormonstrotzendes Wrack durch die Flure geschlichen, kein Mädchen hat dich eines Blickes gewürdigt und man hat hinter vorgehaltener Hand über dich geredet. Als deine Großeltern dir die Nachricht vom Selbstmord deines Vaters überbrachten, hast du einen Tagesausflug zum anonymen Grab deiner Mutter und Schwester unternommen und das Messer ausgegraben, als Andenken an ihn.

***

Du warst einundzwanzig, immer noch eine ungeküsste Jungfrau und gerade fertig mit der Ausbildung bei der Führerscheinstelle. Ihr Name war Selina, deine beste Freundin in der Berufsschule, du warst immer verliebt in sie, aber sie hatte einen Freund. Eines Tages stand sie heulend vor dir, weil er sie verlassen hatte. Da hast du deine Chance gewittert, sie wollte nicht alleine in ihrer Wohnung sein und konnte die Miete ohne ihn nicht bezahlen. Also bist du Held zu ihr gezogen, hast einen Teil ihrer Miete bezahlt, eigentlich die ganze und durftest mit ihr in einem Bett schlafen, immer in der Hoffnung, sie würde sich in dich verlieben oder wenigstens zu einem Anstandsfick herablassen. Stattdessen durftest du zuhören, wie irgendein Typ sie durchfickt, den ihr gemeinsam in einem Club kennengelernt habt. Du hast diese Nacht auf der Couch verbracht, derselben Couch, auf der du sie am nächsten Morgen weinend im Arm gehalten hast, weil sie sich so schlecht gefühlt hat, mit einem anderen Mann als ihrer großen Liebe zu schlafen. Aber wenigstens durftest du sie berühren, und darüber warst du Idiot auch noch glücklich. Du Masochist hast das Spiel über ein Jahr mitgemacht, dann stand ihr Exfreund wieder vor der Tür. Er hat erzählt, was für einen schrecklichen Fehler er gemacht hat, und dass er sie wiederhaben will. Selina brauchte keine fünf Minuten, um ja zu sagen, und keinen Tag, um dich vor die Tür zu setzen. Allerdings nicht ohne dir mitzuteilen, dass du keinen Kontakt mehr mit ihr haben darfst, weil ihr Freund das nicht möchte.

Da du ein richtiger Held bist, hast du natürlich nicht aufgegeben. Du wusstest, dass er der Falsche und du der Richtige für sie bist. Du hast vor ihrer Haustür und bei ihrer neuen Arbeitsstelle gewartet, sie beobachtet, dir ihren Tagesablauf notiert, damit du ihr alle paar Wochen zufällig über den Weg laufen konntest. Du wolltest nicht, dass sie dich vergisst und zu dir kommt, sobald er sie wieder verletzt. Du hast sogar einen GPS Tracker unter seinem Auto befestigt, um herauszufinden, wo sie jeden Sonntag hinfuhren. Wie schockiert warst du, als du herausgefunden hast, dass es die Montes de Málaga waren, nicht weit von dem Fleckchen entfernt, wo die Hälfte deiner Familie friedlich verweste! Du hast dort auf sie gewartet und bist ihnen vorsichtig bei ihrem Spaziergang gefolgt. Deine Welt ist zusammengebrochen, als er vor ihr auf die Knie gefallen ist und ihr einen Verlobungsring überreicht hat! Dein Herz wurde herausgerissen, als du ihre Freudentränen gesehen hast! Deine Eier wurden dir abgeschnitten, als du zusehen musstest, wie sie ihre Verlobung mit einem Fick zwischen den Bäumen feierten. Alles, was du noch fühlen konntest, war brennender Hass und das Verlangen nach Rache. Du weißt nicht mehr, warum du das Filetiermesser mitgebracht hattest, aber du hast es gegriffen. Du hast dich auf sie gestürzt, wie besessen auf seinen Rücken eingestochen, während sie schreiend unter ihm lag. Du hast seine Leiche von ihr runter gerissen, deine Hände haben sich um ihren Hals geschlossen und das Leben aus ihr herausgequetscht. Als du dir deinen verdienten Kuss abholen wolltest, ist sie plötzlich wieder zu sich gekommen, und du musstest noch mal von vorne anfangen. Dann hast du deinen Kuss endlich bekommen!

Du bist dir auch nicht sicher, warum du den Spaten mitgebracht hattest, aber du hast ihn aus deinem Kofferraum geholt, ihre Leichen zu der Aleppo-Kiefer gezerrt und neben deiner Mutter und Schwester begraben. Ihren Ring hast du behalten. Du hast die halbe Nacht da gesessen, hast auf das dunkle getrocknete Blut auf deinen Händen gestarrt, hast es abgeleckt, auf deiner Haut herum gekaut und wusstest:

DU WILLST MEHR!

***

Es war dein dreißigster Geburtstag, deine Karriere führte ins Nichts, allerdings brauchtest du ohne Sozialleben auch nicht besonders viel Gehalt. Alles, was von der Lebensversicherung deines Vaters nach der Beerdigung noch übrig war, hast du in eine kleine Eigentumswohnung investiert. Du warst immer noch Jungfrau, aber du hattest schon neun Frauen geküsst! Du warst richtig berühmt. Die Zeitungen nannten dich »El monstruo de la costa del sol«. Die Abstände, in denen die Gier nach Blut in dir aufkam, wurden immer kürzer. Dafür bist du seit Selina von der Liebe verschont geblieben.

Dein Tag fing schon beschissen an. Du hast anderthalb Stunden Stoßstange an Stoßstange im Morgenverkehr verbracht. Deine Hand hat das Messer gestreichelt, das du jeden Tag mit einem Beinhalfter an deinem Schenkel befestigst, bevor du deine Hose anziehst. Deshalb trägst du immer so weite Hosen, deshalb fehlt auch bei jeder das Innenleben der rechten Tasche. Deine Anlage war voll aufgedreht, damit dich die Penner am Straßenrand in Ruhe lassen. Deine Augen waren starr nach vorne gerichtet, als einer von ihnen an dein Fenster klopfte, um sich Kleingeld zu schnorren. In der Sekunde, in der die Ampel auf Grün schaltete, hämmerte dein Hintermann auf seine Hupe ein und gestikulierte wild wie ein amoklaufender

Gorilla im Käfig. Du hast aufs Gas getreten, der Penner spuckte auf deinen Kofferraum und zeigte dir den Mittelfinger, du wolltest auf die Bremse treten, ihm den verfickten Finger abschneiden und ihn genüsslich ausweiden, aber du warst schon zu spät zur Arbeit dran.

Du bist vorsichtig nach links abgebogen. Dem Gorilla ging es wieder nicht schnell genug, nachdem er wieder seine Hupe verprügelt hatte, überholte er dich mit quietschenden Reifen. Zum Abschied hat auch er dir noch den Mittelfinger aus dem Fenster ausgestreckt. Du hast dem Bedürfnis widerstanden, ihm zu folgen und deinen Wagen mit voller Geschwindigkeit in seinen reinzujagen, stattdessen hast du dir einen Parkplatz gesucht. Du musstest etwa fünfzehn Minuten entfernt von der Arbeit parken. Was dich am meisten aufregte, war aber die Tatsache, dass du am Ende des Tages einen Strafzettel haben würdest. Die Jungs in Blau patrouillieren in dieser Gegend den ganzen Tag, sie kennen die verzweifelte Parkplatzsituation der Angestellten im Bürodistrikt.

Bei der Arbeit wurde der Tag nicht besser für dich, zuerst durftest du dich für eine Viertelstunde von deinem Boss für die Verspätung anschreien lassen. Dann saßt du vor einem schwarzen Bildschirm, du hast alles probiert, aber dein PC wollte nicht anspringen. Nach zwei Stunden am Telefon mit der EDV-Abteilung hat sich endlich jemand herabgelassen, das Problem vor Ort zu beheben. Es dauerte nur zehn Minuten, aber die Verzögerung hat dich deine Mittagspause und einen pünktlichen Feierabend gekostet.

Mit einer Stunde Verspätung und einem dezenten Durst nach Blut hast du dich auf den Weg nach Hause gemacht. Dann ist alles zusammengebrochen! Vor dem Fahrstuhl hat dich bereits eine Schlange erwartet, und das verdammte Ding kam und kam nicht. Du hast die anderen Leute mit den Schultern weggestoßen, um zum Knopf zu kommen und ihn selbst zu drücken, wahrscheinlich hatten sie es nicht richtig gemacht. Du hast auf den Knopf eingehämmert, damit der verdammte Fahrstuhl sich beeilt.

Du wirst diese Fahrt nie vergessen, denn sie hat alles

verändert. Ohne sie wäre all das nicht passiert. Ein leises »Ping«, ist aus irgendeinem Lautsprecher gekommen, und du bist so nahe wie möglich an die Tür gegangen, nur wenige Zentimeter zwischen deiner Nase und dem Metall, um auch ja als Erster einzusteigen. Du hast dich durch den Spalt in die Kabine gezwängt, sobald er gerade breit genug für deinen Körper war. Drinnen war es voll, nein, nicht nur voll, das Scheißding drohte zu zerbersten. Der Gestank nach altem Schweiß, gepaart mit süßlichem Damenparfum hat dir die Luft zum Atmen geraubt. Deine Finger haben verzweifelt auf den Knopf für das Erdgeschoss gedrückt, damit ihr endlich losfahrt. Du hast gespürt, wie der Durst stärker wird und wolltest so schnell wie möglich der Situation entkommen. Die Türen haben sich geschlossen, du hast schon so etwas wie Erleichterung gespürt, als eine Frau ihre Handtasche dazwischen warf und noch mehr Leuten erlaubt hat, einzusteigen. Sie wurde gegen dich gedrückt, jemand hinter dir hat zu seinem Handy gegriffen und dich nach vorne gestoßen, du hast ihren Hintern in deinem Schritt gespürt. Sie hat sich umgedreht, du konntest dein eigenes Gesicht in ihrer übergroßen Sonnenbrille sehen, ihr greller pinkfarbener Lippenstift hatte auf ihre Zähne abgefärbt. Sie hat gezischt, dass du ein perverses Schwein bist. Sie hat mit ihrer Hand gewedelt wie eine schlechte Schauspielerin und sie vor dein Gesicht gehalten. Alle Passagiere haben sich zu dir umgedreht. Du hast zu ihr gesagt, dass du kein perverses Schwein bist. Sie hat nicht reagiert, also hast du deine Worte wiederholt, lauter, fast geschrien hast du. Sie hat sich dir wieder zugewandt, einen Arm in die Hüfte gestemmt und ihren Zeigefinger vor deine Nase gehalten. Sie hat dich einen kleinen Perversling genannt, hat dir gesagt, dass du Schwein deine Finger bei dir behalten sollst und sich wieder nach vorne gedreht. Über die Schulter hat sie dich mit abfälligem Blick einen Verlierer genannt. Du wolltest ihren Hals packen und sie erwürgen, aber als du sie von oben bis unten betrachtet hattest, ist dir klar geworden, dass sie nicht schön genug für diesen Akt war. Trotzdem, du warst so wütend, dass du einfach nur noch raus wolltest, aber der verdammte Fahrstuhl musste ja auf jedem Flur halten...

Vierter Flur: Du hast überlegt, ihr das Genick zu brechen, als du gesehen hast, das niemand ein- oder aussteigen will.

Dritter Flur: Du standest kurz davor, das Filetiermesser aus deiner Hose zu ziehen und auf sie einzustechen.

Zweiter Flur: Du wurdest noch weiter zusammengequetscht, als zwei Leute den Fahrstuhl verlassen haben, um Platz für einen Rollstuhlfahrer zu machen, das behinderte Schwein ist dir auch noch über den Zeh gefahren. Jetzt wolltest du sie alle töten. Du wolltest wild um dich stechen, aber du hast dich zusammengerissen.

Erster Flur: Ein fetter Mann ist eingestiegen. Du wolltest ihn anschreien, ihm sagen, dass es kein Wunder ist, dass er so widerlich fett ist, wenn er für ein Stockwerk wirklich den Fahrstuhl braucht. Deine Hand hat versucht, das Messer greifen, aber du konntest deinen Ellbogen kaum bewegen, so haben doch alle lebendig das Erdgeschoss erreicht.

Der beschissene Strafzettel hat dich dann nicht mehr weiter schockiert, es war eh schon alles zu spät. Du hast ihn von deiner Frontscheibe abgerissen, dir in den Mund gestopft und mit einem breiten Grinsen genüsslich gekaut. Die Fußgänger haben dich seltsam gemustert. Du hast ihn runtergeschluckt. Wenn du jetzt genau drüber nachdenkst, kannst du dich nicht daran erinnern, dass er wieder rausgekommen wäre.

***

Du warst kurz davor abzubrechen. Hättest du es nur getan, dann wäre jetzt alles anders. Du hattest darauf geachtet, dass beide Autos in der Garage stehen und dich durch ihren Hintergarten über den Rasen geschlichen. Es hatte angefangen zu regnen, und deine Sneaker haben bei jedem Schritt dieses quietschende Geräusch gemacht, du hattest Angst, dass es dich verraten könnte. Aber du hast das Pärchen auf ihrer Couch sitzen sehen, Arm in Arm, die Gesichter auf den Fernseher gerichtet. Der Lautsprecher hat alle Geräusche von draußen übertönt, die bunten Lichter haben sie blind für das gemacht, was draußen in der Dunkelheit passierte. Du hast deine eigenen Fußspuren auf dem nassen Rasen sehen können und dir Sorgen gemacht, dass du Abdrücke im Haus hinterlässt und sie dich zu früh bemerken würden, du bist trotzdem weiter bis zum Kellerfenster geschlichen. Das Terrain kanntest du in- und auswendig. Es war wie immer, du hattest die Passfotos der Führerscheine nach Frauen durchsucht, die dir gefallen. Über ihre Profile in sozialen Netzwerken hast du ihr Privatleben überprüft. Es war wichtig, dass sie einen Partner haben, dafür keine Hunde oder Katzen. Natürlich auch keine Kinder, du bist ja nicht wirklich ein Monster! Ihre Adressen hast du bei Google Maps und Google Street View eingegeben, für dich kamen nur Einzelhäuser mit Keller infrage. Dann hast du die Paare über Wochen observiert, ihre Gewohnheiten herausgefunden, wann sie zu Hause sind und ob sie gemeinsam ins Bett gehen, denn es ist einfacher, einen zur Zeit zu erledigen.

Dein Glasschneider hat mit einem kleinen Kreischen ein Stück aus dem Fenster herausgetrennt, du konntest es öffnen und warst drinnen. Die kühle Luft im Keller war eine willkommene Abwechslung zur schwülen Hitze draußen. Du hast daran gedacht, deine Schuhe auszuziehen und bist die Kellertreppe hochgeschlichen. Im Eingang vom Wohnzimmer bist du stehen geblieben und hast sie für einen Moment beobachtet. Du hast dir gewünscht, dass du es bist, in dessen Arm sie sich kuschelt. Dann bist du in den ersten Stock hoch, hast dich unter dem Bett verkrochen und auf deine Uhr geguckt. Du wusstest, dass sie in einer viertel Stunde nach oben kommen würde. Sie ging jeden Wochentag um zehn Uhr ins Bett, er blieb dann gewöhnlich noch für zwei Stunden in seinem Arbeitszimmer, er war ein Lehrer. Du hast eine Erektion bekommen, als du gehört hast, wie sie nach oben kommt und sich die Zähne putzt. Dein Körper hat angefangen zu zittern, als du ihre nackten Füße aufs Bett hast zukommen sehen. Die Matratze hat fast dein Gesicht berührt, als sie sich hingelegt hat, du hast sie leicht mit deinen Fingerspitzen berührt und gestreichelt. Du hast gewartet, bis ihr Atem ruhig und gleichmäßig wurde, dich vorsichtig herausgeschoben, neben das Bett gestellt und sie beobachtet. Alle Leute wachen auf, wenn man sie lange genug anstarrt. In dem Moment, als sie die Augen aufschlug, bist du auf sie gesprungen, deine Hände haben sich um ihren Hals geschlossen und zugedrückt, du hast dich selber stöhnen hören. Sie hat versucht zu schreien, aber du übst seit fast zehn Jahren jeden Abend mit dem Handtrainer, viele Leute haben schon deinen festen Händedruck bewundert. Ihre Luftröhre und der Kehlkopf waren innerhalb von Sekunden zerquetscht, du hast ihr tief in die Augen geblickt, als die Äderchen explodiert sind und sie sich rot färbten. Weil es dir so gefiel, hast du ihren Hals für fünf Minuten nicht losgelassen. Dann hast du dir deinen Kuss abgeholt und natürlich ihren Ehering an dich genommen, obwohl du Verlobungsringe eigentlich immer schöner fandest.

Er saß vor seinem Computer, als du die Tür zum Arbeitszimmer geöffnet hast, den Rücken zu dir. Er trug Kopfhörer, auf dem Bildschirm hast du schemenhaft eine junge Frau in Schulmädchenuniform erkannt, seine rechte Hand bewegte sich hastig hoch und runter. Du bist sehr wütend geworden! Wie konnte er es wagen, seine schöne Frau zu hintergehen? Das Filetiermesser hast du ihm zuerst in den Hals gestochen und ihn aufstehen lassen. Dann hast du es ihm in den Bauch gerammt und abgewartet. Die Männer hast du immer gerne langsam getötet. Ein Stich nach dem anderen. Sie sollten Zeit haben, darüber nachzudenken, dass sie sterben müssen und was du mit ihrer Frau angestellt hast. Diesen Moment, in dem alle Hoffnung aus ihrem Gesicht verschwindet und nur noch pure Angst da war, den hast du immer besonders genossen. Dieser Kerl hat einundzwanzig Stiche weggesteckt, du hast ihm gleich zweimal die Kehle durchgeschnitten, erst dann gab er Ruhe! Dein Blick ist auf den Bildschirm gefallen und plötzlich hast du ihn verstanden! Dein Herz hat angefangen zu hüpfen! Du hattest Schmetterlinge im Bauch! Es war Liebe auf den ersten Blick! Da war sie, dieses perfekte, faszinierende Wunder Gottes. Du hast dir die Kopfhörer aufgesetzt und

zugehört, wie sie Fragen anderer Zuschauer beantwortet, die sie anscheinend auf ihrem Bildschirm gesehen hat. Sie war so offen und fröhlich, so ein nettes Mädchen hattest du noch nie gesehen. Sie bestand darauf, dass ihr Geld überwiesen wird, damit sie sich weiter auszieht.
Du hast den vollen Betrag über das Konto deines Opfers überwiesen, die Währung nannte sich Tokken.

Deine Nase klebte am Bildschirm, als du ihren makellosen Körper studiert hast, jeden perfekten Millimeter! Sie hatte all diese schönen bunten Bildchen auf ihren Körper tätowiert. Der Schriftzug auf ihrem Schamhügel »My Daddy Will Kill You« hat dich Tränen lachen lassen. Du musstest an Schneewittchen denken, »ihre Lippen rot wie Blut und ihr Haar schwarz wie Ebenholz«, ihre Haut war aber nicht weiß, sondern goldbraun. Unten auf dem Bildschirm war zu lesen, dass ihr Name Lilith_Petite ist. Dir war natürlich klar, dass das nicht ihr echter Name ist. Dein Herz ist fast stehen geblieben, als sie erzählt hat, dass sie auch in Malaga lebt. Du hast noch mehr Geld überwiesen, damit sie vor deinen Augen einen Gummipenis in sich steckt, dabei hast du dich selbst berührt. Sorgen um DNA Spuren hast du dir nie gemacht, sonst hättest du auch nie einen Kuss bekommen, es war dir egal, ob du mal erwischt wirst. Dann hat sie ein anderes Gerät in sich eingeführt und die Zuschauer aufgefordert, es mit ihren Maustasten zu bedienen. Zuerst warst du verwirrt, aber dann hast du auch geklickt, jeder Druck auf die Taste hat das Gerät in ihrem Körper zum Vibrieren gebracht und etwas Geld an sie überwiesen. Da der Lehrer keine Verwendung mehr für sein Vermögen hatte, hast du pausenlos auf die Maus gedrückt, bis dein Finger müde wurde und du einen Krampf bekommen hast. Es war wie ein Wettrennen gegen die anderen User, ein Rennen, das du unbedingt gewinnen wolltest. Lilith_Petite hat laut aufgeschrien, ihr Gesicht hat vor Glück gestrahlt, ihr ganzer Körper hat gezittert. Du wusstest, das war ein Orgasmus, und du warst dir sicher, dass nur deine Klicks ihn ausgelöst haben! Du warst es, du allein! Vor Freude bist du durchs ganze Zimmer gesprungen, hast vor Glück geweint und in die Hände geklatscht. Deinen Arm hättest du dir fast gebrochen, als du auf dem Blut ausgerutscht und auf den Boden geknallt bist.

Lilith_Petite hat sich bedankt, dir eine schöne Nacht gewünscht und in die Kamera gewunken. Du wusstest, da ist etwas zwischen euch! Sie konnte es noch nicht wissen, aber du warst dir sicher! Du musstest sie wiedersehen, du musstest sie finden!

***

Am nächsten Abend bist du wieder auf ihre Seite gegangen. Du hast Geld von deinem Tagesgeldkonto gegen Tokken eingetauscht. Du musstest dir einen Namen für den Chatraum ausdenken, deine Wahl fiel auf Jeffrey_Ramirez. Du warst ab dann bei jeder ihrer Shows anwesend und hast ihr einen Orgasmus nach dem anderen beschert. Die anderen dachten vielleicht, sie wären auch beteiligt gewesen, aber du warst es, nur du! Für hundert Euro im Monat hast du ein Snapchat Abo gekauft und bist ihr auf Twitter und Instagram gefolgt. Du hast nach ihr gegoogelt und viele Videos gefunden, die du dir angucken konntest, wenn sie nicht online war. Du hast dich gefragt, wie viel Geld sie in der Woche für Babyöl und Papiertücher ausgeben muss, ob sie vielleicht Mengenrabatt bekommt. Du hast ein Videoarchiv von ihr heruntergeladen und dich gewundert, dass einige schon drei Jahre alt sind, obwohl sie gesagt hat, sie wäre achtzehn. Du hast angefangen dir Sorgen zu machen, dass sie vielleicht jemand zu den Aufnahmen zwingt, sie missbraucht, du hattest die Berichte über Menschenhandel und Zwangsprostitution gesehen.

Die Tage, an denen sie nicht im Chat auftrat, waren schlimm. Du hast weinend im Bett gelegen und konntest nicht aufstehen. Der öffentliche Chat war nur an drei Tagen in der Woche, zwei hatte sie frei, und die anderen beiden waren für Privatchats reserviert, aber vor denen hattest du zu viel Angst. Du musstest etwas unternehmen und sie finden, aber wie?

Eines Tages hat sie erwähnt, dass sie diesen Sommer ihren Abschluss machen würde. Du dachtest an den Lehrer und hast es probiert. Auf der Homepage seiner Schule hast du sie gefunden. Es war ein Foto von einer Biologiekursreise nach Barcelona, sie stand in einem Tunnel, der durch ein riesiges Aquarium führte, darunter stand ihr Name, Ainara. Du hast sie in der Führerscheinkartei gefunden. Von da an konntest du sie jeden Tag sehen. Du hast sehnsüchtig zu ihrem Fenster hochgeschaut, wenn sie ihre privaten Shows hatte. Kurzfristig hast du darüber nachgedacht, eine Gitarre zu kaufen, um ihr ein Ständchen zu bringen. Du warst schon am Bezahlen, aber dann hast du dich daran erinnert, dass du nicht spielen kannst, und hast dich ratlos vor ihre Wohnung gesetzt.

Während des nächsten Livechats hat sie erzählt, dass sie in zwei Wochen Geburtstag hat und jeder, der ihr ein Geschenk kaufen will, sollte auf ihre Amazon Wish List gehen. Du Trottel hattest noch nicht bemerkt, dass man ihr anonym Geschenke machen darf! Als du die Liste angesehen hast, ist dir aufgefallen, dass ein Artikel nach dem anderen verschwand! Die anderen User wollten dir Konkurrenz machen, sie dir wegnehmen! Du fragtest dich, was das perfekte Geschenk wäre und konntest dich nicht entscheiden, also hast du das restliche Geld von deinem Tagesgeldkonto genommen und alles gekauft, was noch da war. Das Meiste waren Sexspielzeuge und Dessous, aber es waren auch drei Paar Schuhe dabei und zwei Schlüsselanhänger, einer war ein Zauberstab aus Harry Potter, der andere ein rot leuchtendes Lichtschwert aus Star Wars. Außerdem ein Smoothie Maker und ein Staubsauger. Natürlich hast du sichergestellt, dass an jedem Päckchen eine Karte hängt mit einem Herzchen und deinem Chatnamen drauf.

Dann passierte es, du saßt vor dem Bildschirm und hast Tokken überwiesen, damit sie sich auszieht, sie hat den Staubsauger in die Kamera gehalten und sich persönlich bei dir bedankt! Sie hat deinen Namen gesagt! Du bist vor Freude in die Luft gesprungen, bist durch dein Zimmer getanzt, hast ihr Gesicht auf dem Bildschirm geküsst und abgeleckt.

Sie hat gefragt, ob du sie nicht im Privatchat treffen möchtest, du hattest zu viel Angst zu antworten und bist aus deiner Wohnung gerannt. Sie konnte nicht wissen, dass ihr euch schon oft getroffen hattet. Ihr wart zusammen bei Starbucks, ihr seid essen gegangen, ihr wart sogar im Kino. Du hast sie so oft nach Hause begleitet, damit ihr nichts passiert. Natürlich immer mit viel Abstand, du wolltest nicht, dass sie dich bemerkt. Einmal hat sie dich so komisch angeguckt, als würde sie wissen, dass du sie verfolgst, du hast dann ganz schnell auf den Boden geschaut und bist verschwunden.

Als du dich wieder beruhigt hattest, bist du zurück nach oben gegangen und hattest Sex mit ihr. Ohne dich wäre sie sonst nie gekommen, das war dir klar. Die anderen dachten vielleicht, sie könnten es ihr auch besorgen, aber das konntest nur du. Sie dachten, sie würde sie mögen, aber nur weil sie wollte, dass sie das denken. In ihren Augen konntest du sehen, dass sie Gefühle für dich hat. Du musstest etwas unternehmen.

***

Es war ein brütend heißer Tag, du standest schweißgebadet wenige Meter von ihrem Hauseingang entfernt, hast an deinen Achseln gerochen, um sicherzugehen, dass du auch gut für sie riechst. Sie trat aus der Tür hinaus, deine linke Hand hat sich fest um das Messer gekrallt. Du hattest es dabei, damit es dir Kraft gibt, nicht weil du Durst hattest. Du hattest ihn schon seit Wochen nicht mehr, es war, als hätte sie Licht in deine Dunkelheit gebracht. Dir war jetzt klar, dass nur wahre Liebe Hass töten kann. Deine linke Hand spielte mit Selinas Ring, du hattest ihn mitgebracht, um Ainara einen Heiratsantrag zu machen. Du bist zu ihr gegangen, standest hinter ihr, hast deine Hand nach ihrer Schulter ausgestreckt und wolltest etwas sagen, aber es kam kein Ton aus deinem Mund. Sie ging, du hättest dir für deine Feigheit am liebsten das Messer in den Bauch gerammt und deine Eingeweide herausgerissen. Du wolltest gerade gehen, da ist dir aufgefallen, dass sie ihr Fenster offen gelassen hatte. Als erfahrener Serienmörder wusstest du, dass das sehr unsicher ist.

Ihre Wohnung lag im zweiten Stock, das offene Fenster konnte man über ein Regenrohr erreichen. Der Raum, in den du geklettert bist, war größer als deine ganze Wohnung, er hatte eine offene Küche und war penibel aufgeteilt. Die eine Ecke kanntest du schon, da stand das rosa Bett mit den Kuscheltieren, auf dem du sie immer sahst. Davor standen zwei große Scheinwerfer und eine teuer aussehende Kamera auf einem Stativ. Es gab zwei Bildschirme, du hast dir gedacht, dass sie sich auf dem einen selbst sehen kann und auf dem anderen vielleicht die User, die ebenfalls eine Webcam an hatten.

In der gegenüberliegenden Ecke war noch ein Bett mit einem Fernseher davor, du hattest dich immer gefragt, ob es nicht unangenehm wäre, auf dem Laken zu schlafen, wenn es voller Öl und Gleite ist.

Da war ein großes Aquarium in der Mitte des Raumes, mit lauter bunten Fischen, du hattest zwar keine Ahnung von Fischen, aber du hast sie bewundert.

In der letzten Ecke waren Fitnessmatratzen und Trainingsgeräte verteilt, dazwischen hatte sie vier Kleiderschränke. Du konntest nicht anders und musstest reingucken. Zwei von ihnen waren voll mit normaler Kleidung, einer nur mit Reizwäsche bestückt und der letzte vollgestopft mit Dildos, Vibratoren, Peitschen und Dingen, von denen du nicht wusstest, was genau sie machen, oder wo man sie hinsteckt.

Du hast dich gefreut, deinen Smoothie Maker in der Küche thronen zu sehen, und in ihrem Kühlschrank nur gesundes Essen gefunden. Einer ihrer Schränke war voll mit Babyölflaschen, der daneben mit Küchenrollen. Vor der Waschmaschine stand ein Korb mit Schmutzwäsche, du hast kurz gezögert, aber dir dann einen String herausgefischt und schnell in die Hosentasche gestopft.

Auf ihrem Flur gab es so viele verschiedene Schuhe zu sehen, dass du ein Foto gemacht hast, sonst gab es nur noch ein Badezimmer. Über der Dusche und der Wanne waren auch

Kameras angebracht, du hast den Toilettendeckel hochgehoben und mit der Hand rüber gestrichen. Du hast dich vor dir selber geschämt, als du ihn abgeleckt hast.

Als du zur Wohnungstür raus wolltest, ist dir eingefallen, dass du das Fenster nicht geschlossen hast, du bist zurück und hast gehört, wie sich der Schlüssel im Schloss dreht. Du bist in Panik geraten, wolltest dich aus dem Fenster stürzen, aber hast dich dann dazu entschlossen, unter das Bett zu kriechen.

Ainara ist direkt zu einem der Kleiderschränke gelaufen und hat sich nackt ausgezogen, dein Herz ist stehen geblieben. Sie hat sich weiße Kniestrümpfe, einen Slip mit Ponys drauf und ein Mickey Maus T-Shirt angezogen. Ihre Haare hat sie seitwärts zu zwei Zöpfen gebunden, sich eine Zahnspange in den Mund gesteckt und einen Lolli aus einer Tüte geholt. Sie ist auf das Bett zugekommen, du hast dich so weit wie möglich in die Ecke gequetscht und dich an deinem Messer festgehalten. Sie saß auf der Matratze, du konntest ihre Füße sehen. Ihr Computer hat ein Geräusch von sich gegeben, sie hat einen Mann mit »Hi Daddy« begrüßt, er hat mit »Na mein kleiner Engel« geantwortet. Du hast dich vorsichtig nach vorne geschoben, bis du die Bildschirme sehen konntest. Er hat sie gefragt ob, sie artig war. Sie hat sich mit ihm unterhalten und dabei gesprochen wie ein kleines Kind. Du konntest sie auf einem der Bildschirme sehen, sie hat sich schüchtern auf die Unterlippe gebissen, mit ihren Zöpfen gespielt und manchmal an dem Lolli geleckt. Ihn konntest du auch sehen, er trug eine Krawatte und saß in einem Raum, der aussah wie ein Büro. Neben ihm stand ein Bild, in dem er ein Kind, vielleicht seine Tochter, auf dem Arm hat. Der Mann hat sie gezwungen, sich auszuziehen und sich zu berühren. Du hast die Matratze gestreichelt, du konntest ihr Gewicht spüren, du warst ihr so nahe. Er hat ihr gesagt, dass sie ein ungezogenes kleines Mädchen ist. Sie musste ihren Hintern in die Kamera strecken und sich mit einem kleinen Lederpaddel selbst schlagen. Dir ist ein Zähler in der unteren Ecke aufgefallen, jede Minute sprang er um drei Euro nach oben.

Als die Bildschirme ausgingen, standen ihre Füße plötzlich

wieder neben dir. Du konntest deine Hand nicht mehr kontrollieren.

Sie hat sich ganz langsam über den Teppichboden geschoben, Zentimeter für Zentimeter.

Du hast es nicht gewagt zu atmen!

Wie eine Giftschlange schnellte deine Hand auf ihren Knöchel zu!

Sie hat ihr Bein gerade noch rechtzeitig hochgezogen, du hast sie nur um Millimeter verfehlt. Dein Körper hat sich entspannt, und du warst so erleichtert, was wäre das für ein erster Eindruck gewesen? Dafür konntest du dir aber den Ponyslip krallen und hast ihn schnell zu seinem Freund in die Tasche gesteckt.

Ihr zweiter Besucher hat dich wütend gemacht, du wolltest hervorspringen und den Bildschirm zerschlagen. Er hat sich nicht für ihren makellosen Körper interessiert, auch nicht für ihr engelsgleiches Gesicht. Sie musste ihre Füße einölen und ganz dicht vor die Kamera halten. Seine Augen klebten am Bildschirm, während sie nichts weiter tat, als ihre Zehen zu bewegen und die Füße aneinander zu reiben. Plötzlich hattest du andere Probleme, dein Magen hat geknurrt, für dich hat es sich angehört wie ein hungriges Raubtier. Ainara hat kurz inne gehalten, du bist vor Panik in Schweiß ausgebrochen. Du konntest deinen eigenen Gestank riechen und warst dir sicher, sie würde es auch tun, aber sie hat sich weiter auf ihren Kunden konzentriert.

Ihr nächstes Date hat dir Angst gemacht. Sie hat sich ein Korsett und hohe Lackstiefel angezogen, dann hat sie sich einen Dildo um die Hüften gebunden und sich auf das Bett gestellt, die Matratze hat deine Stirn berührt. Du konntest das Gesicht des Mannes auf dem Bildschirm nicht sehen. Er hat seinen Penis in die Webcam gehalten, er war klein, nicht größer als dein Zeh, er hatte ihn zwischen Daumen und Zeigefinger eingeklemmt. Ainara war gemein zu ihm, sie hat ihn ausgelacht und sich über den Mann lustig gemacht. Ihm schien das zu gefallen. Sie hat seinen Penis nutzlos genannt, ihm gesagt, er könne es damit weder ihr, noch sonst jemanden besorgen und dass sie das nächste Mal ihre Freundinnen einladen möchte, weil ihr niemand glaubt, wie winzig er ist. Deine Augen sind schwer geworden und immer wieder zugefallen. Du hast ihr entfernt weiter zugehört, du warst so müde!

Du bist in schwärzester Dunkelheit aufgewacht, warst völlig orientierungslos, wolltest aufstehen und hast dir den Kopf am Lattenrost angeschlagen. Dir ist wieder eingefallen, wo du bist, hast Ainara in dem zweiten Bett ruhig atmen hören. Als deine Augen sich an die Nacht gewohnt hatten, konntest du sehen, wie sich die Bettdecke über ihrer Brust leicht hob und senkte. Du bist vorsichtig zu ihr geschlichen. Deine zitternde Hand hast du unter die Bettdecke geschoben und ihre Wärme auf der Matratze gespürt. Dann hast du sie auf das Kopfkissen gelegt, direkt vor ihr Gesicht, konntest ihren Atem auf deiner Haut spüren und warst so erregt. Das Kissen war ganz feucht von ihrem Schweiß, du hast ihn in deinem Gesicht verteilt, deine Zunge ist genüsslich über deine Handfläche geglitten. Du hast die Bettdecke angehoben, wolltest dich zu ihr legen und dich an sie schmiegen. Dann bist du zu dir gekommen und hast nachgedacht. Vielleicht würdest du sie erschrecken? Vielleicht solltest du sie vorher kennenlernen, am Besten in einer anderen Situation?

Du hattest einen neuen Plan, wolltest gehen, hast dich langsam in ihre Richtung vorgetastet. Du verdammter Idiot hättest vorsichtiger sein sollen und auf deine Füße achten! Auf der Erde lag ein Vibrator, du bist gegen ihn getreten, er ist an die Wand geknallt und du bist hinterher gestolpert. Du hast dich mit dem Rücken so fest gegen die Wand gedrückt wie es ging, konntest hören, wie die Bettwäsche raschelt. Du hast ihre Silhouette aufrecht im Bett sitzen sehen, sie ist aufgestanden und in deine Richtung getorkelt. Sie kam dir immer näher, sie war nackt, an ihren hängenden Schultern und dem unsicheren Gang, konntest du erkennen, dass sie noch im Halbschlaf war. Dann ist es passiert, sie ist auf den Vibrator getreten, ausgerutscht und in deine Richtung gestürzt. Ihre Hand ist klatschend an der Wand gelandet, ganz knapp neben deinem

Kopf. Ihr Körper war nur Zentimeter von dir entfernt, du konntest seine Hitze spüren, ihren Atem riechen, du hast gierig ihren Duft in deine Nase gesaugt und die Luft angehalten. Dein Herz hat so laut gepocht, dass du dachtest, sie müsse es auch hören. Deine Hand ist in Richtung ihres Halses gewandert, wieder hast du ihren Atem gespürt, ganz leicht berührtest du ihre seidigen Haare. Sie ist weitergegangen, nur Zentimeter von dir entfernt. Als die Badezimmertür zuschlug, bist du zur Wohnungstür gesprungen, hast gewartet, bis die Toilettenspülung zu hören war, und hast sie hinter dir verschlossen.

In der Sekunde, in der du deine eigene Wohnung betreten hattest, flog deine Kleidung auch schon von dir. Du hast eines ihrer Videos angemacht, den String fest um dein Glied geschnürt, den Slip in dein Gesicht gedrückt und tief eingeatmet. Du hattest eine Masturbationssession epischer Proportionen, für die du dich am Ende selbst geschämt hast.

***

Am nächsten Abend saßt du vor ihr, hast gestottert und keinen vollständigen Satz herausbekommen, du hast dich nicht mal getraut, ihr in die Augen zu schauen. Es war euer erster Privatchat, sie war so lieb und sanft zu dir, hat sich gefreut, dich endlich zu sehen, und sich für all die Geschenke bedankt. Am Anfang hattest du das Gefühl, dass sie dich erkennen würde, aber sie hat nichts gesagt. Du warst Stunden mit ihr alleine, sie hat dir deine Wünsche von den Augen abgelesen. Wünsche, von denen du selber nicht wusstest, dass du sie hast.

Du hast sie ab dann jeden Abend getroffen. Sogar nach ihren öffentlichen Chats, weil sie dich so gerne mochte. Meistens habt ihr euch nur stundenlang unterhalten, sie hat dir all ihre Tattoos gezeigt und zu jedem eine Geschichte erzählt. Du hast erfahren, dass sie gerne nach Barcelona ziehen würde, um Meeresbiologie zu studieren, aber das nicht ginge. Du hast gefragt warum, sie sagte, das dürfte sie nicht erzählen. Ihr hat deine Wohnung sehr gefallen, du hast sie ihr durch deine Webcam vorgeführt. Sie war beeindruckt, dass du in deinem Alter schon eine Eigene besitzt.

Nach zwei Wochen bist du in Schwierigkeiten geraten, von deinem Geld war nichts mehr übrig, bis zum nächsten Gehaltsscheck würde es noch lange dauern. Du wolltest es ihr sagen, aber sie hat dir die Worte abgeschnitten, sich ganz nah an die Kamera gelehnt und geflüstert:

»Ich glaube, ich verliebe mich in dich!«

Du konntest dein Glück nichts fassen, bist durch die Wohnung getanzt, konntest nicht schlafen, hast dich die ganze Nacht an ihren Slip geklammert und dich mit dem String fast selber stranguliert. Am Abend darauf hast du sehnsüchtig darauf gewartet, dass sie in ihren Chatraum kommt, aber das tat sie nicht. Sie war noch nie zu spät. Du hattest große Angst um sie, wolltest dich gerade auf den Weg zu ihrer Wohnung machen, um sie zu retten, dann hast du eine Nachricht über Snapchat bekommen. Es war Ainara, sie sagte, sie müsse dringend mit dir sprechen, sie bräuchte deine Hilfe. Darunter stand ihre Skype-Nummer. Du hast sie gewählt, ihr Gesicht ist auf dem Bildschirm aufgetaucht, ihre Mascara verschmiert, ihr Körper am Zittern, sie sah verängstigt aus. Sie hat dich um Hilfe angefleht. Du hast gesagt, dass du alles für sie machst, du würdest für sie töten. Sie hat dich angelächelt und gefragt, ob ihr euch treffen könnt, alleine, wo niemand euch sehen kann, denn sie wäre in großer Gefahr. Du hast ihr von der Aleppo-Kiefer erzählt, ein anderer Platz ist dir nicht eingefallen. Ihr habt euch für den nächsten Tag verabredet.

***

Du hättest Blumen kaufen sollen! Der Clownfisch war tot, du hattest ihn vor der Arbeit gekauft und im Auto liegen lassen, es war zu heiß. Du hast ihn in seiner Plastiktüte vor dein Gesicht gehalten, dann hast du Schritte kommen hören und ihn weit ins Gebüsch geschleudert.

Sie stand vor dir, dein fleischgewordener Traum im Licht der untergehenden Sonne. Sie hat sich in deine Arme geworfen und ihren Kopf weinend in deiner Brust vergraben. Du hast sie gehalten, wortlos, es kam dir wie eine Ewigkeit vor. Du wolltest ihr den Slip zurückgeben, denn du hattest ein schlechtes Gewissen, sie beklaut zu haben. Ainara ist ein paar Schritte zurückgetreten, direkt auf das Grab von Selina, hat dir tief in die Augen geguckt und gesagt, dass ihr euch nicht mehr sehen dürft. Deine Hand hat den Slip losgelassen und dein Messer gegriffen, du hast dich bereit gemacht ihr das Herz herauszuschneiden und die Haut von ihrem Gesicht abzuziehen. Dann ist sie unter Tränen zusammengebrochen und hat dir alles erzählt. Du hattest Recht! Sie war eine Gefangene von Menschenhändlern. Ihre Wohnung ihr Gefängnis, all das Geld aus den Chats nahm man ihr weg, nur die Geschenke durfte sie haben. Die Männer hatten gemerkt, dass sie dich heimlich traf. Sie haben ihr gedroht, euch beide zu töten, wenn sie weiterhin Kontakt zu dir hat. Sie wollten sie zwingen, Sex mit einem Mann vor der Kamera zu haben, dabei war sie doch noch Jungfrau, theoretisch jedenfalls. Du bist zu ihr auf die Knie gefallen und hast versprochen die Männer für sie zu töten. Sie hat den Kopf geschüttelt, weil die Organisation zu mächtig ist. Sie hat sich vorgebeugt und dein Gesicht berührt. Es gebe einen Ausweg, aber dafür bräuchte sie Geld, viel Geld. Sie würde in Deutschland jemanden kennen, der drei Kilo hochwertiges Kokain für nur Hunderfünfzigtausend verkaufen würde. Ihr könntet zusammen nach Barcelona fliehen, für nur ein Kilo würde sie neue Identitäten für euch bekommen und ihr dürftet in einer kleinen Wohnung mit Blick aufs Meer leben. Das war deine Chance ihr Held zu werden, deine Chance auf ewige Liebe, deine Chance, dein Leben als Serienkiller hinter dir zu lassen. Deine Brust hat sich aufgebläht, stolz hast du zu ihr gesagt, du könntest etwas Geld besorgen, ihr müsstet kein Kokain kaufen, ihr könntet auch so bezahlen. Sie hat geantwortet, dass es nur mit den Drogen ginge, etwas anderes würden die Leute in Barcelona nicht akzeptieren. Kokain wäre eine weltweit anerkannte Währung, krisensicher, ein universelles Zahlungsmittel, geschützt vor

Inflation und Zinsverfall. Außerdem würde man anfangs nach ihr suchen, ihr müsstet euch das erste Jahr verstecken und bräuchtet Geld. Ihr könntet aus den restlichen zwei Kilo vier machen und für mindestens achtzig Euro pro Gramm an Touristen verkaufen. Das hat dir eingeleuchtet, ihr Plan war narrensicher. Du hast ihr versprochen, das Geld bis zum nächsten Wochenende aufzutreiben, du wusstest, dass die Zeit drängt. Du konntest nicht länger warten, ihr musstet endlich zusammen sein.

Sie hat ihre Hände auf deine Hüften gelegt, ihre Wange an deine gedrückt und gesagt: »Ich liebe dich!« Sie ist aufgestanden, als du sie gerade küssen wolltest. Du bist auf den Knien geblieben, hast ihre Hand gegriffen, den Ring herausgeholt und sie gefragt, ob sie dich heiratet. Sie hat deinen Kopf an ihren Bauch gedrückt, den Ring auf ihren Finger gesteckt und ja gehaucht.

***

Der Mann vor dir war vielleicht etwas älter als du, es war schwer einzuschätzen, definitiv durchtrainierter und modisch gekleidet. Seine Bewegungen und seine Art zu sprechen war ruhig und selbstsicher. Du konntest ihn nicht angucken, seine Augen haben dich durchbohrt, er hat dich leicht angelächelt, aber du wusstest, dass es nur eine Maske war, er hat dir Angst gemacht. Wann war das letzte Mal, dass du Angst vor jemandem hattest? Wenn du sonst die tödlichste Präsenz in deiner Umgebung bist, gibt es nicht viele Gründe, sich zu fürchten.

Das Mädchen bei ihm hat dir das Päckchen mit dem Geld abgenommen. Es zu bekommen, war einfacher als du dachtest. Du hast dem Typen, dem das Haus, in dem du lebst, gehört, angerufen und ihm die Wohnung zum Rückkauf angeboten, weit unter dem Marktpreis. Deine einzige Bedingung war, dass das Geld sofort auf dein Konto überwiesen wird und er sich selbst um die Räumung kümmert. Du musstest drei Tage darauf warten, dass deine Bank es auszahlen konnte, und hast dich sofort auf den Weg nach Hamburg gemacht. Du warst über einen Tag unterwegs und hattest gerade eben Zeit für einen kleinen Mittagsschlaf.

Er hat eine braune Tasche in der Hand gehabt, auf der Diesel stand. Das war eure Zukunft drinnen, was solltest du machen, wenn er sie dir nicht gibt? Sein kleiner Hund ist an deinem Bein hochgesprungen, du hattest Angst, ihn anzufassen. Seine Freundin stand neben ihm, ihr Gesicht sah so unschuldig aus wie das von Ainara, aber in ihren Augen hast du ein tödliches Funkeln bemerkt. Du hast in ihren viel zu tiefen Ausschnitt geschielt, dann hat er dir die Tasche in den Arm geworfen und gesagt: »Ich glaube, du hast es eilig mein Freund, du kommst noch zu spät zu deinem Date!«

Sie haben beobachtet, wie du vom Parkplatz gefahren bist, du warst so froh, endlich weg von ihnen zu sein. Ainara würde es nie wieder nötig haben, mit solchen Menschen Kontakt zu haben, du würdest sie retten. Dein Fuß hat aufs Gas getreten. Sie würde sich am nächsten Tag direkt nach ihrem Chat mit den nötigsten Sachen aus der Wohnung schleichen und dich bei der Aleppo-Kiefer treffen. Dann würdet ihr euch sofort auf den Weg nach Barcelona machen und den Rest eures Lebens glücklich miteinander verbringen.

***

Womit du nicht gerechnet hattest war...na ja... alles, was als Nächstes passierte. Du bist in tiefster Dunkelheit die Berge von Malaga hochgerast, soweit entsprach der Abend noch deinen Vorstellungen. Du hattest ihr Bild vor deinen Augen, wie sie sehnsüchtig auf dich wartet. Du warst spät dran, ein Stau hatte dich aufgehalten, sie hatte dir schon geschrieben, weil sie sich Sorgen machte. Es war nicht mehr weit, du warst dir sicher, dass sie dir um den Hals springen und dich küssen würde.

Plötzlich hat jemand hinter dir dich mit seinem Fernlicht geblendet. Warum hattest du den Wagen nicht früher bemerkt? Haben sie sich etwa ohne Licht genähert? Das Auto hat ausgeschert und dich überholt, es war ein Centauro Mietwagen.

Der Fahrer hat ihn knapp vor dir wieder rüber gerissen. Du hast versucht, auszuweichen, dein Auto ist von der Straße abgehoben, dein Magen hat sich beim Parabelflug umgedreht. Du hast dich selbst kreischen hören und die Kiefer, deine Kiefer, auf dich zurasen sehen.

Du musstest an die Schmetterlingssammlung deines Großvaters denken, als du aufgewacht bist. Wie sie, von einer kleinen Nadel aufgespießt, auf einem Stück Pappe vor sich hin verwesten. Dasselbe Schicksal hatte dich ereilt, fast, in deiner Brust steckte ein dicker Ast, der dich unzertrennlich von deinem Fahrersitz machte. Aus deinem Brustkorb kam dieses beängstigende Rasseln, deine Gliedmaßen konntest du nicht spüren, dein Kopf hat wehgetan, als hätte ihn jemand mit einer Axt gespalten.

Schritte haben sich knirschend durch das Geäst genähert, jemand hat krachend die Beifahrertür aufgestemmt. Da war sie, Ainara, sie war gekommen um dich zu retten ... dachtest du verdammter Idiot. Sie ist in das Wrack gekrochen und hat angefangen, es zu durchsuchen, deine Augen haben sie zweifelnd verfolgt. Sie hat gesagt, du sollst einfach ruhig sitzen bleiben. Hinten hat sie die Tasche gefunden, ihren Inhalt kontrolliert und dir zugezwinkert. Du hast einen knurrenden Schatten auf deinem Schoß gesehen und versucht, deinen Kopf herunter zu neigen. Den kleinen Hund kanntest du, es war der gleiche, der in Hamburg an deinem Bein hochgesprungen war. Zuerst hat er wild an dem Stamm genagt, dann hat er das Blut an der Eintrittswunde abgeleckt. Du wolltest protestieren, aber hast nur ein Grunzen herausgebracht. Der Hund hat dich angeguckt, mit dem Schwanz gewedelt, ist in dein Gesicht gesprungen und hat es abgeschleckt. Du konntest seine Zunge in deiner Nase spüren, du hast deinen Kopf verzweifelt zur Seite gedreht. Da waren sie, das Pärchen aus Hamburg. Dir wurde klar, dass es wieder passiert war. Sie hat dich nur benutzt. Du Vollidiot hast nicht nur das Kokain für sie bezahlt, du hast es sogar ins Land geschmuggelt. Es war lange Zeit vergangen, seit du das letzte Mal Beute und nicht Jäger warst. Du hast heiße

Tränen auf deinen Wangen gespürt, der Hund hat sie genüsslich abgeleckt.

Ainara hat sich über dich gelehnt, trotz der Dunkelheit konntest du ihr Lächeln sehen und selbst in diesem Moment hast du erbärmlicher Verlierer dir noch sehnlichst einen Kuss von ihr gewünscht. Du hast deine Augen geschlossen und darum gebetet, dass dieser Moment nie enden würde, dass sie für immer so nahe an deiner Seite bleibt, aber es war innerhalb von Sekunden vorbei. Sie hat das Handy aus deiner Tasche gefischt und dich alleine zum Sterben zurückgelassen. Du musstest zusehen, wie sie sich in die Arme des Pärchens warf und wie sie sich alle gegenseitig küssten.

Sie sind zwischen den Bäumen verschwunden, nur der Hund ist stehen geblieben und hat dich noch eines letzten Blickes gewürdigt.

***

Jetzt tu nicht so überrascht, du gottverdammter Idiot! Du hättest es wissen müssen! Wie hätte es anders ausgehen sollen? Und hör auf, dich selbst zu bemitleiden! Guck dich an, du Idiot, hängst hier heulend und blutüberströmt, wie ein neugeborenes Baby! Du musst dir jetzt eingestehen, dass sie weg ist, dass nichts sie zurückbringen kann! Und du musst dir im Klaren darüber sein, dass du Hilfe brauchst, dringend, alleine schaffst du es nie! Bis dahin denke mal reflektiert darüber nach, wie es wieder passieren konnte.

Oh, was sind das für schöne Sterne vor deinen Augen? Was ist das plötzlich für ein unerträglicher Gestank? Du kennst ihn nur zu gut, deine Gedärme entleeren sich. Du spürst wie der Tod, zäh wie Quecksilber, durch deine Venen kriecht.

Dildo Delirium

39,5°

»Junges Fräulein, das ist unser Familiengeschäft! Wir leben davon! Zu dem Essen und den Klamotten die es dir finanziert, sagst du ja auch nicht Nein. Du bist alt genug endlich mal mit anzupacken, es ist doch nur für ein paar Wochen!«

Layla dreht sich Hilfe suchend zu Sasha um, aber die sagt nichts, wie immer. *»Arrogante Bitch, würdigt mich nicht mal eines Blickes!«*

Ihre Hände zittern, ob es die Kälte auf dem Weihnachtsmarkt ist oder sie wieder Schüttelfrost hat, kann sie nicht sagen. Sie hat diese stechenden Schmerzen im Kopf, ihr Hals fühlt sich trocken an, durch die Nase bekommt sie kaum noch Luft. Ihr steht der Schweiß auf der Stirn.

»Mama ich muss morgen zu Berufsschule und mir geht es schlecht. Bitte!«

»Layla, die vier Stunden wirst du überleben! Ich stehe den

ganzen Tag in der Kälte, meine Hände sind schon ganz blau. Von dem Geld, das wir mit dem Stand zusätzlich verdienen, können wir uns einen schönen Urlaub leisten!«

Sie ist dieses Jahr sechzehn geworden, ihre Vorstellung von Urlaub ist es eigentlich nicht wirklich, ihn mit ihrer Mutter zu verbringen. Natürlich liebt sie ihre Mom irgendwie, aber sie hat ein paar Ecken und Kanten. Scharfe Kanten!

»Mama, ich bin sechzehn, ich mag keine Sexspielzeuge verkaufen. Die Männer belästigen mich!«

»Ach Layla, benimm dich wie eine erwachsene Frau! Das wirst du schon verkraften. Ein Freund würde dir vielleicht mal nicht schaden!«, faucht sie und packt ihre Sachen.

Ihre Mutter nennt sich die »Dildo Fee« und hat eine Passion für alle Arten von Sextoys Sie sind ihr Lebensinhalt, fast schon wie eine Religion. Eigentlich könnte man schon sagen, dass sie eine krankhafte Obsession für Sex hat, meint Layla. In ihren Augen eine Art posttraumatische Belastungsstörung, als Folge eines frustrierenden Hausfrauenlebens. Ihre Eltern haben sich getrennt, als sie neun war. Alt genug abends alleine zu bleiben, wenn Mama dienstags und freitags ausgegangen ist.

»Mama geht in den Swingerclub Schatz!"«

Zuerst dachte sie, ihre Mutter geht Swing tanzen, als sie sich Videos im Internet angucken wollte, haben Google und Youporn sie aber intensiv aufgeklärt. Irgendwann war dann auch das ganze Haus voll mit Sexspielzeugen und ihre Mutter hat sich unter dem Namen Dildofee selbstständig gemacht. Man muss sich das Business wie eine Tupperparty vorstellen. Ihre Mutter veranstaltet irgendwo ein Treffen mit anderen Frauen. Kaffee, Kuchen und Vibratoren! Dieser Stand hier ist ein Aufbruch in neue Geschäftsfelder, auf »Santa Pauli, Hamburgs geilstem Weihnachtsmarkt auf der sündigsten Meile der Welt«.

Layla bekommt einen krächzenden Hustenanfall, sie hält sich am Verkaufstresen fest, um nicht umzukippen. Ein paar der Vibratoren fallen um, sie versucht hastig sie wieder hinzustellen. Eine der Frauen am Glühweinstand gegenüber zeigt Mitleid und bringt ihr eine heiße Cola.

»Man kann ja nur asexuell werden, wenn man den ganzen Tag

mit der Scheiße bombardiert wird!«, flüstert sie Sasha genervt zu.

Es ist wohl normal, dass ein pubertierendes Kind sich irgendwie für seine Eltern schämt. Das erreicht aber eine völlig neue Dimensionen, wenn man von der Klassenfahrt mit einem neuen Auto abgeholt wird, auf dessen Seite ein großes Foto der eigenen Mutter neben dem Schriftzug »Dildofee« prangt. In ihren Augen ist es für das Mutter-Tochterverhältnis auch nicht unbedingt förderlich, wenn man zum sechzehnten Geburtstag einen Lelo Soraya Vibrator geschenkt kriegt. »Der ist berühmt aus Sex and the City«, hat Mama gesagt. *»In grauen Vorzeiten hat die Serie wohl ähnliche Hysterie bei untervögelten Frauen ausgelöst, wie heute »Shades Of Grey«.«*

Wie dem auch sei, keine Sechzehnjährige möchte einen Vibrator von ihrer Mutter geschenkt kriegen. Wenn Layla genau darüber nachdenkt, möchte das wohl keine Frau, egal wie alt sie ist.

Nach dem Auftritt bei der Klassenfahrt durften die anderen Mädchen aus der Schule sich nicht mehr mit ihr treffen. In die Wohnung hätte sie eh niemanden gelassen, besonders nicht in das Badezimmer. Die Duschbrause an der Paneele hat ihre Mutter nämlich mit einem Dildo Aufsatz ausgestattet und neben ihrer elektrischen Zahnbürste steht auch gleich der vibrierende Tingle Tip Aufsatz. Wirklich traurig war Layla deshalb nicht, sie mochte die Anderen nie sonderlich. Der Großteil war ständig darum bemüht einfach zur Masse dazuzugehören, völlig ohne eigene Identität. Dann gab es da die wenigen Außenseiter, denen bei dem Gedanken ein Teil dieser friedlich grasenden Viehherde zu sein, der blanke Horror ins Gesicht geschrieben stand. Sie hatten so eine Panik davor gewöhnlich zu sein, dass ihre verzweifelten Versuche individuell zu wirken, lächerlich Ausmaße annahmen. Eine wirklich einzigartige Persönlichkeit kann man nicht kreieren, man wird so geboren. *»Wie ich selbst!«*

Sie dreht sich seufzend zu Sasha um. »Willst du nicht alleine weitermachen? Ich sterbe gleich?«

Layla krallt sich in den Tresen, ihr wird schummerig. Lautes

Stöhnen reißt sie aus dem Halbschlaf hoch. Im Zelt wird wieder Pornokaraoke veranstaltet. Dabei wird ein Pornofilm ohne Ton gezeigt, den die betrunkenen Zuschauer auf der Bühne dann selbst synchronisieren dürfen. Ansonsten gibt es auch hier, wie bei normalen Weihnachtsmärkten, viele handgearbeitete Dinge. Ein Familienbetrieb betreibt einen Stand, auf dem sie selbst geschnitzte Dildos aus Holz verkaufen, ein anderer führt Schamhaartoupets aus echtem Haar, man kann sich ein Intimpiercing stechen lassen oder tätowiert werden. Die Lebkuchenherzen hier sind etwas anders, auf ihnen stehen Dinge wie »Lass uns Ficken« oder »Ich will deinen Schwanz«. Einer der Stände nennt den Glühwein "Hurensaft" und den Eierpunch "Cumshot".

Ein Haufen betrunkener Frauen, oder »Wooooo Fotzen«, wie Layla sie nennt, spielt kreischend und lachend an den Sextoys herum. Aus einer Gruppe besoffener Kerle tritt ein Typ hervor, der sie schon längere Zeit anglotzt.

»Na schönes Kind. Kann man euch beide auch kaufen?«, lacht er.

Layla wirft Sasha, die weiterhin unberührt da sitzt, einen Blick zu. »Nein, wir sind nicht käuflich. Aber da hinten stehen ein paar Prostituierte«, sie deutet Richtung Davidstraße, »die würden sich bestimmt freuen, wenn jemand mit ihnen aufs Zimmer geht. Oder möchten Sie vielleicht etwas für zu Hause haben?«, fragt sie und hält ihm einen Gegenstand entgegen. »Das ist ein Piu, Sie müssen nur Ihren Schwanz reinstecken und ihn anschalten. Freihandmasturbation beim Porno gucken. Spart Ihnen bestimmt viel Arbeit oder?«

Der Kerl verzieht sich wortlos, Layla beißt ein Stück von ihrem Lebkuchenpenis ab. Eine Freundin ihrer Mutter hat sich an der Standmiete beteiligt, sie verkauft erotisches Gebäck, auch Vaginakekse, Titten-Cupcakes und Anus-Donuts. Es bleibt meistens etwas übrig und Layla gibt es den Obdachlosen, die schon hungrig rüberschauen.

Sexuelle Belästigung gehört für sie und Sasha zum Geschäft. Entweder sind es alkoholisierte, vor Testosteron strotzende Jungs in der Spätpubertät oder ältere Männer in der Midlife-

Crisis, mit zurückweichendem Haaransatz und wachsendem Bauch. Oft wird ihr auch irgendeine Form von Bezahlung angeboten. Meistens ist es Geld, aber es waren auch schon Drogen dabei, sogar Konzerttickets und eine Saturn Bonuskarte. Anfangs hat sie den Männern ihr Alter verraten, um sie loszuwerden, allerdings hat das nur dazu geführt, dass sie ihre Gebote erhöht haben. Jetzt schickt sie sie zum Straßenstrich oder erklärt den Weg zum nächsten Bordell.

Einer der Obdachlosen scheint fasziniert von Sasha zu sein, er wirft ihr ständig verliebte Blicke zu. Layla wischt sich mit zittrigen Händen den Schweiß aus dem Gesicht und betrachtet sie von oben bis unten. *»Sie sieht aber auch scharf aus in ihrem Weihnachtskostüm. Und hübsch ist sie. Große Brüste, süße Sommersprossen, smaragdgrüne Augen, zimtfarbenes Haar, schlank, ein Traum für jeden Mann.«*

»Ich glaube er ist verknallt in dich. Ich finde, du solltest ihn kennenlernen, du wünscht dir doch bestimmt jemanden der dich wirklich liebt und nicht nur besteigen will.«

Layla trägt die Waren in den Transporter, der hinter dem Stand geparkt ist. Er wird die Nacht über hier stehen bleiben. Der Weihnachtsmarkt hat einen Wachdienst, der die Fahrzeuge bewacht. Sie schnappt nach Atem und bekommt einen Hustenanfall, bis ihr schwarz vor Augen wird. Sie wankt zurück zum Stand, wo zwei der Obdachlosen sehnsüchtig auf sie warten. *»Fuck!«*

»Es tut mir Leid Leute, heute ist alles weggegangen«, sagt sie mitleidig. Die Frau und der Mann gucken traurig auf den Boden und wollen wieder gehen.

»Ich hätte den Penis nicht essen sollen, dann hätten sie wenigstens ein bisschen was gehabt«, schämt sie sich. *»Es macht aber keinen wirklichen Unterschied, sie sehen eh immer traurig aus, egal ob man ihnen etwas zu Essen gegeben hat oder nicht.«*

Wie auch die ganzen Obdachlosen am Hauptbahnhof, die abends aus einem Suppenwagen gefüttert werden. Wenn Layla am nächsten Tag herfährt, sieht sie wieder die gleichen betrübten Gesichter.

»Wartet!«, ruft sie ihnen hinterher. Die beiden kommen zurück, Layla drückt jedem ein Paket in die Hand. Die Frau bekommt einen Hitachi Magic Wand, der aussieht wie eine Keule. Der Mann ein Stoya Fleshlight. Verwirrt nehmen sie die Geschenke an und ziehen ab. Sashas Verehrer traut sich nicht an den Stand. »Bestimmt ist er schüchtern und hat Angst mit dir zu reden!«

41,2°

»Irgendetwas Seltsames ist mit den Obdachlosen passiert!!!«

Als Layla heute zum Stand gekommen ist, haben sie sie fröhlich begrüßt, sonst haben sie sie nicht wahrgenommen. Sie beobachtet das Trio nebenbei, zum ersten Mal sieht sie sie lachen und miteinander reden.

»Liegt es an den Sextoys? Und wenn ja, hat der Mann mit dem Fleshlight es etwa mit Sashas Verehrer geteilt?«

»Hast du getrunken? Du hast so einen glasigen Blick!«, hat Mama gefragt. *»Dürfte wohl eher an der Krankheit liegen, du gemeine Bitch!«*

Layla konnte die Nacht kaum schlafen, obwohl sie todmüde war. Das erste Sonnenlicht hat sich angefühlt, als würde jemand ein glühendes Messer in ihre Schläfen treiben. Den ganzen Tag kann sie sich nicht entscheiden, ob sie friert oder ob ihr heiß ist.

Ein Paar tritt an den Tresen heran und legt einen Doppeldildo vor sie. Beim Bezahlen gafft die Frau Layla eindringlich an. Sie traut sich kaum aufzuschauen, so unangenehm sind die musternden Blicke.

»Wir wohnen im East Hotel eine Straße weiter«, sagt die Frau, »vielleicht möchtest du uns ja später besuchen kommen?«

»Nein danke«, antwortet Layla, »ich muss morgen zur Berufsschule.«

»Wir bezahlen dich natürlich auch Kleine«, hechelt der Mann lüsternd, »was hältst du denn von fünfhundert Euro?«

Layla stützt sich auf den Tresen, um nicht nach hinten zu fallen, sie kneift die Augen zusammen, damit sie wieder klar sehen zu kann.

»Ich bin gerade erst sechzehn geworden!«, sagt sie, um das Paar loszuwerden.

»Entschuldige mein hübsches Kind, dann machen wir wohl tausend draus. Na komm, ein bisschen Taschengeld kannst du doch bestimmt gebrauchen«, sagt er aufgeregt und greift sich zwischen die Beine. Layla betrachtet mit Ekel die Erektion, die sich in seiner Hose abzeichnet. Seine Frau starrt auf ihre die Brüste, beißt sich auf die Unterlippe und leckt mit der Zunge drüber.

»Layla! Schlaf nicht ein bei der Arbeit!«, keift ihre Mutter und klatscht in die Hände. Das Pärchen zieht sich hektisch zurück.

»Hier hast du die Schlüssel für den Wagen. Ich warne dich! Vergiss nicht abzuschließen! Ich gehe jetzt!«

»Miese Flatterfotze!«, murmelt Layla ihr hinterher. Sie guckt zu den Obdachlosen rüber und bemerkt etwas Unheimliches. Es sind mehr geworden, acht vielleicht, oder zehn und alle beobachten sie nervös. Die Welt um sie beginnt sich zu drehen, Layla spürt den Schweiß über ihr Gesicht laufen, ihre Hände zittern. Auf der großen Bühne hält eine Gruppe Drag Queens eine Ansprache, ihre Worte hallen in Laylas Ohren, das Lichtermeer blendet sie und bohrt sich wieder in ihre Augen und Schläfen. Sie schlägt die Hände klatschend in ihr nasses Gesicht und dreht sich zu Sasha, die sie mit großen Augen anschaut. Ihre Lippen scheinen sich zu bewegen, aber Layla kann sie nicht hören. Erschrocken reißt sie ihren Kopf zur anderen Seite. Sie sieht eine Gruppe Männer am Schamhaarstand stehen und sich die Toupets lachend auf die Glatze setzen oder ins Gesicht zu halten. Einen Stand weiter sitzt ein frierender Mann mit freiem Oberkörper neben dem Gasstrahler und lässt sich das Portrait eines lachenden Weihnachtsmannes stechen, der beide Daumen nach oben zeigt. Gleich dahinter öffnet sich das Piercing-Zelt und sie kann eine Frau im Gynäkologenstuhl sehen, vor der ein Mann sitzt und sich bedrohlich mit einer Kanüle nähert. Sie wendet sich angewidert ab und starrt in die hypnotisierenden Flammen der Feuerzangenbowlen, die am Glühweinstand brennen.

Plötzlich bricht ohrenbetäubende Musik über sie hinein, Layla reißt die Hände an die Ohren und sucht schockiert nach der Quelle. Es ist die große Bühne, auf der eine Burlesque Show stattfindet. Auf der rechten und linken Seite tanzen zwei Mädchen in riesigen, dampfenden Glühweingläsern. In der Mitte scheint eine Frau in einer Schneekugel gefangen zu sein, umringt von einem Wirbelsturm weißer, glitzernder Flocken. Dazwischen führt eine Mauer falsch grinsender, überschminkter Mädchen eine perfekt choreografierte Show auf. Ihre nackten Brüste sind mit rot blinkenden Pasties in Sternchenform geschmückt. Layla kneift die Augen zu, ihr Magen dreht sich.

Ein Heer lauter Schreie aus dem Pornokaraoke Zelt mischt sich mit der Musik, anscheinend läuft eine Orgie. Laylas Körper krümmt sich zusammen, sie übergibt sich vor Sashas Füße, die völlig unberührt bleibt.

»Hallööööööööchen«, kreischt eine schrille Stimme und schreckt Layla wieder hoch. Vor ihr stehen die Drag Queens und spielen gackernd mit den Toys. Vier hochgewachsene Männer in aufwendigen Kleidern, die Gesichter unter spektakulären Perücken und tonnenweise Schminke versteckt.

»Ach was ist das denn Süße?«, fragt eine und hält ihr einen Reizstrom Anal Vibrator vor die Nase.

»Soll ich mir das in mein Popöchen schieben und mir dann Stromschläge geben?«, fragt sie kichernd. »Hast du den schon mal ausprobiert? Der würde deine Pussy glatt zum Schmelzen bringen?«, lacht sie Sasha an.

»Schätzchen, das ist ja wie auf dem elektrischen Stuhl!«, bemerkt ihre Freundin und winkt ab. Alle fünf brechen in übertrieben falsches Gelächter aus und fangen an zu zappeln, als hätte man sie an eine Starkstromleitung angeschlossen.

Eine Packung Kondome fliegt Layla vor die Hände. Sie schaut

nach rechts, vor ihr stehen fünf Jungs mit Zipfelmützen, einer knallt seine flache Hand auf das Holz, darunter mehrere fünfzig Euro Scheine.

»Du mit uns! Gang Bang in zwei Stunden im Pornokino da drüben! Hundert Euro pro Schwanz! Deine Freundin darfst du auch mitbringen!«

Plötzlich nimmt Layla einen unangenehmen, beißenden Gestank wahr, eine Mischung aus Moder und altem Urin.

»Verpisst euch ihr perversen Schweine, lasst das arme Kind in Ruhe!"«

Die Drag Queens und die Jungs ergreifen angewidert die Flucht. Hinter ihnen erscheinen die Obdachlosen, zwölf Stück, sieben Männer und fünf Frauen. Sie schauen Layla erwartungsvoll an. Nach einer Minute betretenen Schweigens streckt Layla einer der Frauen einen Ceramix Ribbed Bullet Vibrator entgegen, den sie ihr gierig aus den Händen reißt. Die anderen drängeln nach vorne. Layla verteilt die Fleshlights, die Womanizer, die Lelo Prostata Massagestäbe, die Lelo Oras und die Hitachi Magic Wands an die Gruppe, die dankbar davonzieht. Nur Sashas Verehrer bleibt übrig und schielt schüchtern zu ihr rüber.

»Liebst du sie?« Er nickt hastig mit dem Kopf.

»Wirst du sie gut behandeln und für sie sorgen?«

»J... J... Jaaaa!", stammelt er.

Layla dreht sich zu Sasha, hebt sie aus ihrem Stuhl, trägt sie um den Stand herum und legt sie in seine Arme.

»Sie ist ein wertvolles Mädchen, pass gut auf sie auf!«

Der Mann trägt Sasha auf seinen Händen über den Marktplatz, wie man es sonst nur in kitschigen Schnulzen kennt.

Sie ist wirklich sehr teuer, über siebentausend Euro, sie ist eine Realdoll2, direkt aus den USA. Eigentlich war sie nur eine Leihgabe, als Promotion für ihre Hersteller.

»Jetzt hat sie jemanden gefunden, der sie wirklich liebt und nicht nur ficken will! Was wird Mama mit mir machen? Egal, jetzt ist es eh zu spät!«

Layla spielt mit den Autoschlüsseln in ihrer Tasche. Sie stützt sich schwer atmend an einer Mülltonne ab und blickt zum Wagen.

»Sie muss ihre Strafe kriegen! Sie hat es verdient! Außerdem ist es für einen guten Zweck!«

Layla torkelt auf den Transporter zu.

»Hey Kleine! Wo willst du hin, du kannst euren Stand doch nicht alleine lassen!«, ruft ihr eine Frau aus dem Glühweinstand hinterher.

42°

»Komm schon, Papa hat es dir doch gezeigt!« Layla stampft mit den Füßen auf den Pedalen herum, der Motor kreischt laut auf. *»Ach ja, erst den Gang einlegen!«*

Der erste Gang rastet krächzend ein. Wieder tritt sie das Gaspedal durch, der Wagen versucht verzweifelt vorwärts zu fahren.

»Oh, die Handbremse!«

Layla löst sie, das Auto springt nach vorne, mehrere Menschen flüchten schreiend zur Seite und beschimpfen sie.

Noch ein Versuch, der Wagen kommt langsam in Bewegung und fährt krachend vom Bordstein, sie drückt das Gaspedal durch. Autos von der Gegenfahrbahn lassen ihre grellen Fernlichter aufblinken.

»Ach ja, Licht muss ich anmachen!«

Am Straßenrand, im Scheinwerferkegel, taucht das Pärchen wieder auf, sie wollen über die Straße laufen. Layla gibt Gas und reißt das Steuerrad zur Seite, der Mann zerrt seine Frau zurück, sie stürzen sich über Geländer. Der Transporter knallt seitlich dagegen, Metal kreischt, Funken fliegen wie bei einem Feuerwerk und Layla lächelt zufrieden. Die Augen fallen ihr zu, sie schüttelt den Kopf und blinzelt schwer.

»Halt durch, nur noch fünf Minuten! Fuck, die Ampel ist rot!"

Layla wird in den Sitz zurückgeworfen, der Wagen rast los. Von links und rechts blenden sie Scheinwerfer, das ohrenbetäubende Hupen dröhnt in ihrem Kopf, sie sieht andere Autos über die Straße schlittern.

»Das war nicht die Bremse!«, lacht sie.

»Warum riecht das hier so verbrannt? Oh, Papa hat gesagt, man muss die Gänge auch mal hochschalten.«

Zu ihrer Linken kann Layla schon den Weihnachtsbaum auf der Alster sehen. *»Nicht mehr weit!«*

Sie biegt in die Mönckebergstraße ein, sieht nach kurzer Zeit ihr Ziel, zieht das Steuer nach links und fährt mit einem lauten Knall auf den Bordstein, einige aus der Menschengruppe drehen sich erschrocken um, die meisten aber bleiben gleichgültig in der Schlange stehen.

Layla öffnet die Tür, lässt sich hinausfallen und torkelt, gestützt an die Motorhaube, bis zur Schiebetür. Mit letzter Kraft reißt sie sie auf und sinkt benommen auf die Knie. Zwei Obdachlose, die sich zur Schlange vor dem Suppenwagen begeben wollen, laufen zu ihr und versuchen Layla aufzuhelfen. Sie schiebt ihr Hände beiseite, stattdessen hält sie ihnen einen Autoblow2 und einen Aneros Vice entgegen.

»Nehmt das! Schickt die anderen her! Hier ist genug für alle!«

Die Männer begutachten die Päckchen zögernd von allen Seiten, bevor sie in Richtung Suppenwagen laufen.

Müde und zitternd holt Layla ein Paket nach dem anderen aus dem Auto, sie stapelt sie auf einen Haufen. Vor dem Suppenwagen geht ein Raunen durch die Menge, wildes Gemurmel breitet sich aus, die Ersten lösen sich aus der Schlange und steuern auf den Berg Sextoys zu. Der Kreis um Layla wird immer größer, die Menschen drängeln und schubsen. Der Suppenwagen steht verlassen da, die Helfer vom Roten Kreuz blicken sich verstört an und folgen den Obdachlosen.

»Frohe scheiß Weihnachten allerseits!«, stammelt Layla und kippt auf die Seite. Der eisige Asphalt brennt in ihrem Gesicht, durch ihren dampfenden Atem sieht sie Stiefel auf sich zu rennen. Jemand kniet sich vor sie.

»Hallo! Hallo Sie! Können sie mich hören? Was fehlt Ihnen?«

Layla blickt in die Gesichter der Rotkreuz-Mitarbeiter und lächelt. »Merry Fuckin' Christmas Bitches!«

37°

Und die Folgen der Geschichte? Na ja, die nächstes Wochen und Monate hat es sich zu einem großen Problem entwickelt, dass öffentlich zugängliche Steckdosen von ungepflegten Menschen in zerrissener Kleidung belagert wurden. Besonders Fast Food Restaurants wurden regelrecht überfallen und Getränkeautomaten wurden ihre Stecker gezogen.

Eine Mutter durfte nach zwei Tagen ihre Tochter aus dem Krankenhaus abholen, die im Fieberwahn Sexspielzeug im Wert von tausenden Euros an Obdachlose verteilt hat. Es tat ihr unendlich leid, dass sie ihre Tochter fast umgebracht hatte. Auch die Polizei drückte ein Auge zu, schließlich war das junge Mädchen nicht zurechnungsfähig ...

Der Weihnachtsengel

Behutsam kämmt Lucas seinen Bart nach außen weg, um Verknotungen und Haarzotteln zu entfernen. Im Spiegelbild sieht er die verschlossene Flasche Laphroaig bedrohlich über seine Schulter grinsen, wie sie es seit fünf Jahren macht.

»Nimm mich, ich lasse dich deinen Schmerz vergessen!«

Aber er will nicht mehr vergessen, der Schmerz hält sie in ihm lebendig. Alkohol kann ein wirklich guter Freund sein, er hilft sich seinen Sünden nicht stellen zu müssen, aber er weiß, er hat es nicht verdient zu entkommen.

Lucas schmiert seine Haut mit einer Gesichtspflege-Creme ein, um sie vor Spritzern und Ungenauigkeiten zu schützen.

Sieben Jahre ist es schon her. Es war auf dem Rückweg aus

dem Urlaub in Südfrankreich. Zwei wunderschöne Wochen, er, seine Frau Isabella und ihre fünfjährige Tochter Amelia. Er wollte die Nacht durchfahren, schnell nach Hause, um am nächstens Tag rechtzeitig zum Geburtstag ihrer Mutter da zu sein. Viel zu schnell ist er gefahren, das wusste er. Drei Sekunden Schlaf, vielleicht fünf, ein Brückenpfeiler.

BOOOOOM

Nichts sollte mehr so sein wie vorher. Isabella zerquetscht zwischen Sitz und Armaturenbrett, Amelias kleiner Körper durch die Frontscheibe geschmettert. Dieses Bild, das Bild ihrer kleinen Füße, die noch in der Scheibe hängen. Das Blut auf dem Glas, er kann es nicht vergessen. Sie mochte den Gurt nicht, sie waren keine strengen Eltern.

»Meine Schuld, alles meine Schuld!«

Und er? Zwei gebrochene Beine, sonst nichts. Ihm war es nicht vergönnt mit ihnen zu sterben. Nein, er durfte ihnen beim verrecken zusehen. Dabei sein, als die Rettungskräfte die Köpfe weinend schüttelten und Amelias Gesicht zudeckten.

»Mein Gott ihr Gesicht, ihr Gesicht, es war nicht mehr da!«
Lucas sprüht großzügig die weiße Farbe auf seinen Bart, die Augenbrauen und in die Haare. Mit einer alten Zahnbürste verteilt er sie gleichmäßig und lässt sie trocknen.

Nach einem langen Krankenhausaufenthalt durfte er nach Hause. Und was hat ihn erwartet? Ein leeres, ausgestorbenes Haus, ein Leben, das keines mehr war. Dutzende Fotos, aus denen sie ihn vorwurfsvoll anstarrten. Freunde und Familie, die ihm aus dem Weg gehen, manche aus Hass, viele weil sie seinen Schmerz in ihrer heilen Welt nicht ertragen konnten. Der Griff zu Wodka und Whiskey war der einfachste Ausweg. Sie haben seine Gedanken betäubt, haben ihn schlafen lassen, manchmal den ganzen Tag. Zuerst war es eine Flasche täglich, dann war die erste schon zum Mittag hin alle. Jeden Tag aufs Neue das Gift in die innere Leere kippen, versuchen das tiefschwarze Loch zu füllen, bis die Welt etwas erträglicher schien. Eine langsame, psychisch qualvolle Art sich selbst hinzurichten, für Feiglinge, die nicht die Eier dazu haben, sich eine Kanone in den Mund zu stopfen und den Abzug zu ziehen.

Mit einem kleinen Pinsel trägt er sorgfältig Rouge auf seine Wangen auf. Irgendwann hat er das Gefängnis, das sein Haus geworden war, nicht mehr ertragen können und hat sich dazu aufgerafft seine Trinkgelage in Kneipen zu verlegen. Es war einfacher das Wrack, zu dem er geworden war, zu ertragen, wenn er die Gewissheit hatte, dass er nicht der einzige Verlierer auf der Welt war. Die Heimwege waren das Erniedrigendste, wenn er hinfiel und erst nach dem dritten Versuch auf die Beine kam. Die Leute, die ihn ausgelacht haben, oder noch schlimmer, die die ihm helfen wollten wieder aufzustehen, ihn gesehen haben in seiner vollgepissten Hose.

Lucas zieht sich den langen Mantel über.

Dann, eines Tages ist er in völliger Dunkelheit aufgewacht, umgeben von einem unbeschreiblichen Gestank, eingeengt, ohne dass er sich bewegen konnte. Völlig panisch und orientierungslos hat er sich aus der Finsternis rausgekämpft, nur um festzustellen, dass er in einem Abfallcontainer gelandet war. Irgendjemand, vielleicht ein paar Jugendliche, werden ihn völlig besoffen auf der Straße gefunden haben und seinen Körper wie ein Stück Müll entsorgt haben. Und Müll war er auch, menschlicher Abfall. Das war die letzte Nacht, in der er Alkohol angerührt hat, er hat sich seinen Dämonen gestellt und langsam ins Leben zurückgefunden. Er ist in eine kleinere Wohnung gezogen, hat wieder angefangen zu arbeiten, nichts Großes, Zeitungen austragen, Regale packen, gemeinnützige Arbeit im Obdachlosenasyl. Als die Tage kürzer und deprimierender wurden, als die quälende Weihnachtszeit bedrohlich näher rückte, sah er die Anzeige in der Zeitung.

»Weihnachtsmänner gesucht!«

Dieses Jahr ist sein fünftes als Santa. Das Gefühl wieder kleinen Kindern nahe zu sein, sie zum Lachen zu bringen, sie glücklich zu machen ist wie eine neue Droge für ihn geworden. Das ganze Jahr über lebt er nur für diese wundervollen sechs Wochen. Vielleicht ist es eine Art Wiedergutmachung für das kleine Leben das er beendet hat.

Er setzt die Zipfelmütze auf und schiebt sie sich perfekt zurecht. Den Bauch muss er sich mittlerweile nicht mehr ausstopfen, einen falschen Bart schon lange nicht mehr tragen, es wäre unerträglich, wenn ein Kind daran zieht und durch seine Schuld erfährt, dass es keinen Weihnachtsmann gibt.

Dieses Jahr darf er auf einem der großen Weihnachtsmärkte, mitten in Hamburg City, Santa Claus spielen. Der gleiche Weihnachtsmarkt, auf dem Amelia das erste Mal auf dem Schoß vom Weihnachtsmann saß. Anfangs hat es ihm Angst gemacht, aber er fühlt sich ihr dort so nahe, dass es manchmal fast so ist, als wäre sie noch da. Einen Job, auf diesem Weihnachtsmarkt zu kriegen ist fast unmöglich, aber letztes Jahr ist Lucas zum Weihnachtshelden geworden, meinen zumindest die Zeitungen. Der Artikel auf der Titelseite liegt vor ihm auf der Kommode, sein eigenes Bild schaut ihn mit traurigen Augen an. Er hat keine Interviews gegeben oder sich für die Presse fotografieren lassen, das Bild haben sie irgendeinem Elternteil abgekauft, das ein Foto mit ihm und seinem Kind gemacht hat. Lucas schnaubt verächtlich. »Ein Held, ich bestimmt nicht, nur ein Verlierer, der den Rest seines traurigen Lebens für eine unermessliche Schuld büßen muss!« Er wirft sich den Sack über die Schulter.
Der ganze Vorfall läuft nochmal wie ein Film in Lucas Kopf ab. Es ist ein ganz normaler Tag gewesen, Tausende Leute rennen durch das Einkaufzentrum, Dutzende Kinder setzen sich auf seinen Schoß, die Eltern dürfen ein Bild machen, alles wie immer. Dann kommt dieses kleine Mädchen, neun Jahre vielleicht, wie Amelia es heute wäre. Lange blonde Locken, wie seine Tochter sie hatte. Sie setzt sich auf seinen Schoß, er fragt ob sie artig war, er stellt ihr all die Fragen, die er auch den anderen Kindern stellt. Die Kleine schaut ihn mit ihren großen blauen Augen, wie Amelias, an und er stellt die letzte Frage: »Was wünscht du dir denn am meisten vom Weihnachtsmann?«

Ihre Augen werden irgendwie traurig, sie schaut ängstlich zu ihrem Vater, der sich bereit macht ein Foto mit seinem Handy zu schießen, um es an die ganze Familie zu schicken. Das Kind streckt sich nach oben und flüstert in Lucas Ohr: »Ich wünsche mir, dass Papa nicht mehr in mein Bett kommt wenn Mama schläft und dass wir nicht mehr besonders kuscheln wenn

Mama weg ist.«

Er war starr vor Schreck war, hat dem Mädchen mit einem eingefrorenen Lächeln ins Gesicht geguckt hat.

»Guckt in die Kamera«, hat ihr Vater sie aufgefordert.

Er setzt das Mädchen behutsam von seinem Schoß und steht ruhig auf. Der erste Schlag hat seine Nase gebrochen, die rechte Gerade sein Jochbein zerschmettert und der Aufwärtshaken seinen Kiefer zertrümmert.

Ihm blieb keine andere Wahl, der Vater hätte das Mädchen nehmen können und in der Masse verschwinden. Klar hätte er trotzdem die Polizei rufen können. Aber hätten sie ihn anhand einer Personenbeschreibung gefunden? Eher nicht! So kamen die Cops direkt zum Geschehen, konnten seine Aussage aufnehmen und das Mädchen befragen. Ihr Vater ist direkt aus dem Krankenhaus ins Gefängnis eingezogen.

»Kein schöner Ort für Kinderschänder! Wenigstens kann er sich jetzt an den Gruppenvergewaltigungen in der Dusche erfreuen!«

***

Lucas beobachtet den Kindergartenchor, der gegenüber auf der Bühne Weihnachtsklassiker singt. Alle sind als kleine Engel verkleidet, genau wie Amelia damals, an derselben Stelle. Er hat seinen Platz im Zentrum des Weihnachtsmarktes. Die Agentur hat ihm einen goldenen Thron mit roten Samtbezügen vor seine prächtig geschmückte Holzhütte gestellt. Ihr rotes Dach ist mit grünen Zweigen und Lichterketten geschmückt, sie hat sogar einen kleinen Schornstein, aus dem weißer Rauch in den Abendhimmel steigt. In der Hütte lagern die Geschenke, die jedes Kind bekommt und das Dixie-Klo, damit der Weihnachtsmann und seine Elfen nicht die öffentlichen Toiletten aufsuchen müssen. Es wäre schlecht, wenn ein kleiner Junge den Weihnachtsmann am Urinal treffen würde. Umringt ist das kleine Areal von einem roten Zaun, an dessen Eingang seine Elfen die Kinder abholen und zu ihm bringen. Ohne

Eltern, der Besuch soll etwas Besonderes und Intimes sein.

Es hat angefangen zu schneien, die Flöckchen wirbeln vor den bunten Lichtern des Weihnachtskarussells, auf dem Amelia Stunden hätte fahren können und so viel Spaß gehabt hat. Lucas atmet tief ein, genießt all diese wunderbaren Gerüche, Zimtwaffeln, Lebkuchen, gebrannte Mandeln und ... Glühwein, wie eine bezirzende Stimme, die ihn zurück in den tiefen, dunklen Wald locken will.

Die Menschen strömen in das, mit seinen liebevoll dekorierten Schaufenstern, Kaufhaus. In einem hat man einen Schneesturm erzeugt, der um einen Weihnachtsbaum fegt. Am schönsten aber ist das Fenster, in dem ein fast lebensgroßer Santa Claus, auf seinem Schlitten über eine kleine Stadt fliegt, bewacht von einem strahlenden Weihnachtsengel, der über ihn wacht.

Lucas versucht sich unauffällig zu strecken, sein Rücken schmerzt, bestimmt hat er heute schon über hundert Kinder auf seinen Schoß gehoben, aber ihre leuchtenden Augen und ihr Lachen sind es wert. Leider können nicht alle ihre Wünsche erfüllt werden, deshalb darf er keinem Kind jemals etwas versprechen. Das ist eine der wichtigsten Regeln die man im Weihnachtsmannseminar lernt, damit sie später nicht enttäuscht sind oder die Eltern dumm da stehen. Regel Nummer ein ist übrigens, die Hände immer sichtbar für die Elfen und möglichst auch die Eltern zu haben, nicht dass es zu Missverständnissen und Klagen kommt.

Lucas stockt der Atem!

Einer seiner Elfen, in seinem rotgrünen Kostüm, mit den spitzen Schuhen und der gestreiften Zipfelmütze, führt ein kleines Mädchen durch das Tor.

»Sie sieht aus wie Amelia!«, denkt er und fängt an zu zittern. Es ist eines der Kinder in den Engelskostümen, ganz in Weiß mit goldenen Flügeln und Heiligenschein. Ihren strahlend blauen Augen schauen zu ihm hoch, ihre roten Wangen, die langen goldgelben Locken ... alles wie bei Amelia. Kurzfristig zweifelt er an seinem Verstand, fragt sich, ob er fantasiert und

blickt zum Tor. Da stehen ihre Eltern und winken ihr zu, bevor sie zum Glühweinstand nebenan gehen.

»Gut, also bin ich nicht verrückt geworden! Nur ein Zufall, in dem Alter sehen sie sich oft ähnlich!« Er hebt die Kleine auf seinen Schoß, reißt sich zusammen und führt ein normales Gespräch mit dem Kind.

»So ein fröhlicher kleiner Engel, nicht das geringste Zeichen von Furcht.« Natürlich war sie das ganze Jahr artig und macht immer brav was ihre Eltern sagen.

»Und was wünscht du dir vom Weihnachtsmann?«

»Ich wünsche mir Torch von den FurReal Friends. Der kann seine Augen und Ohren bewegen und er kann Feuer spucken und sein Marshmallow rösten«, lacht sie, »und ich wünsche mir den Zoomer Dino, der kann fauchen und durch die ganze Wohnung flitzen!«

»Das klingt aber alles toll! Mal schauen, ob der Weihnachtsmann das alles auf seinen Schlitten kriegt.«

»Und ich wünsche mir noch was!«

»Noch mehr? Na ob das alles durch den Schornstein passt?«

»Ich wünsche mir, dass meine Freundin Chiara bald wieder gesund wird! Sie muss nämlich im Krankenhaus wohnen, weil sie einen Krebs hat!«

Lucas schießen die Tränen in die Augen.

»Der Weihnachtsmann wird machen was er kann! Und ich bin mir sicher, dass Torch und der Zoomerdino auf meinen Schlitten passen!«

Das war fast ein Regelverstoß, aber was soll er dem Mädchen sonst sagen? Sein Elf hilft ihr von seinem Schoß und drückt ihr ein Geschenk in die Hand. Heute bekommt jedes Kind eine kleine Minion Puppe. Lucas kann die Hysterie nicht ganz verstehen, aber alle scheinen die gelben Monster zu lieben.

***

»Hallo Papa! Hallooooooooooo!«, schreit sein kleiner Engel durch den Laden. Carl blickt kurz von der Chewbacca Figur auf und winkt ihr zu. Sie sind in diesem neuen Spielzeugladen, der sich kreisrund über sieben Stockwerke erstreckt. Seine Tochter fährt gerade mit dem zwanzig Meter großem Riesenrad im Erdgeschoss, das kleine Autos und Schiffchen als Gondeln hat. Direkt davor steht ein lebensgroßer T-Rex, der alle zehn Minuten eine kleine Show abliefert und seinen Kopf und Schwanz bewegt. Carl ist mit Sebastian unterwegs, einem der anderen Väter vom Kindergartenchor. Der steht zwar völlig unter dem Pantoffel seiner Frau, aber dem Gruppenzwang musste sie sich beugen und ihm erlauben, sich gleich noch mit den anderen Vätern beim Glühweinstand zu treffen. In Carls Tasche klimpern die drei Flaschen Strohrum wie Weihnachtsglöckchen für Erwachsene. Die Frauen werden mit den Kinder nach Hause fahren, er und die Jungs wollen sich einen richtigen Männerabend gönnen.

Sie hatten vom Besuch im Spielwarengeschäft eine weitere Tortur nach dem Konzert erwartet, im Eingangsbereich wurden sie von drei lebensgroßen Minions erwartet, sie waren von zwei Dutzend Kindern umzingelt, die pausenlos "Bee Doo Bee Doo" geschrien haben. Nach diesem unsanften Empfang hat es ihnen dann aber doch überraschend gut gefallen. Klar, es ist total überfüllt, die Menschenmassen schieben sich durch die Gänge und über die Rolltreppen. An jeder Ecke werden die Kinder entweder von einem Santa Claus oder einem Zauberer belästigt, der irgendwelche Spielzeuge vorführt. Aber was sie sonst zu sehen gekriegt haben, hat sie mit einem Arschtritt zurück in ihre Kindheit verfrachtet. Im obersten Stockwerk sind ihre alten Comic-Helden zu bewundern, der Hulk, Batman, Thor, sogar Spiderman klebt an der Decke. Eine Etage tiefer haben sie die Legoträume ihrer Kindheit bewundert. Riesige Skulpturen und spektakuläre Spielzeuge, die er sich als kleiner Junge gewünscht hätte. Und all die Star Wars Sachen ... zögernd legt er Chewie zur Seite, Sebastian stellt den Millenium Falcon traurig zurück ins Regal, sie machen sich auf den Weg zu ihren Familien. Die Frauen hätten wohl wenig Verständnis dafür, wenn sie sich Star Wars Spielzeug kaufen würden.

»Aber ich will das haaaaaben!«, schreit sein kleiner Engel

heulend und stampft mit den Füßen auf die Erde. Ihre Mutter versucht sie zu beruhigen, bevor sie sich peinlich berührt umschaut und versucht den hysterischen Anfall durch leichtes Schütteln unter Kontrolle zu kriegen. Carl stößt einen Seufzer aus, bevor er sich der Situation stellt.

»Ich, ich, ICH WILL DAS HABEN!!!!«

»Papa hat gesagt, du darfst dir ein Spielzeug aussuchen und du wolltest Freddy Bär haben. Schluss jetzt!«

Freddy heißt eigentlich »My Friend Freddy« und ist eine Art interaktives Stofftier. Carl versteht nicht wirklich was er macht, aber man kann ihn wohl mit dem Kindertablet über eine App verbinden. Dann hinterlegt man Informationen über das Kind, seine Freunde, seine Familie und der Bär erzählt Geschichten, in die er all das integriert.

Sein Engel reißt sich von ihrer Mutter los und zerrt einen bunten Karton aus einem Stapel. »Ich will die aaaaaauuuuuuuch!«

Carl nimmt ihr den Karton aus der Hand und betrachtet ihn mit Abscheu. Es ist Elsa aus »Die Eiskönigin«, ihr Lieblingsfilm und ein Grauen für ihn, wie viele Sonntagnachmittage hat er schon damit verschwendet, diesen Scheiß mit anzugucken?

»Ihr kranken, sadistischen Schweine!«, flüstert er. Das verdammte Ding kann singen, es kommt mit einem Mikrofon, durch das die Kinder mitjaulen können. Allein die Vorstellung, wie dieses Folterwerkzeug morgen früh auf seinen Hangover treffen könnte, treibt ihm Gänsehaut über den Rücken. Als würde es nicht reichen, dass seine Tochter immer öfter in dieser hohen Piepsstimme spricht, um ihrem Ideal einer Disneyprinzessin zu entsprechen.

»Nie im Leben!«, denkt er und stellt Elsa zurück, seine Kleine beginnt wie am Spieß zu kreischen.

Carl kann sich lebhaft vorstellen, wie Disney und die Entwickler dieses Folterinstrumentes sich hinter den Kulissen die Hände gerieben haben. Nicht nur wegen des Geldes das sie den Eltern damit aus der Tasche ziehen, sondern auch wegen der Nerven, die sie ihnen mit dem Gesang kosten werden. Sicher lagen alle Beteiligten vor Lachen auf der Erde.

»So Fräulein, wer heult kriegt gar nichts! Wenn du dich so benimmst, dann bleibt auch Freddy hier, ich habe genug!«, sagt er streng und wirft Freddy in einen Haufen Kuscheltiere.

Der kleine Engel verstummt schockiert. Mit der Reaktion hat sie nicht gerechnet, bekommt sie jetzt wirklich Nichts? Sie überlegt angestrengt, wie sie aus dem Ärger wieder rauskommt, dabei fällt ihr der Sexuelle-Belästigungs-Kater ein, der sie letzte Woche im Kindergarten besucht hat. »Aber ich weine nicht wegen Spielzeug!«, protestiert sie, zieht die Mundwinkel nach unten und schaut mit großen Augen zu ihren Eltern hoch. Ihre Mutter fällt auf die Knie. »Wieso denn dann mein Engel?«

Sie versucht sich zu erinnern, was der Sexuelle-Belästigungs-Kater ihnen an der Puppe gezeigt hat. »Der Weihnachtsmann hat mich an der bösen Stelle angefasst!«, weint sie und deutet zwischen die Beine von Elsa.

***

Ein eisiger Wind schlägt Lucas ins Gesicht als er die Tür öffnet, seine Tränen fühlen sich auf den Wangen wie glühende Nadelstiche an. Er hat seine Elfen früher nach Hause geschickt und hat alle Aufräumarbeiten alleine erledigt. Angeblich weil es Freitagabend ist und die jungen Leute lieber feiern gehen sollen. In Wirklichkeit aber, um den Schock zu überwinden, den er von der kleinen Doppelgängerin seiner Tochter erlitten hat. Wie lange hat er in der Hütte gekauert, ins dunkle Nichts gestarrt und dabei ununterbrochen geweint? Er scheint der Letzte auf dem Weihnachtsmarkt zu sein, die Stille wird nur durch das Heulen des Windes unterbrochen, Schneeflocken peitschen in sein Gesicht. Das Licht aus dem Schaufenster mit dem Engel erhellt den Platz noch etwas. Er schließt das Schloss doppelt ab und rüttelt zur Sicherheit noch einmal an der Tür. Lucas wischt sich die letzten Tränen aus den Augen und schaut sich um. Vorhin hatte er ein schlechtes Gefühl, ein paar Männer vor dem Glühweinstand haben sich irgendwie seltsam verhalten. Er hat sich von ihnen beobachtet gefühlt. Ja fast schon umzingelt, so wie sie um seine Hütte herumgeschlichen sind. Niemand zu sehen! Lucas macht sich auf den Weg, tritt durch die Pforte hinaus und geht an den geschlossenen Buden vorbei in die Nacht.

Da!

Ein Knautschen im Schnee!

Schritte!

Lucas dreht sich erschrocken um. Niemand da!

Als er seinen Kopf wieder nach vorne richtet, kann er gerade noch die Flasche erkennen, die auf sein Gesicht zurast.

Das Klirren hallt in seinen Ohren, die Welt dreht sich um ihn, plötzlich schmerzende Kälte. Er ist gefallen. Lucas spürt, wie heißes Blut über sein Gesicht strömt. Er schlägt eine Hand an die Wange und zieht eine große Scherbe aus seinem Fleisch. An diesen scharfen Geruch nach billigem Alkohol kann er sich noch gut erinnern, Strohrum. Jemand tritt auf seine Rippen ein, er versucht sich wegzudrehen, aber mehr und mehr Stiefel fangen an nach ihm zu treten und auf seinen Körper zu stampfen. Lucas windet sich unter seinen Angreifern hinaus und stolpert in Richtung seiner Hütte.

»Ja lauf du perverses Schwein!«, hört er eine Stimme hinter sich verächtlich rufen. Dazwischen bösartiges Lachen und unverständliches Johlen. Er lässt sich über den Zaun fallen, robbt weiter durch den Schnee und sucht dabei verzweifelt nach dem Schlüssel in seiner Tasche. Carl springt über den Zaun, Sebastian will ihm folgen aber bleibt mit dem Fuß hängen und fällt unsanft in den Schnee. Die restlichen Männer lachen ihn aus. »Ich mach dich fertig du kranke Sau!«, zischt Lucas, nimmt Anlauf und tritt Lucas gegen den Kopf, als wäre er ein Fußball. Sebastian versucht irgendwie die Peinlichkeit vor den anderen Männern wieder gut zu machen und klettert unbeholfen auf das Geländer der Hütte. Er springt ab, reißt die Beine an die Brust ...

Lucas sieht die schweren Stiefel wie Krallen eines Raubvogels auf sein Gesicht herabschießen, den Aufprall spürt er nicht, da ist nur dieses laute Knacken in seinem Kopf und das Flimmern vor den Augen. Er sieht die Männer schemenhaft, die ihn umzingelt haben. Irgendeine warme Flüssigkeit läuft über sein Gesicht und durchweicht seine Kleidung, er erkennt den Gestank von Urin. Plötzlich ein anderer Geruch, ebenso vertraut, sie gießen den Rum über ihn. Die Flüssigkeit brennt in seinen Wunden und den Augen, sie läuft in seinen Mund, ihm bleibt nichts anderes übrig als sie zu schlucken. Dann hört er das Ratschen von Streichhölzern.

Carl lässt das brennende Streichholzbriefchen auf den Weihnachtsmann fallen, dessen Kleidung sofort in Flammen aufgeht. Er beginnt schrill zu schreien, springt auf die Beine, rennt gegen die Hütte, setzt dabei die Tannen in Brand und wirft sich in den Schnee.

Die unerträglichen Schmerzen, so stark, wie er es nicht für möglich gehalten hätte, haben Lucas auf die Beine gerissen. Er konnte ungläubig seine eigenen Schreie hören, er hätte nicht gedacht, dass ein Mensch solche Geräusche von sich geben kann. Der beißende Rauch seines brennenden Bartes hat ihn geblendet und gegen irgendetwas rennen lassen, er wälzt sich im Schnee um die Schmerzen zu lindern, die Synthetikfasern seines Kostüms haben sich tief in sein Fleisch eingeschmolzen.
Die Männer schleifen Lucas über den Platz, bis vor das hell erleuchtete Schaufenster, sie nehmen ihn an den Gliedmaßen hoch und rennen los. Er sieht wir der Schein seiner brennenden Hütte sich in dem Glas spiegelt, er sieht sein eigenes verbranntes Gesicht immer näher auf sich zukommen. Die Männer lassen ihr Opfer los. Es schlägt durch das Schaufenster, das mit einem lauten Knall explodiert, ein ohrenbetäubender Alarm heult los, sie ergreifen die Flucht.

Langsam kommt Lucas zu Bewusstsein, er dreht sich auf den Rücken, seine Augen fallen zu. Ihr Gesicht ist vor ihm, Amelia, sie lacht ihn an und winkt. Ein scharfes knirschen lässt ihn aufschrecken. Er sieht wie sich das große, messerscharfe Stück des Schaufensters langsam bewegt. Es löst sich, rast auf seinen

Hals zu wie eine Guillotine. Lucas spürt einen kurzen Ruck, wie von Geisterhand bewegt sich sein Kopf zur Seite und blickt direkt auf den Weihnachtsengel. Er schließt die Augen ein letztes Mal und sieht wieder ihr fröhliches Gesicht.

Amelia!

Deathcore

Ash

Als ich die Augen von meinem Display nahm, habe ich einen Schock gekriegt. Wann ist das alles passiert? Es dämmert schon, als wir losgelaufen sind waren wir vielleicht zwei Dutzend Leute, jetzt sind wir Hunderte, neben uns fahren Autos im Schritttempo, auf der Jagd, wie wir alle. Ich drehe mich im Kreis, um meine Freunde zu finden, alle noch da, die Blicke auf ihre Handys gerichtet, mit denen sie die Gegend absuchen.

Ein Golf kommt mit kreischenden Reifen zum Stehen, dem Smart hinter ihm bleibt keine Zeit zu reagieren, er knallt ihm voll hinten drauf. Die Fahrer springen auf die Straße, einer schreit: »Da ist Eins, da auf der Wiese!« Beide rennen in den Schanzenpark hinein. Wie ein perfekt synchroner Vogelschwarm schlägt unsere Gruppe einen Haken auf die Straße. Neben mir stürzen Menschen aus dem Gebüsch und reißen mich fast auf die Erde. Ich ziele mit meinem Smartphone auf die Wiese und suche sie hektisch nach dem Monster ab. Da ist es! Es tanzt wild zwischen den Bäumen herum! Ohne einen weiteren Gedanken zu verschwenden, springe ich auf die Straße. Ein ohrenbetäubendes Hupen lässt mich hochschrecken. Aus dem Augenwinkel kann ich gerade noch Scheinwerfer sehen, bevor mich ein mächtiger Schlag in die Luft schleudert. Das Gravitationsgesetz verliert seine Gültigkeit, für einen Moment bin ich schwerelos, weiß nicht, wo oben und unten ist. Ein dumpfer Knall holt mich in die Realität zurück. Das Geräusch meines Körpers, wie er auf der Straße aufschlägt. Ich schlittere noch ein Stück weiter, spüre einen brennenden Schmerz, als mir der Asphalt Knie und Ellbogen abschält und bleibe benommen liegen. Der Beifahrer stürzt aus dem Wagen, er rennt, ohne mich zu beachten, dem Schwarm hinterher. Der Fahrer steht verdutzt über mir, neben ihm einer meiner Freunde, beide zögern, bevor auch sie auf die Wiese hetzen.

Zwei Meter entfernt von mir finde ich mein Handy und greife es mir. Wieder dieses brutale Brennen, meine Handflächen sind aufgerissen, alles voller Dreck und Blut. Ich versuche das Monster zu finden, aber zwischen ihm und mir steht eine Mauer von Jägern. Enttäuscht ziehe ich mich den Kantstein hoch und atme tief durch.

Das Telefon brummt, Snapchat, meine Freundin, ein Selfie in ihrem Harley Quinn Kostüm. Sie hat heute eine Halloweenparty in ihrer Berufsschule. Zum Glück nur für Schüler, so kann ich meine alten Freunde endlich mal wiedersehen.

Eine Polizeistreife schleicht mit Blaulicht an mir vorbei, ich versuche aufzustehen um wegzurennen, aus Angst sie würden mich ins Krankenhaus zwingen, aber dann bemerke ich, dass sie konzentriert auf iPad auf ihrem Armaturenbrett. Wahrscheinlich brüten sie Monster aus! Das funktioniert nur, wenn man sich nicht schneller als 30 km/h bewegt.

Mr. Jingle

»Fuck Yes Bitches!« Die neue Despised Icon ballert aus meinen Lautsprecher und schält uns die Haut von der Fresse. Blastbeats, Breakdowns, Pig Squeals, Gangshouts ... Death Fuckin' Metal ihr Fotzen!

Mein bester Freund, Mr. Kinko, stampft mit gefletschten Zähnen und geballten, zitternden Fäusten durchs Zimmer, ohrfeigt sich selbst und schlägt sich die Fäuste auf die Brust wie ein scheiß Gorilla.

Ich ramme mir die Nadel in den Arsch und versuche das Gesicht so wenig wie möglich zu verzerren, das Brennen bei einer intramuskulären Injektion ist brutal! Ernsthaft, ich habe keine Ahnung, was ich mir da seit einem Jahr spritze, irgendein Designersteroid das Mr. Pogo uns gegeben hat. Aber der Dreck wirkt! Fünfzehn Kilo pure Muskelmasse in einem Jahr!

Ich bin zu einer scheiß testosterongetriebenen Kampfmaschine geworden! Aber gegen Mr. Kinko bin ich ne Pussy, die verdammten Gene sind schuld, seine Oberarme sehen aus wie meine Schenkel. Der Typ ist ein verfickter Panzer! Über zwei Meter groß, wenigstens hunderfünfzig Kilo und davon ist das wenigste Fett, auch wenn er die Massephase immer übertreibt. Ernsthaft, er könnte jedem Arschloch die scheiß Faust durch den Brustkorb schlagen, oder ihren Schädel mit einem Tritt, wie eine überreife Melone, zerplatzen lassen. Trotzdem, er hat vielleicht die Masse, aber ich die Definition! Ich sehe wie eine griechische Statue aus! Kinko trägt einen weißen Jumpsuit, den er mit literweise Schweineblut verziert hat, eine rote Perücke und Nase. Seine Lippen sind schwarz geschminkt, mit aufgemaltem Stacheldraht, der ein Glasgow Smile darstellt. Seine Augen sind ebenfalls tiefschwarz umrandet und mit Nähten verziert. Fuck, aber das ist nichts gegen mich! Jeder der mich sieht, wird sich in die Hose scheißen! Ich habe ein neues Tattoo, hab zwei Jahre dafür gespart, eine Columbian Necktie, 3D! Es sieht so aus, als hätte mir wirklich jemand den Hals aufgeschlitzt und die scheiß Zunge durch das Loch herausgerissen. Mein Make-up ist geil geworden, der Mund sieht aus, wie mit Stacheldraht zugenäht und die Nase, als hätte ich ein Loch im Gesicht. Ich habe mir den Schädel rasiert und nur einen langen Mohawk übrig gelassen, schwarz gefärbt mit weißen Spitzen. Ein Andenken an den schönen Teil meiner Kindheit, als wir noch in Bahrenfeld gewohnt haben und ich mit Lukas und Laura Cowboy und Indianer gespielt habe. Ihre Eltern waren gegen Computerspiele und teure Spielsachen, meine konnten sich nichts leisten, also passten wir ganz gut zusammen. Allerdings durfte ich nie der Cowboy sein, kein Geld mir ein Kostüm zu kaufen. Wir haben mir mit Dreck Kriegsbemalung ins Gesicht geklatscht und ich habe Laura entführt. Am Ende war es immer ich, der tot auf dem Rasen lag, während Lukas mit Laura auf dem Wipppferd in den Sonnenuntergang ritt und sich einen Kuss für seine Heldentat abholte.

Dann ist mein Dad verreckt, Lungenkrebs. Mum und ich sind

vom Amt in einen typischen sozialen Brennpunkt verbannt worden, Hochhausdschungel und Plattenbauten. Manchmal habe ich mir die Profile meiner alten Freunde auf ihren Social Network Accounts angeschaut, aber ich hatte nie den Mut mich bei ihnen zu melden. Wer war ich schon? Wie sollte ich mit ihrer Kleidung, ihren Smartphones und ihrer tollen Zukunft mithalten? Ich habe nie eine Chance gekriegt, während meinen Freunden alles vor die Füße geworfen wurde, hat man mir nichts geschenkt.

Als neues Kind im Viertel gab es überall auf die Fresse, in der Schule, auf der Straße ... nicht einmal hier durfte ich dazugehören. Mr. Kinko ist zu meinem einzigen Freund geworden. Er stand immer alleine auf dem Schulhof, ausgegrenzt, ausgelacht und gefürchtet, wegen seiner Körpergröße. Er hat mir seine Kopfhörer grinsend in die Ohren gestopft und mir die rohe, hasserfüllte Energie und Macht von Suicide Silence und Chelsea Grin gezeigt. Deathcore, mein neues Leben, meine Zuflucht aus der beschissenen Realität!

Wir haben jede freie Sekunde miteinander verbracht. Während den Kids aus der schönen heilen Welt ihre Spielzeuge und Süßigkeiten in den Arsch geschoben wurden, mussten wir uns alles aus den Läden klauen. Von dem bisschen Taschengeld, das wir bekommen haben, konnten wir uns manchmal Konzerttickets kaufen, Whitechapel war unser erstes Mal.

Während die Wohlstandkinder ihre ersten Joints rauchten, schnüffelten wir Klebstoff aus einer Papiertüte mit Fettflecken, die irgendein Arschloch vor der Bäckerei auf die Straße geworfen hatte. Irgendwann war unser scheiß Gehirn so sehr gebraten, dass die Schule uns einen Arschtritt verpasst hat. Berufsausbildung? Verpisst euch, wir wollen solche wie euch nicht. Freundin? Haut ab ihr Freaks, mit euren pickeligen eingefallen Gesichtern, euren hässlichen Frisuren und billigen Klamotten. Wenigstens die Musik war für uns da und wir sind zu so vielen Gigs gegangen, wie das Amt bezahlen konnte. Meine ersten Tattoos waren ein Dämon und ein Skull auf dem Handrücken, ich habe Tunnel bekommen, auf fünf Zentimeter bin ich jetzt.

Vor einem Jahr kam die Offenbarung! Mr. Pogo ist in unser Leben getreten wie der scheiß heilige Messias! Wir haben ihn das erste Mal auf der Never Say Die Tour beim Carnifex Auftritt gesehen. Er stand, wie ein Wellenbrecher, mitten in der Pit. Seine Arme waren ausgebreitet, der Kopf in den Nacken geneigt, die Augen geschlossen. Die Wall Of Death ist von beiden Seiten auf ihn zugestürmt und an ihm abgeprallt wie beschissene Fliegen an einem Fenster. Er war mit nichts bekleidet als alten Turnschuhen und abgewetzten Shorts. Sein Körper war wie gemeißelt, seine Dreads reichten bis zu den Hüften, die Tunneln in den Ohren fast bis auf die Schulter. Er war von den Knöcheln bis zum Kinn mit Bildern tätowiert, die wie die neun Kreise der Hölle aussahen. Aus seiner Brust schien Satan höchstpersönlich durchzubrechen, auf seinem Rücken grinste einen der Engel des Todes an. Er war einfach beeindruckend, wir konnten nicht glauben, dass er uns nach dem Konzert angesprochen hat.

Pogo hat uns die Augen geöffnet, wie unfair die Gesellschaft uns behandelt, wie sie uns ausgrenzt, wie die Oberklasse uns abhängen will, wie der Staat uns klein halten möchte, dass wir zurückschlagen müssen. Er hat uns mit zwanzig anderen jungen Männern in seine Wohnung eingeladen, alle aus den Ghettos der Stadt, rekrutiert auf Konzerten. Dreißig Quadratmeter, die Wände mit Bandpostern gepflastert, mit nichts als einer alten Matratze und riesigen Anlage, dafür aber vollgestopft mit Boxsäcken, Gewichten und zwei Hantelbänken. Jeder hat einen Namen zugeteilt bekommen, Kampfnamen hat er es genannt, mit dem wir uns in Zukunft ansprechen sollten. Ab sofort wurde völlige Abstinenz von uns erwartet, kein Alkohol, keine Drogen, kein Sex, damit unser Testosteronspiegel in die Höhe schießt, damit wir konzentrierter sind und aggressiver. Jeder hat einen persönlichen Trainingsplan von ihm bekommen, den wir täglich in Schichten in seiner Wohnung abarbeiten mussten, begleitet von Motivationsreden, die das Feuer in uns entfacht haben, unserem Leben ein Ziel und neuen Sinn gegeben haben. Außerdem hatte er immer die neueste Musik, echter Underground Scheiß, Heresy Denied, Beneath A Dying Sun, niemand hat mehr Ahnung von Deathcore als Mr. Pogo.

Die Konzerte wurden zu unserem Nahkampftrainingslager und haben uns als Crew weiter zusammengeschweißt.
Die Regeln waren simpel: Fangt so viele Schlägereien an wie möglich, sobald einer von euch angegriffen wird, greift ausnahmslos jeder mit ein und prügelt den Wichsern die Scheiße aus dem Schädel. Funktioniert als Einheit, als Familie!

Mit Steroiden hat Mr. Pogo uns versorgt, um unser Protein und Geld für die Konzerte mussten wir uns selber kümmern. Als erfahrener Ladendieb war das für mich anfangs kein Problem, hier eine Packung Eiweißpulver in den Rucksack fallen lassen, da ein paar saftige Steaks oder Putenbrustfilets in die Jackentasche stopfen. Scheiße, das eine Mal sind wir in diesen Fitnessshop rein, haben jeder so viele Dosen Proteinpulver gekrallt, wie wir tragen konnten und sind gerannt. Mr. Kinko hat sieben drei Kilo Dosen im Arm gehabt. Nach wenigen Wochen haben unsere Muskeln nach mehr Nahrung gelechzt, Ladendiebstahl konnte den gnadenlosen Hunger unserer mächtigen Körper nicht mehr stillen, also sind wir auf Raubüberfälle umgestiegen, um an Bargeld zu kommen. Es war so einfach, wir haben uns auf Schlipsträger und Wohlstandskinder konzentriert, wir mussten nicht ein Mal Gewalt anwenden, der pure Anblick unserer gigantischen Körper hat sie erzittern lassen, sie wussten, dass ihr Status nichts mehr zählte. Unsere bevorzugte Beute waren Brieftaschen und Smartphones, einige haben wir verkauft, der Rest platzt langsam aus meinen Schubladen raus. Ich habe alle behalten, die keine Tastensperre hatten. Wenn ich alleine bin, schaue ich mir gerne die Fotos und Videos an und lebe das Leben ihrer früheren Besitzer für ein paar Stunden. Ich gehe mit ihnen durch ihre schönen Wohnungen mit den teuren Möbeln, bin für kurze Zeit ein Teil ihrer glücklichen Familie, fahre mit ihnen in den Urlaub, habe ein Haustier oder eine Freundin. Fast immer habe ich Sex mit ihren Partnerinnen.

Leider haben es nicht alle bis zum großen Abend geschafft, Roid Rage! Mr. Bam Bams Freundin, hat ihn nach einem halben Jahr mit ihrem enthaltsamen Leben konfrontiert und Sex von ihm verlangt, nach dem Streit lag sie mit gebrochenem Arm und Kiefer vor der Wohnungstür. Bam Bam ist es noch gelungen einen Polizisten die Nase und sein Jochbein zu zerschmettern, aber mit Pfefferspray und vier Tasern haben die Bullen ihn zur Strecke gebracht, sein Herz ist quasi explodiert. Mr. Noodles ist nackt durch sein Treppenhaus gestürmt, hat wahllos an Türen gehämmert und »Ich will ficken« geschrien. Am Ende hat er die falsche Tür eingetreten, stand grunzend auf dem Flur und die zwölfjährige Tochter des Bewohners hat sein Hirn mit Daddys Waffe über die Fußmatte verteilt. Ich weiß, wie sie sich gefühlt haben, gestern bei meinen Curls, habe ich in den Spiegel geblickt und für eine Sekunde den Giganten vor mir nicht erkannt. Ich wollte mich durch den Raum auf ihn stürzen, um ihn zu zerschmettern.

»Setz dich auf meinen Rücken!«, grölt Mr. Kinko und lässt sich für einen letzten Satz Push-Ups auf die Hände fallen. Gute Idee, maximaler Pump ist heute angebracht! So richtig schön, dass die Adern wie Stahlseile unter Haut aussehen! Ein paar Squads mit ihm auf meinem Rücken wären auch nicht schlecht, gut für den Testosteronspiegel, gut für die Aggression!

Ash

Es stinkt nach Fäkalien. Sie sah aus wie eine Marionette, bei der die Fäden gekappt wurden, als sie zusammengebrochen ist. Die Notärzte kämpfen verzweifelt um ihr Leben, sie haben sie beatmet, ihr Herz massiert, ich konnte ihre Rippen brechen hören. Ein hohes Geräusch pfeift durch die Luft und mit einem beängstigenden elektrischen Knistern lässt ein Stromstoß ihren Körper in die Höhe schießen. Die Sanitäter blicken sich an, sie schütteln die Köpfe und gehen zu ihren Kollegen, die einen Jungen versorgen. Er ist kurz nach ihr gefallen, stand einfach da und ist kerzengerade nach hinten gefallen. Er scheint noch zu atmen und wird in den Krankenwagen getragen, die Tür knallt hinter ihm zu. Einer der Männer in Weiß bleibt stehen und dreht sich ruckartig zur Seite. Er zückt sein Handy, richtet es zwischen zwei geparkte Autos, sein Finger schnell über das Display. »Ja!«, zischt er. Scheiße, wäre ich aufmerksamer gewesen, hätte ich das Monster kriegen können.

Meine Freunde unterhalten sich mit den zwei übrig gebliebenen Jungs aus der Gruppe des toten Mädchens, beide erst fünfzehn. Als die große Nachricht sich gestern im Internet verbreitet hatte, haben sie zu spät reagiert, alle Bus und Bahntickets nach Hamburg waren innerhalb von Minuten ausverkauft, nicht mal Mitfahrgelegenheiten waren übrig, also haben sie sich von Kiel auf den Fußweg gemacht. Neunzehn Stunden, die ganze Nacht durch, teilweise über den Seitenstreifen der Autobahn. Sie waren gerade erst angekommen, als ihre Freunde an Erschöpfung kollabierten.

Oh nein! Snapchat! Meine Freundin! Ich ignoriere sie einfach, sie weiß genau, dass ich auf der Jagd nicht gestört werden möchte. Außerdem muss ich jetzt wieder an mein größtes Problem denken. Wie bringe ich ihr und meinen Eltern bei, dass ich Weihnachten nicht mit ihnen verbringe, sondern mit meiner Jagdgruppe nach Thailand fahre? Einige der Monster gibt es nur dort, außerdem verirren sich auch manchmal welche aus Australien dorthin.

Mr. Jingle

Hier steht unsere Armee! Die achtzehn härtesten Horrorclown-Motherfucker, die die Welt je gesehen hat! Über zwei Tonnen tödliches Kampfgewicht, versammelt um das alte Klettergerüst, auf dem Mr. Pogo über uns steht. Im Hintergrund ballert Holy War von Thy Art is Murderer aus einem alten Gettoblaster. Sein Make-up ist Dope! Pechschwarz, ein gefletschtes Maul, das sich bis zu den Ohren zieht und acht Paar lebensechte Augen, man kann den Unterschied nicht ausmachen. Seine Dreads schießen jetzt in flammendem Gelb und Rot aus seinem Kopf. Die Clownkostüme sind unsere Uniformen, um ein noch größeres Gemeinschaftsgefühl zu erreichen und damit unsere letzten Hemmungen fallen.

»Es gibt zwei Kategorien von Menschen, die Starken und die Schwachen! Ich will nicht lange reden, um das Feuer zu entfachen, denn in euren hungrigen Augen kann ich es schon brennen sehen! Es war schon immer am Lodern, deshalb seid ihr meinem Ruf gefolgt! Wir sind die Ausgestoßenen, wir sind die ungewollten Kinder der Gesellschaft! Aber heute Nacht kommen wir nach Hause und verlangen das, was uns zusteht! Respekt und Anerkennung! Sie sollen sich nicht mehr vor ihre Haustüren trauen aus Furcht vor uns und nicht mal da sollen sie sich sicher fühlen. Sie werden sehen, dass ihr ganzer Besitz, ihre tollen Jobs und was weiß ich, ihnen nicht helfen im Angesicht wahrer Stärke, denn die Starken werden die Schwachen zerquetschen. Heute Nacht, liegt es in eurer Hand zu definieren wer ihr seid! Eure Zeit bricht an! Seid ihr breit?«

Ein Raunen halt über den Spielplatz und wir wiedergeborenen Wilden strecken Mr. Pogo unsere Fäuste entgegen, es gibt kein Zurück mehr. In meinem Kopf spielen sich Visionen ab, wie meine Fäuste alles zerschmettern, was ihnen in den Weg kommt!Brandstiftung! Vergewaltigung! Mord! Der einfache Gedanke an einen anderen Menschen lässt mein Adrenalin kochen. Ich kriege Angst vor mir selbst. Für einen Moment will ich wegrennen, nach Hause zu meiner Mum und die Zimmertür hinter mir verriegeln. Aber ich habe das Gefühl, dass meine neue Familie nicht zimperlich mit Verrätern umgehen würde.

Der neueste Hype, dem die Wohlstandkinder verfallen sind, spielt Mr. Pogos Plan voll in die Hände. Es ist ein Spiel auf ihren Smartphones, aus dem sie virtuelle Monster in den Städten jagen, die sie auf den Bildschirmen sehen können. So kriegen wir sie in Massen auf die Straßen und in die Wälder! Abgelenkt und schutzlos! Mr. Pogo hat seit gestern Nacht im Internet das Gerücht verbreitet, dass heute besonders seltene Monster aus dem Ausland in Hamburg sein werden. Angeblich haben sich auch Tausende Leute aus anderen Städten auf den Weg zu uns gemacht, der Verkehr auf den Autobahnen soll völlig zusammengebrochen sein. Im Radio war zu hören, dass es kaum noch Flug oder Bahntickets nach Hamburg gibt.

Mr. Chubby, er arbeitet als Tellerwäscher im Alsterpavillion, wird uns später im Park treffen. Er hatte einen Spezialauftrag, mit Dutzenden meiner gestohlenen Smartphones Lockmodule im Restaurant auslegen, damit sich viele Monster in den Laden begeben und die Jäger ihn stürmen. Chaos als Ablenkung für die Cops.

Ash

So müssen sich die GIs gefühlt haben, als sie am D-Day die Hügel in der Normandie gestürmt haben. Meine Finger krallen sich in die mageren Grashalme und ziehen mich weiter die Böschung hoch. Der Dreck frisst sich in meine aufgeschürften Handflächen, aber ich ignoriere die Schmerzen, hinter dem Hügel warten die Monster auf uns, ich weiß es! Der Junge vor mir verliert den Halt, rudert wild mit den Armen und zieht ein Mädchen mit sich in die Tiefe. Sie rollen den Abhang herunter und schlagen eine Schneise in die Menge. Die beiden Kids aus Kiel kommen als erstes oben an, ich bin kurz dahinter, kann eines der Monster auf ihren Displays sehen. Ohne Vorwarnung trifft mich ein knallharter Luftstoß wie eine Faust. Ein warmer, feiner Tröpfchennebel legt sich über mein Gesicht. Die Jungs sind verschwunden, stattdessen füllt ein vorbeirasender Zug mein komplettes Sichtfeld aus. Schatten fliegen durch die Luft, verdunkeln kurzfristig das Mondlicht und landen klatschend neben mir, als hätte jemand nasse Handtücher an die Wand geschleudert.

Die Bahn ist zum Stehen gekommen, die Passagiere drücken neugierig ihr Gesichter an die Fenster und blicken uns fragend hinterher, als wir unseren Weg fortsetzen. Keine Zeit für Unterbrechungen, es ist die Nacht der Nächte, die größte Jagd des Jahres! Ich bekomme ein Foto von der Halloweenparty, ein pinker Cocktail und giftgrüne Shooter. Wann habe ich das letzte Mal etwas getrunken?

Mr. Jingle

»Du hättest die Schwuchtel töten sollen!«, lacht Mr. Kinko, »wahrscheinlich stirbt er, aber du hättest sichergehen sollen!«

Ich bin mir sicher, dass der Typ sterben wird! Ich habe ihm ein dutzendmal auf den Kopf getreten während er auf dem Asphalt lag. Bestimmt verendet er in dieser Sekunde in der dunklen Blutpfütze, die sich unter seinem Kopf ausgebreitet hat. Von Toten war eigentlich nie die Rede gewesen. Natürlich bestand immer die Möglichkeit, dass einer drauf geht, aber mit Absicht?

»Hast du meinen gesehen? Ich glaube, ich habe ihm seinen Schädel gebrochen!« Mr. Kinkos Knöchel sind aufgeschlagen von dem Trommelfeuer, das er ins Gesicht von dem kleinen Jungen entladen hat. Seine Zähne haben sich durch die Unterlippe gebohrt!

»Schnauze und macht schneller! Wir müssen in Bewegung bleiben, immer in Bewegung bleiben, um Verwirrung zu stiften«, sagt Mr. Pogo, »ihr habt die kleine Schlampe entkommen lassen, die Bullen sind bestimmt schon unterwegs!«

Ich wische mir das Blut von meiner gebrochenen Nase, der Typ hat sie mir zertrümmert, als er fliehen wollte. Ihn konnte ich noch festhalten, aber das Mädchen konnte wegrennen. Irgendwie bin ich glücklich, dass sie entkommen konnte. Vielleicht ruft sie ja die Polizei. Ich hoffe, dass jemand kommt und uns aufhält, uns eine Entschuldigung gibt abzubrechen und nach Hause zu rennen. Meinetwegen können sie uns sogar verhaften und in die Zelle werfen. Alles gerät außer Kontrolle, wir sind zu einem Todesschwadron geworden und nähern uns dem Parkeingang.

Team Stadtpark hat den Monstersammelpunkt beim Planetarium mit den großen Wasserpistolen überfallen, die Mr.

Pogo ihnen gegeben hat. Im Inneren wussten wir alle, dass sie nicht mit Farbe gefüllt sind, aber Schwefelsäure?

Team Hauptbahnhof hat berichtet, dass Team Landungsbrücken völlig außer Kontrolle geraten ist, sie haben eine Gruppe Jäger überfallen, einen totgeprügelt und einen anderen angezündet.

»Beeilt euch, bleibt in Bewegung, haltet euer Blut am Pumpen! Heute Nacht verändern wir alles! Planten Un Blomen hat auch einen Sammelpunkt!«

Ash

Was für eine Enttäuschung! Wir hatten das Gerücht gehört, dass sich ein Haufen Monster im Alsterpavillion versteckt hat, aber es ist unmöglich reinzukommen. Hunderte Polizisten haben eine Kette um das Gebäude gebildet. Die Gäste sehen aus dem Inneren ängstlich zu, wie Jäger immer wieder versuchen durchzubrechen und mit Schlagstöcken zurückgetrieben werden. Aus den hinteren Reihen regnen Flaschen und Steine auf die Polizisten nieder. Ein Wasserwerfer nimmt die Werfer unter Beschuss und fegt sie von den Beinen. Ein paar Polizisten stehen abseits der Masse und scheinen alles mit ihren Handys zu filmen, einer lässt seinen Finger über sein Display schnellen. Sind etwa Monster in der Menge? Ich scanne den Platz am Anleger ab. Einige Leute steigen vorsichtig ins Wasser, halten ihre Smartphones in die Höhe und versuchen den Hintereingang des Restaurants schwimmend zu erreichen. Als ich glaube den Schwanz eines Monsters entdeckt zu haben, werde ich wieder von einer Nachricht unterbrochen.

»Schatz! Ich zieh gleich meine erste Line Kokain! Wooooooo!« Ich will antworten, dass sie es lassen soll, wir haben nie Drogen genommen, das passt nicht zu uns! Ich will antworten, aber zuerst muss ich das Monster wiederfinden.

Da ist es! Mit einem Schuss erledigt!

»Lass uns weitergehen, hier fangen wir nichts mehr. Planten un Blomen soll ein Sammelpunkt sein!«, sagt Laura und zieht mich mit.

Mr. Jingle

Es ist nur ein Albtraum! Bitte lass es nur einen Albtraum sein! Bitte lass mich aufwachen! Alles was ich will ist wegrennen, aber meine Beine bewegen sich nicht. Meine innere Stimme schreit »AUFHÖREN«, aber kein Ton verlässt meine Lippen. Niemand kann sich vorstellen, wie es ist, das Mädchen das man seit seiner Kindheit liebt, von der man sich vorgestellt hat, sie nachts im Arm zu halten, tot vor einem liegt. Niemand kann sich dieses schandhafte, grausame Gefühl der Erregung vorstellen, dass ihr wunderschöner nackter Körper mit den gespreizten Beinen in mir auslöst, obwohl ihre Augen aufgerissen ins Nichts starren und ihr Mund weit geöffnet, in einem letzten verzweifelten Versuch Luft zu schnappen, erstarrt ist.

Ich hasse mich für dieses Gefühl! Ich hasse mich dafür, dass ich nichts getan habe, als Mr. Kinko über Lauras Körper hergefallen ist! Ich hasse mich dafür, dass ich nicht mal eingegriffen habe, als seine mächtigen Pranken sich um ihren zierlichen Hals geschlossen haben, weil sie nicht aufhören wollte zu schreien.

Ich hasse mich auch dafür, dass ich nicht verhindere, was ein paar Meter weiter passiert, wo Mr. Pogo gerade wieder ein paar Schritte Anlauf nimmt, um dem Mädchen, dass an einen Baum angelehnt sitzt, einen weiteren Tritt in ihr ehemals hübsches Gesicht zu verpassen. Ein gurgelndes »Mama« kommt leise aus ihrem Mund. Er gleicht einem großen schwarzen Loch, aus dem dunkles Blut, über ihre Lippen, den Hals herunterläuft und sich auf ihrer Brust sammelt, teilweise schon zäh wie Gelee. Mr. Pogo bearbeitet sie langsam, zur Strafe, sie hat sich zu stark gewehrt und fette Kratzer in seinem Gesicht hinterlassen. Nach jedem Tritt ist er zurückgetreten und hat sie reden lassen, alles, was sie herausgekriegt hat, war »Mama«. Geschrien! Gesagt! Gejammert! Geflüstert! Ihr Körper fällt zur Seite, ihre Brust hebt sich noch leicht.

»Soll das Schicksal entscheiden, ob sie der Tod erlöst oder ob sie mit ihrer Hackfresse leben muss«, lacht Pogo und hilft Mr. Chubby den Jungen auf die Beine zu setzten, den er als erstes aus dem Gebüsch angesprungen und ausgeknockt hat. Er kommt langsam wieder zu sich, starrt fassungslos auf seinen Freund, der vor ihm liegt, Mr. Chubby hatte ihm den Fleischhammer wortlos auf die Stirn geschlagen, der Treffer hat ihn nicht getötet, nur in die Knie gezwungen, wo Chubby weiter auf ihn eingeprügelt hat. Selbst als er auf dem Bauch lag, hat sein Körper wie ein Fisch weitergezuckt, bis Chubby ihm zwei Schläge ins Genick verpasst hat.

»Komm her Mr. Jingles! Mr. Jingles! Schieb deinen Arsch sofort hierher!«

»Was ist los Mr. Jingles? Geh hin man!«, sagt Mr. Kinko und versetzt mir einen leichten Stoß. Meine Beine setzen sich in Bewegung, immer näher zu der knienden Gestalt, die angefangen hat zu weinen. Er kann mich unter meiner Verkleidung nicht erkennen, aber ich erinnere mich an sein Gesicht, Lukas. Ich bleibe vor ihm stehen, blicke nervös von Chubby zu Pogo in der Hoffnung, die roten Punkte von Laserzielgeräten auf ihrer Stirn zu sehen, damit ein Scharfschütze diesem Albtraum ein Ende bereitet.

»Was ist verkehrt mit dir Mr. Jingles? was führst du dich auf wie eine Schwuchtel? Mach was!«, zischt Mr. Chubby.

»Enttäusche mich nicht Mr. Jingles! Bist du einer von uns oder nicht?«, droht Mr. Pogo in einem monotonen, unmenschlichen Tonfall. Ich suche verzweifelt nach einem Ausweg, einer Möglichkeit zu fliehen, oder einer Chance Lukas zu retten. Mr. Chubbys Faust schließt sich fest um seinen Hammer, Mr. Pogos Blick durchbohrt mich, hinter mir kann ich den mächtigen Körper von Mr. Kinko spüren. Ich blicke auf Lukas herab, seine Augen flehen mich um Gnade an, er versucht zu sprechen, aber der erste Schlag von Mr. Pogo hat seinen Kiefer gebrochen. Alles ist still, nur der schwere Atmen der wiedergeborenen Wilden ist zu hören, gierig auf Blut, bereit jeden zu zerfetzen, der nicht zu ihnen gehört. Ich könnte versuchen zu fliehen, ich könnte versuchen zu kämpfen, aber das würde wohl nicht nur nichts an Lukas Tod ändern, sondern auch meinen bedeuten. Lukas schüttelt langsam den Kopf und lässt ihn hoffnungslos auf die Brust sinken. Mr. Chuppy hält mir vorwurfsvoll ein Küchenmesser entgegen. Jetzt muss ich definieren wer ich bin, jetzt ist meine Zeit! Ich denke an die glücklichen Tage, die Lukas, Laura und ich beim Spielen verbracht haben, all der Spaß, die bedingungslose Freundschaft. Ich denke daran, wie Laura mit ihm in den Sonnenuntergang geritten ist, wie ich tot im Gras lag und greife nach dem Messer.

Ash

Ich sehe, wie der Mond sich in der Klinge des Messers spiegelt. Der Clown tritt hinter mich. Ein scharfer Ruck zieht durch meinen ganzen Körper, als er meine Haare packt und meinen Kopf zurückreißt. Ich spüre einen kurzen, brennenden Schmerz über der Stirn, einen weiteren heftigen Ruck an meinem Schopf, Finger, die sich unter meine Haut graben, Klauen, die meinen Schädel nach oben und nach hinten ziehen.

Der Boden rast auf mich zu, ich schlage mit der linken Wange auf einem Stein auf. Vor meinen Augen flimmert es, hinter dem Flimmern sehe ich den Clown über den Rasen tanzen, er stößt seinen Arm in die Luft, in seiner Faust eine Perücke im Mad-Men-Retro-Look, genau wie meine Frisur.

Ich spüre, wie ich das Bewusstsein verliere, ich sehe mein Smartphone vor mir liegen, kann ein Monster hüpfendes Monster auf dem Display erkennen, aber ich bin zu schwach um es zu fangen. Auf dem Bildschirm erscheint eine Nachricht, ich muss sie nicht erkennen können, um zu wissen, von wem sie ist, wenigstens ist sie in Sicherheit.

Gianella

Was wollte ich da? Ich kippte meinen dritten Vertonic in mich rein und checkte kritisch die blondierte Schlampe gegenüber an der Bar ab, wie sie ihre Silikontitten an den Oberarm eines Mannes drückte und ihm ins Ohr flüsterte. Bevor seine Augen ihr, unter Schichten von Make-up verstecktes, Gesicht gefunden hatten, blieb sein Blick in ihrem, viel zu tiefen, Dekolleté hängen. Mit der Hand hat er dem Barkeeper ein Zeichen gegeben, dass ihre Drinks auf seine Rechnung gehen. Das Arschloch hat nicht mal versucht seinen Ehering zu verstecken. Ich bin mir nicht vollkommen sicher, aber das, was er da auf dem Kopf trug, sah doch verdächtig nach einer Haartransplantation aus.

Woher nimmt man die Haare dafür eigentlich?

Vielleicht von seinem Rücken oder seinem Arsch?

Ist es nicht frustrierend? Ihre Haare, seine Haare, ihre Titten, ihr Gesicht, seine Ehe, alles so echt wie der Weihnachtsmann, der Osterhase oder die Zahnfee.

Die ganze Zeit über wurde auch ich beobachtet, von einem hämisch grinsenden, grünen Totenkopf. Eine Flasche Antitoxin Absinth, farblich passend zur Weihnachtszeit, übrigens das Lieblingsgetränk von dem Exmann meiner Flügelfrau Naike. Diese Flasche sollte dem Abend noch den richtigen Schwung verleihen, vielleicht verändert sie sogar mein Leben, wer weiß? Aber dazu später mehr.

Dann war da noch dieser Typ ... mein Gott, ich habe seinen Namen vergessen, wie peinlich ... der mich aus einer Ecke angegeiert hat. Ja wirklich, ich konnte seine gierigen Blicke richtig spüren, ihm lief schon fast der Sabber aus den Mundwinkeln. Seine Glatze ... Gott, seine Glatze ... so glatt wie eine Billardkugel und auf Hochglanz poliert. Die Deckenleuchten haben sich in ihr gespiegelt. Er hat später auch noch eine Nebenrolle gespielt, leider keine oscarverdächtige Leistung.

Mein Name ist übrigens Gianella. Warum ich wie eine frustrierte, frigide Kuh klinge? Entschuldigt, aber ich bin ein wenig desillusioniert. Vor ein paar Monaten habe ich meinen Mann, Exmann, im Pornokino mit zwei anderen Typen erwischt. Ein köstliches Bild. Wie ein Hybrid aus Stopfgans und Truthahn. Damals war es aber etwas schockierend, ich hatte eine andere Frau, vielleicht eine Prostituierte, erwartet. Nach zwanzig Jahren Ehe, mit gemeinsamer Tochter, rechnet man nicht unbedingt damit. Ich gebe zu, meine Reaktion war etwas unüberlegt. Ich hätte ihn anschreien können, vielleicht sogar auf ihn einschlagen, oder mich einfach umdrehen und gehen. Stattdessen bin ich still in der Ecke stehen geblieben und habe es gefilmt. Zehn Minuten später war es auf meinem Facebook, Instagram und Twitteraccount zu bewundern. Weitere dreißig Minuten später auch auf seinen, er hat mir immer vertraut und sein Notebook nicht passwortgeschützt.

Hey, ich habe ihn über Nacht zum Pornostar gemacht! Alle konnten es sehen, sein Chef, seine Kollegen und Kunden, meine Familie, seine Familie. Letztendlich ging der Spaß aber auf meine Kosten, er ist wortlos nach Hause gekommen, hat seine Sachen gepackt und ich habe ihn nie wieder gesehen. Natürlich wollte ich die Trennung, aber nicht so. Zwanzig Jahre als aufopfernde Hausfrau, die ihre eigenen Träume aufgibt, und da stehe ich jetzt, ohne einen Cent Unterhalt oder Unterstützung, das Arschloch ist einfach verschwunden.

Was uns zu heute Morgen bringt. Ich habe die Augen aufgeschlagen, alles was da war, waren vier strahlend weiße Wände in einem leeren Raum, mit nichts als einer Matratze drinnen. Wir sind gestern in eine neue, günstigere Wohnung gezogen, eine die ich bezahlen kann. Ich musste meinen goldenen Käfig mit fünf Zimmern gegen einen Keller mit drei kleinen Räumen tauschen. Es hat sich angefühlt wie aus einem

Koma zu erwachen, zuerst war ich verwirrt, wusste tatsächlich nicht wo ich bin. Die Welt sah plötzlich anders aus, kam mir wie neu vor, besser und schlechter zugleich. Auf der einen Seite fühlte ich mich einsam, auf der anderen so überwältigend befreit. Ich durfte endlich machen, was immer ich will, ohne beurteilt zu werden. Na ja, meine Tochter ist noch da, wie eine kleine Kette am Fuß. Jedenfalls lag ich da, habe an die Decke geguckt und wusste nichts mit meiner Freiheit anzufangen. Ich hatte diese Worte im Kopf:

»Deine Vagina ist kein heiliger Tempel, sie ist eine Waffe zur Bewusstseinskontrolle, benutze sie.«

Das hat ein Bekannter meines Mannes, Exmannes, zu mir gesagt, als ich von unserer Trennung erzählt hatte. Und ich wollte sie endlich wieder benutzen, seit über drei Jahren hatte sie niemand mehr benutzt. Also habe ich meine alte Freundin Naike zur Unterstützung angerufen, sie ist perfekt dafür, eine Sexexpertin, sie nennt sich »Dildo Fee« und vertreibt selbstständig Vibratoren und so. Ich habe mich zwei Stunden im Badezimmer eingeschlossen und mir all die Dinge angetan, die von einer sexuell aktiven Single Frau erwartet werden und mich von meiner Tochter verabschiedet.

»Aber Mama, es ist heilig Abend, du kannst mich doch nicht alleine lassen!«

»Aber Mama, was soll ich denn essen?«

»Mama!«

»Mami?«

Ich habe ihr die Tiefkühlpizza im Gefrierfach gezeigt, hundert Euro als Weihnachtsgeschenk in die Hand gedrückt und sie mit offenem Mund stehen lassen. Das Kind hat geguckt wie ein Fisch!

Darf man zugeben, dass man sein Kind nicht mag? Meine Tochter ist schrecklich, sie ist dumm, oberflächlich und nervig. Ich habe sie seit vier Jahren nicht mehr ungeschminkt gesehen. Ihre kleinen Titten lässt sie mit einem Push-up BH zwei Nummern größer aussehen. Sie trägt Push-up Höschen mit Silikoneinlagen für ihren mickrigen Arsch und jedem dahergelaufenen Justin Biber Verschnitt springt sie mit gespreizten Beinen ins Gesicht. Ja wirklich, ich bete jeden Monat dafür, dass sie mir mit ihren Menstruationsbeschwerden in den Ohren liegt, damit ich sicher sein kann, noch nicht Großmutter zu werden. Wenn das Kind mal einen Tag überfällig ist, habe ich schlaflose Nächte und koche in meinem Angstschweiß. Naike hat so eine liebe Tochter, Layla, sie ist mit ihrem Freund im Urlaub. Derselbe Mann, der meine Vagina eine Waffe genannt hat. Zwanzig Jahre Altersunterschied, aber wenn das Kind glücklich ist ...

***

Einen Aperol Spritz und Cosmopolitan später, saß ich, mit heruntergelassener Hose, auf der Toilette um meine Vagina wenigstens für irgendetwas zu benutzen, aber es ging nicht. In der Kabine nebenan hatten sich die Turteltäubchen von der Bar eingeschlossen. Kichernd haben sie mit einer Kreditkarte auf sein Kokain eingehackt und es gierig durch die Nase gesaugt. Da hing ich nun, mit einer Blase, die kurz vorm Explodieren stand, verzweifelt bemüht mein Wasser bei mir zu behalten, damit sie mich nicht hören. Manchmal bin ich da etwas spießig. Nebenbei habe ich mit den vier Ecstasy Pillen gespielt, die ich letzte Woche bei meiner Tochter gefunden habe. Gott, ich hätte sie ihr am liebsten in den Hals gestopft, stattdessen bin ich meinen mütterlichen Pflichten nachgekommen und habe ihr bis Silvester Hausarrest gegeben. Eigentlich wollte ich die Pillen in die Toilette werfen, aber ... aber in Wirklichkeit fand ich den Gedanken sie selbst zu nehmen unheimlich aufregend, also habe ich sie erst mal zurück in meine Handtasche gepackt.

Kurze Zeit später ragten ihre Füße in meine Kabine rein, ihre High Heels berührten fast meine, ich habe die Beine krampfhaft zur Seite gedrückt. Ich konnte alles hören, wie sie seinen Gürtel und Reißverschluss öffnet, schmatzende Geräusche, lachen, zwischendurch hat sie immer wieder »Jingle Balls Jingle Balls« gesungen. Dann sein grunzender Orgasmus, wie ein Schwein am Futtertrog. Meine Mutter hat früher immer gesagt, dass Liebe beim Mann durch den Magen geht. Bei dieser Nutte wohl

durch die Nase. Na ja, in dem Moment wohl auch in den Magen. Ich wette sie empfängt Erektionen wie Andere Komplimente.
Das alles klingt jetzt nach einem schrecklichen Abend, aber es sollte noch besser werden und alle Alternativen wären noch viel schlimmer gewesen. Wir hätten bei meinen Eltern hocken können, ich hätte mir ihr Mitleid anhören dürfen, ihre Vorwürfe, was ich denn vielleicht falsch gemacht hätte und sinnlose Ratschläge. Oder ich hätte bei Freunden sein können, die krampfhaft versuchen mich zu verkuppeln, vielleicht hätten sie sogar jemanden eingeladen, der in ihren Augen ganz hervorragend zu mir passen würde.

Irgendwann waren die beiden endlich miteinander fertig, ich konnte meine Kabine verlassen und musste mich dem Feind stellen, dem Wandspiegel mit seinem grellen, schonungslos ehrlich fluoreszierenden Licht. Es ist schwer eine Frau zu sein. Noch schwerer ist es eine alleinerziehende Mutter Anfang vierzig zu sein, die sich ihr Revier mit Konkurrentinnen teilen muss, die zehn bis zwanzig Jahre jünger sind. Statt der heißen MILF, die heute Abend die Wohnung verlassen hatte, sah ich in das Gesicht einer verzweifelten verlassenen Frau, die wahrscheinlich schon glücklich wäre, mit dem Obdachlosen vor der Tür nach Hause zu gehen. Es ist einfachste Biologie, einige Körperöffnungen wollen gefüllt werden. Aber ernsthaft, bin ich in der Lage schwindende Haaransätze, fehlendes Niveau oder Bäuche, die wahrscheinlich schon den Penis verdecken, zu ignorieren? Wäre es die Apokalypse für mein angeschlagenes Ego, wenn mich eine dieser Kreaturen abblitzen lässt oder nicht anruft, wenn ich ihm meine Nummer geben würde?
Um die Wahrheit zu sagen, zu diesem Zeitpunkt wusste ich nicht, ob ich die Toilette wieder verlassen wollte, mein Mut von heute Morgen war wie ausgelöscht. Wäre ein weiterer Penis tatsächlich die Antwort auf meine Probleme? Ist die brutale Datingszene wirklich der richtige Ort für mich? Will ich sinnlose und stumpfe Gespräche führen, um als Dank flachgelegt zu werden? Will ich, dass sich einer dieser Verlierer

da draußen an mir befriedigt. Will ich mir mehrmals die Woche jedes Härchen unterhalb des Haaransatzes penibel entfernen? Die Hornhaut feilen und ständig Bodypeelings machen, damit meine Haut immer samtweich ist? Möchte ich mir wirklich regelmäßig die Fußnägel lackieren und was werden meine Bandscheiben dazu sagen? Will ich alle paar Wochen die Haare beim Friseur nachfärben lassen, damit niemand die einzelnen grauen bemerkt? Muss ich mich selbst auf Diät setzten? Mein Bauchfett geht mir schon lange auf die Nerven, mein Hintern war auch schon mal schmaler. Wenn ja welche? Die Butterkaffee Diät? Sirtfood? Die Detox-Diät? Was kostet es Fett absaugen zu lassen und wie sieht meine Haut danach aus?

Und die wichtigste Frage, will ich mich je wieder für einen Mann verstellen und gleichzeitig den Kumpel, die Lady und die Schlampe im Bett spielen?

***

Ich hing wieder an der Theke, Heiligabend war vielleicht nicht der beste Zeitpunkt um einen Sexpartner zu finden, die Auswahl der Männer war ausschließlich abstoßend, obwohl sie sich deutlich in der Überzahl befanden. Sie haben einen verzweifelten Eindruck gemacht und sind von einer Frau zur anderen geschlichen, um ihr Glück zu versuchen. Wissen sie nicht, dass genau das ihre Chancen bei der nächsten vernichtet? Ich hätte mir einfach einen Callboy bestellen oder in einem Swingerclub die Seele aus dem Leib vögeln lassen sollen, wie Laylas Freund es vorgeschlagen hat. Die Taktik der Männer an diesem Abend war interessant. Alle Frauen, mal abgesehen von der Spermaschlampe vom Klo, sind mindestens zu zweit unterwegs. Die einzelnen Männer haben die kleinen Gruppen beobachtet, sobald eine Frau von ihren Freundinnen getrennt war, stürzten sie sich auf sie, wie Löwen auf eine Antilope. Wer zuerst da war, durfte es auch als erster probieren. Zu mir ist keiner gekommen ... bis ...

»Ist dein Name Wi-Fi? Ich spüre so eine starke Verbindung zu dir!«

»OH MEIN GOTT! FICK DICH BITTE SELBST!«

Es war die Billardkugel! Wäre ich ein Hund, dann hätte ich in diesem Moment geknurrt, laut, gemein und wild. Dann habe ich mich darauf konzentriert, wofür ich gekommen war, vielleicht war er meine einzige Chance. Er durfte sich neben mich setzen und sein Bestes probieren, sein Bestes war übrigens ziemlich lächerlich. Zuerst hat er seinen Mercedesschlüssel und seine gefüllte Brieftasche ganz offensichtlich vor mich gelegt, um mich zu beeindrucken. Er hat seine Stimme verstellt, ganz tief, wahrscheinlich um besonders männlich rüberzukommen. Er hat kerzengerade da gesessen um, trotz seiner schmalen Schultern, breiter zu wirken, was nicht wirklich vorteilhaft ist, wenn man einen ordentlichen Bauchansatz hat. Seine Brust hat er übertrieben rausgestreckt, ich habe mich gefragt, ob das Brustmuskeln sind oder Männertitten. Kurzfristig habe ich überlegt ihm einfach meinen Drink ins Gesicht zu schütten, aber mich dann daran erinnert, dass er nur ein lebendiger Dildo ist, der mich befriedigen soll. Gruselig wurde es, als er mir pausenlos in die Augen gestarrt hat. Er hat den Augenkontakt keine Sekunde unterbrochen, er hat sogar vergessen zu blinzeln. Meine Bewegungen hat er nachgemacht, egal was! Habe ich meine Beine überschlagen tat er es auch, habe ich mein Kinn berührt tat er es auch, es war Furcht einflößend. Während er pausenlos gequatscht hat, habe ich nur versucht mich daran zu erinnern, woran man die Penisgröße erkennt.

Waren es die Füße?

Die Hände?

Die Beziehung zwischen Zeigefinger und Ringfinger?

Wenn es die Nase gewesen wäre, hätte ich Riesenglück gehabt. Wo ich gerade den Ringfinger erwähne, verheiratet war er auch. Aber das war mir egal, eigentlich hat es mich richtig scharfgemacht. Die Vorstellung, dass eine andere Frau ebenso betrogen wird wie ich, hat sich unheimlich gut angefühlt.

Also, er hat ununterbrochen weitergeredet, ich konnte es einfach nicht mehr aushalten, bin aufgesprungen und habe ihn an der Hand gepackt.

»Ich bin nicht hergekommen um mich volllabern zu lassen, ich möchte Sex, bist du dabei?«

Sein Mund stand offen, er hat verdutzt genickt.

»Schön, dann komm mit!«

Auf keinen Fall wollte ich diesen seelenlosen Dildo in die Nähe meines Privatlebens lassen, also habe ich ihn in die Toilette gezerrt. Auf dem Weg habe ich meinen Schöpfer angefleht:

»Bitte lass ihn keinen kleinen Penis haben, bitte lass ihn keinen kleinen Penis haben!«

Nicht weil ich ein Riesenteil haben wollte. Verdammt ich habe nicht mal mit einem Orgasmus gerechnet. Ich wollte nur sicher sein, dass ich wenigstens etwas spüre! Glauben Männer uns immer noch, dass die Penisgröße nicht wichtig wäre? Vielleicht nicht allein entscheidend, aber ein Schwanz, den wir nicht spüren, nützt nicht viel!

***

Da kniete ich, auf den schmutzigen Fliesen, mit einem Penis in meinem Mund und kam mir einfach nur dumm vor. Dieser Moment war das Klistier für das letzte Quäntchen Selbstbewusstsein das mir noch geblieben war. Ich hatte alles an Blowjob und Handjob Techniken ausprobiert, die ich bei Google gefunden hatte, aber das Ding baumelte einfach nur schlaff vor mir rum, klein und schrumpelig. Das Teil wollte einfach nicht mitspielen, es versteckte sich wie eine Schildkröte in ihrem Panzer vor einem Furcht einflößenden Raubtier. Ich habe sogar versucht meinen Finger in seinen Hintern zu stecken, aber er hat gequiekt wie Fussel der Hamster meiner Tochter und ist zurückgehüpft. Lag es an mir? Bin ich nicht mehr heiß genug? Habe ich etwas falsch gemacht? Ich hatte intensiv an Gurken und Bananen geübt!

Ich kam mir vor, wie ein Hund der auf seine Belohnung wartet, als ich ihm von da unten ungeduldig zugeschaut habe, wie er verzweifelt an seinem kümmerlichen Ding geschüttelt hat, bis sich endlich was bewegt hat ... ein wenig!

»Wird er nicht hart?«

»Ist er doch!«

Es war wirklich enttäuschend, trotzdem bin ich aufgesprungen, habe meinen Rock gehoben und ihm den Hintern entgegengestreckt. Gott, ich habe mich so nuttig gefühlt, aber nach dem Martyrium brauchte ich einfach die Erlösung. Dann habe ich sein Ding an mir gespürt, warmes hartes Fleisch ... Für einen kurzen Moment bin ich bereit gewesen, all die schrecklichen Folgen ungeschützten Geschlechtsverkehrs zu ignorieren, AIDS, Syphilis, Hepatitis, Gonorrhoe oder Kinder, aber dann hat mein Selbsterhaltungstrieb gewonnen.

»Was soll die Scheiße, zieh ein Kondom über!«

»Ich hab keins!«

»Was soll das heißen, du hast keins? Wieso hast du kein Kondom?« Ich war wirklich angepisst. Es ist unfassbar frustrierend geil und unbefriedigt zu sein.

»Ich ... ich werde nie flachgelegt!«

»Weil du keine Kondome hast!« Natürlich wird das nicht der einzige Grund gewesen sein, mir fielen auf den ersten Blick gleich vier auf. Ich frage mich, ob sich ein Kondom auf so einem kleinen Ding hält?

»Du hast doch auch keins!«

»Ich habe keinen Penis!« Okay, er auch nicht so wirklich.

»Ich kann rausziehen!«

»Das ist doch nicht der Punkt du Idiot!« Jedenfalls nicht nur.

So habe ich ihn stehen lassen und bin zurück zu Naike gelaufen.

»Wichs dir einen!«

***

Dieser zauberhafter Farbwechsel, als Naike dem Absinth mit einem Brouilleurs tröpfchenweise Wasser hinzugefügt hat, war so faszinierend, als ob eine Nebelwand über einem grünen Meer aufzieht. Wir haben zwei der pinken Pillen auf die Zungen gelegt und sie mit der grünen Fee auf die Reise in unser

Bewusstsein geschickt. Nach kurzer Zeit hat mein ganzer Körper angefangen zu kribbeln, es war, als würde ein warmer Geist in mich eindringen. Ich habe so viel Glück und Energie gespürt, dass ich Angst hatte, dass es meinen Körper sprengen würde. Jede kleine Bewegung und winziger Gedanke haben mich glücklich gemacht. All die Loser um uns herum sahen auf einmal wunderschön aus.

Naike hat mich in die Mitte des Raums gezogen, wir haben gelacht und getanzt, ein sonischer Tornado hat mich durch den Raum gewirbelt, die Musik hat so gut geklungen, dass ich sie tief ins Zentrum meines Kopfes saugen wollte. Wir haben uns geküsst. Es hat sich angefühlt wie der erste Kuss, es kam mir vor, als würde er Stunden dauern. Sie hat mich auf eine Couch gedrückt, jede ihrer Berührungen hat ein heißes Glühen auf meiner Haut hinterlassen. Alles um uns herum war wie ein einziger großer Organismus, in dem wir ineinander verschmelzen. Sie hat meinen Kopf gepackt und an die Brüste gedrückt, sie hat meine Stirn geküsst, während ihre Hand langsam an meinem Innenschenkel hochwanderte. Sie war so warm und weich wie ein kleiner Welpe, ihr Körper hat nach Vanille gerochen, ihr heißer Atem nach Lakritz, ich wollte das Aroma von ihr ablecken. Sie hat fest zwischen meine Beine gekniffen, ich glaube, ich habe laut angefangen zu stöhnen, jedenfalls stand wie aus dem Nichts ein Mann vor uns.

»Ey ihr verdammten Lesben, ich hab die Schnauze voll von der Scheiße. Nicht in meinem Laden! Habt ihr keinen Respekt? Zahlt eure Rechnung und verpisst euch.«

Naike hat gesagt, sie würde sich um die Rechnung kümmern, ich bin auf die Toilette gegangen, pinkeln hat sich nie schöner angefühlt.

»Hey wo bleibst du denn?« Sie ist mir gefolgt.

Wo ich geblieben bin? Ich habe meinem Spiegelbild erzählt, wie schön es ist und wie sehr ich es liebe! Dann war Naike aber spannender, sie hat ihren Slip unter dem Rock hervorgeholt und vor meiner Nase rumgewedelt.

»Los hol deine Jacke!«

Ich habe gemacht was sie sagte, die Jacke angezogen und zugeguckt, wie sie sich über den Tresen die Flasche Absinth schnappte.

»Komm!« Sie hat meine Hand gegriffen und mich mit sich gezogen.

»Hey ihr Fotzen! Eure Rechnung, ihr Scheiß Lesbennutten!«, hat jemand geschrien.

***

Ich erinnere mich, wie sauber die Luft geschmeckt hat als wir über die Straße gerannt sind, wie jede einzelne Schneeflocke einen kühlenden Kuss auf meinem Gesicht hinterlassen hat.

»Ich krieg euch ihr Fotzen!«

Das war der Kerl, der uns auf der Couch gestört hat, er hat uns durch die Gassen gejagt. Naike hat mich immer weiter und weiter gezogen, ich konnte seine Schritte dicht hinter mir hören und seinen eiskalten Atem im Nacken spüren. Sie hat mich eine Treppe hochgezerrt, seine Hand hat mich gepackt, sie haben mich zwischen sich hin und her gerissen. Er hatte nicht viel Liebe ins sich, sein Griff hat sich angefühlt wie Schraubzwingen, also habe ich all meine Energie in meine Beine gelenkt und ihm in sein fieses Gesicht getreten. Es war so lustig, er ist die halbe Treppe runtergepurzelt und liegen geblieben. Ich habe mich vorher noch nie geprügelt, noch so ein schönes Gefühl, aber Naike hat es mich nicht genießen lassen und mich weitergeschleppt.

Dann sind wir stehengeblieben, ich wusste nicht wo wir sind, vor uns stand dieser goldene Porsche, funkelnd wie der Weihnachtsstern auf einem Tannenbaum.

»Das ist der neue Wagen von meinem Exmann!«

Alles war so schön friedlich, ich habe mit meinem Kragen gekuschelt, so weich wie ein Chinchillababy. Naike hat ihren Slip in den Hals der Absinthflasche gesteckt und angezündet. Die Flamme war so wunderschön, rot, weiß und blau leuchtend, das Grün der Flasche war wie eine Rasenfläche im

Hochsommer. Die Hitze der Flamme hat sich wie warme Küsse auf meinen Wangen angefühlt. Plötzlich ist die Flasche durch die Luft geflogen, wie ein bunter Komet, direkt durch die Scheibe des Porsches.

»Komm jetzt Gianella!«

Ich musste wieder rennen, hinter uns war dieser Riesenknall, ich habe gedacht, dass Gott persönlich mir mit einem flammenden Stiefel in den Hintern tritt.

***

Irgendwie sind wir in meinem neuen Wohnzimmer gelandet. Naike packt meinen Hals und drückt mich gegen die Wand, ihr Gesicht kommt immer näher, ich spüre ihren heißen Atem auf meiner Stirn, sie drückt mir die Luft ab, mein Mund öffnet sich, sie küsst mich, beißt mir in die Lippe. Eine Hand gleitet unter mein T-Shirt und spielt an meinen Nippeln. Sie lässt meinen Hals los und fährt mit den Fingernägeln an meinen Schenkeln hoch, sie erreichen meinen Slip und schieben ihn beiseite. Sie drückt meine Brust zusammen, bevor ich begreife was passiert, ist es schon passiert und sie hat zwei Finger in mich reingeschoben.

Alles was ich jetzt noch weiß ist, dass es sich gut anfühlt, meine Hüften folgen ihren rhythmischen Bewegungen, mein Kopf liegt auf ihrer Schulter, sie küsst meinen Hals und knabbert an meinem Ohr. Mein Atem wird schwer und laut, ich bettle, dass sie schneller wird. Romantik muss nicht immer ein Spaziergang im Sonnenuntergang oder ein Candlelight Dinner sein, manchmal ist es einfach ein Fingerfick mit der besten Freundin.

"MAMI?!"

Oh, das Kind! Sie steht stocksteif in der Tür, ich breche in Lachen aus. Die Art von Lachen, wo der Brustkorb anfängt weh zu tun, man fast erstickt und am eigenen Geisteszustand zweifelt. Sie sieht so witzig aus, wie eine Kuh. Warum guckt sie wie eine Kuh? Diese leeren Augen, von mir hat sie das nicht. Ich stolpere zu ihr rüber und schiebe ihr Kinn mit dem Zeigefinger nach oben um ihren Mund wieder zu schließen.

»Sonst kommen da die Fliegen rein Schatz! Ab ins Bett, Mama und Naike wollen ein bisschen Spaß haben!«

Sie dreht sich zögernd um und trottet verwirrt davon.

»Schatz warte!«

»Ja?«

»Sag Muh für Mama!«

Ich breche kichernd zusammen und rolle mich auf dem Teppich herum, so schön weich und kuschelig wie ein großer Teddybär.

Auf einmal sitzt Naike auf mir, ein Kleidungsstück nach dem anderen fliegt durch die Luft, sie packt mich hektisch aus, wie ein kleines Kind sein Weihnachtsgeschenk. Sie küsst und kratzt über meine Brüste, ihre Zunge wandert meinen Bauch entlang nach unten, sie beißt mir zärtlich in die Lippen, diesmal nicht die im Gesicht, ihre Finger dringen in mich ein, sie berühren Stellen, von denen ich nichts ahnte. Sie leckt und saugt an mir, mein Sinn für Zeit und Raum geht in Ekstase verloren, es ist unmöglich zu sagen, wie lange sie sich meinem Vergnügen widmet, bald fallen meine letzten Hemmungen, ich höre mich selbst unkontrolliert stöhnen, schreien und sie mit Obszönitäten anfeuern. Dann explodiere ich, mein Körper zuckt und zittert, es ist der intensivste Orgasmus, den ich je erlebt habe, ich scheine auszulaufen, die Kontraktionen breiten sich von meiner Vagina über den Uterus und die Brüste bis in meinen Kopf aus. Ein Schrei verlässt meine Lungen, so befreiend wie der eines Neugeborenen. Ich habe das Gefühl ohnmächtig zu werden, meiner ganzer Organismus ist überwältigt von Lust, Naike hat mich für die Männerwelt ruiniert.

Bring da motherf***ing Season

Ich steuere auf eine Kriegszone zu, mein Puls rast, meine Beine fühlen sich tonnenschwer an, als wären sie mit Blei gefüllt.

Los weiter! Du schaffst es!

Nur noch ein paar Meter, dann bin ich hinter feindlichen Linien, mitten in einem tödlichen Minenfeld.

Das Einkaufszentrum erstrahlt vor mir, es ist eingedeckt mit unzähligen weißen Lichterketten. Oben auf dem Dach thront ein riesiger Stern, der so grell leuchtet, dass man sich eine Sonnenbrille wünscht. Es heißt, man könne ihn sogar aus dem Weltraum sehen!

Was ich Wahnsinniger hier ein paar Tage vor Weihnachten mache? Ich versuche eine normale Beziehung zu führen und meiner Freundin ein Weihnachtsgeschenk zu kaufen, das gehört angeblich dazu. Behauptet sie jedenfalls. Sophie hat sich geweigert mir zu sagen, was sie sich wünscht. Ich soll mir was ausdenken, kreativ sein, sie überraschen! Warum quälen Frauen uns nur so?

Ich habe ihr bereits einen rosa Vibrator in Schwanenform bestellt, wirklich hübsch, aber das wird wohl nicht reichen. Louis Vuitton hat eine Limited Edition Handtasche herausgebracht, auf die alle Barbiepüppchen ganz scharf sind. Hier gibt es noch ein Exemplar, ich habe es mir extra zurücklegen lassen. Geld kann Kreativität hervorragend ersetzen.

»Ich hol gleich meine Kalaschnikow auf dem Kofferraum!«, grölt ein älterer Mann eine Familie an und reißt den Kindern den Weihnachtsbaum aus der Hand. »Ich hatte ihn zuerst!«

Ah, wie schön, die besinnliche Weihnachtszeit!

Ein Meer toter Bäume, brutal ermordet, mit geschmacklosem Schmuck geschändet und dann auf die Straße geworfen, wie eine vergewaltigte Nutte. Was sind wir bloß für Monster? Eigentlich tummeln sich auf dem Platz, wo die Bäume stehen, eher die Obdachlosen, aber ab Mitte November werden sie vertrieben, damit die Weihnachtsidylle nicht ruiniert wird. Die gute Nachricht für sie ist, dass ab dem ersten Advent ein Suppenwagen am Bahnhof steht und nebenbei auch alte Decken verteilt. Als bräuchten sie den Rest des Jahres keine Nahrung ...

Ich werfe einen letzten verzweifelten Blick auf die Menschenmasse, die sich durch den Eingang rein uns rausschiebt, bevor ich mich in die Menge stürze. »Carol Of The Bells« empfängt mich am Eingang. Den Song fand ich immer unheimlich, er klingt, als würde er eine aufziehende Katastrophe verkünden. Warum musste ich auch bis auf den letzten Drücker warten? Eigentlich sollte ich im Bett liegen, die Weihnachtsfeier von gestern steckt mir noch in den Knochen, wenigstens hatte ich mal wieder Spaß.

***

Nein! Dieses dreckige, verkommene Hipsterschwein!

Tatenlos muss ich zusehen, wie meine Handtasche gerade verkauft wird! Ich bin doch nur zehn Minuten zu spät!

Und ich habe eine Entschuldigung, letzte Woche wurde eine Frau bei Starbucks gebeten, ihr Kind nicht mitten im Laden zu stillen. Eben hat ein Flashmob von Milchkühen die Filiale gestürmt, alle Tische besetzt und angefangen ihre Babys zu säugen. Eine schockierende Szene, von der ich mich einfach nicht abwenden konnte, wie ein spektakulärer Unfall. Versteht mich nicht falsch, Stillen ist ein natürlicher Vorgang, pissen aber auch und ich hole meinen Schwanz nicht in der Öffentlichkeit raus. Vielleicht bin ich aber auch einfach zu spießig! Ich muss allerdings zugeben, dass ein Exemplar dabei ist, der ich gerne den Blutegel vom Busen pflücken würde, um mir selbst einen Schluck zu genehmigen.

Aber egal, zurück zu diesem miesen Wichser, der meine Tasche hat. Ihr solltet ihn sehen, gestylter Vollbart, die langen Haare zum Dutt auf dem Kopf gedreht, viel zu enge Jeans und ein kariertes Hemd. Die Art von Mensch, die man am Bahnsteig vor den Zug stoßen möchte. Vielleicht sollte ich ihn niederschlagen oder beim Rausgehen einfach takeln und die Tasche nehmen. Das Geld könnte ich ihm vor die Füße werfen, dann wäre es nicht wirklich Diebstahl! Der Securitymann fixiert mich, als könnte er meine Gedanken lesen. Dich Arschloch nehme ich mir gleich mit vor!

Der Hipster bedankt sich fröhlich, ich schleiche ziellos durch den kleinen Laden um etwas anderes zu finden, aber irgendwie sieht alles gleich langweilig aus, also gebe ich auf und verziehe mich. Auf dem Weg nach draußen werde ich fast von einer Frau umgerannt, hinter ihr versucht ein Mann mit Halbglatze Schritt zu halten. Er hat Schwierigkeiten durch die Tür zu kommen, wegen der vielen Tüten, die er mit beiden Händen festzuhalten versucht. Wie ein verfickter Packesel. »Schatz, wir sind jetzt seit vier Stunden hier, ich habe Hunger, ich will nach Hause!«, fleht er sie vergebens an. Was für ein erbärmlicher Verlierer!

Mein Blick schweift durch das Einkaufzentrum. Wie ein neues Eldorado, alles mit blendend goldenen Lichterketten behangen. Fuck, das hier ist wie eine religiöse Erfahrung. Es ist ein Mekka, der zentrale Wallfahrtsort der Konsumgesellschaft und die Pilger sind zu Tausenden eingefallen. Das Gebäude verläuft sternförmig. Durch jeden Zacken schwebt ein Schlitten, mit lebendigem Weihnachtsmann, an einer Art Seilbahn, hin und her. Sind das Studenten oder Stuntman? Was auch immer, die armen Schweine müssen pausenlos der Menge zuwinken und laut »Hoo Hoo Hoo, frohe Weihnachten« rufen.

Aus den Lautsprecherboxen werden Weihnachtsjingles geblasen, die das Gemurmel der Menge ersticken und gelegentlich von ohrenbetäubender Werbung unterbrochen werden, die uns auf die neuesten Rabatte und Sonderangebote hinweist. Verkäuferinnen packen hektisch Geschenke für die Kunden ein, die, mit missmutigem Blick, ungeduldig vor ihnen auf und ab wippen. In den Gängen schieben sich Menschenherden aneinander vorbei. Viele wollen zum neuen Elektronikfachmarkt, der in einer Stunde zum ersten Mal seine Tore öffnen wird. Fünfzig Prozent Rabatt auf alles, weitere fünfzig für die ersten zweihundert Kunden. Vor den Rolltreppen sammeln sich schon Sicherheitskräfte und schauen ängstlich zu der immer größer werdenden Masse weiter oben.

Irgendetwas versucht mich zu Seite zu schieben, ungläubig schaue ich mich um und sehe niemanden, mein Blick wandert nach unten.

Fuck, was ist das?

Zu mir schaut ein Mädchen hinauf, vielleicht sechs oder sieben Jahre als, mit bestimmt fünfzig Kilo auf den Rippen. Ihre fetten Backen sind feuerrot angelaufen, Schweiß steht auf ihrer Stirn, sie atmet schwer und leckt dabei an einem Berg Eiscreme.

»Ich muss da durch!«, beschwert sie sich vorwurfsvoll, das Eis bahnt sich langsam seinen Weg über ihn Kinn auf die Jacke.

Wie ist das Kind so fett geworden? Kann man das nicht schon als Kindesmissbrauch bezeichnen? Sollte sie nicht in frühestens in vier oder fünf Jahren Titten haben?

Sie schiebt sich an mir vorbei, ihre Stirn hinterlässt kleine Schweißspuren auf meiner neuen Diesel Black Gold Winterjacke. Wäre es Eiscreme gewesen, hätte ich ihr in den fetten Arsch getreten.

»Weißt du junge Dame, wenn du nicht so viel Scheiße fressen würdest, dann wärst du auch nicht so ein fettes, hässliches Schweinchen das nirgends durchpasst!«

Ihre Augen füllen sich in Sekundenschnelle mit einem Schwall Wasser, ich verpisse mich lieber bevor das Geschrei losgeht. Das da hinten sind bestimmt ihre Eltern, sehen aus wie mit einer Bierdose aus dem Ghetto gelockt.

»Ich denke du liebst mich! Bin ich das nicht wert oder was?«

Vor dem Schaufenster von Louis Vuitton gerät ein Pärchen in

Streit. »I'm dreaming of a white christmas« läuft."

»Sechshundert Euro für einen Schal? Ich kann das nicht bezahlen«, stammelt der Junge, vielleicht zwanzig, verunsichert.

»Wie willst du den jemals eine Familie ernähren du Arschloch! Ich will auch schöne Sachen haben! Ich hab die Schnauze voll von dir du Loser!«, kreischt sie hysterisch. Einige Leute bleiben stehen und drehen sich zu dem Pärchen um.

»Du bist so scheiße! Du liebst mich nicht!«, schreit sie noch lauter, schlägt ihre Michael Kors Tasche in sein Gesicht und ... und beginnt sich die Klamotten vom Leib zu reißen! »Rudolph The Rednosed Reindeer« begleitet den Striptease.

»Hier! Das siehst du jetzt zum letzten Mal!«

Noch bevor die Security sie erreichen kann, steht sie nur noch im String da und wirft ihren BH ins Gesicht des Jungen. Einige Kids fangen an Fotos zu machen und die Szenerie zu filmen. Ich glaube nicht, dass er sie zum letzten Mal nackt sehen wird, jeder Mensch mit Internetanschluss wird das bald können. Verdammt nette Titten übrigens! Ihr Freund muss hilflos zusehen, wie zwei Wachmänner das nackte Mädchen packen und sie sich brutal wehrt.

Wow, das ist Aktion pur!

Die ersten Takte von »Deck the Haals« erklingen.

Sie bespuckt die beiden, beißt einem in die Hand und tritt ihm zwischen die Beine. Vom Typ her erinnert sie mich an Sophie, auch eine blondierte verzogene Tussie. Der arme Junge, ist das auch meine Zukunft?

Drei weitere Securitys kommen an, einer sprüht ihr Pfefferspray ins Gesicht, ein anderer jagt ihr mit seinem Taser einen Stromstoß in den Arsch, sie geht zu Boden. Der Typ, dem sie in die Eier getreten hat, stürzt sich auf sie, rammt sein Knie in ihren Rücken uns fesselt sie mit Kabelbinder.

Der Junge starrt seiner Freundin fassungslos hinterher, als sie schreiend abgeführt wird, vorbei an Hunderten von Augen, die anscheinend noch nie eine nackte Frau gesehen haben. Zögernd sammelt er ihre Kleidung zusammen und geht in Richtung Ausgang.

Der Weihnachtsstress ist eben nichts für jeden ...

***

»Willst du auch zum Weihnachtsmann?«

»Verpiss dich!«, murmele ich.

»Was hast du gesagt?« Die Musik ist zu laut, »Jingle Bells«.

»Nur kleine Kinder dürfen zum Weihnachtsmann!«

Ich habe diese magische Anziehungskraft auf junge Mädchen, aber diese hier ist erst vier oder fünf. Kurzfristig habe ich es in Betracht gezogen, ihr zu sagen, dass es keinen Weihnachtsmann gibt, aber warum den Eltern diese undankbare Aufgabe abnehmen? Das kleine Vieh belästigt mich beim Kaffeetrinken. Normalerweise sitze ich bei Starbucks drinnen, aber die Herde Ökomütter, mit den apathisch nuckelnden Abfällen ihrer Lenden, besetzt noch immer den Laden. Also habe ich die letzte freie Bank vor dem Weihnachtsdorf ergattert. In der Mitte des Zentrums ragt ein Weihnachtsbaum von Swarovski dreißig Meter in die Höhe. Wie mir ein Schild berichtet, besteht das verdammte Teil aus fünftausend weißen Kristallsträngen, was bedeutet, dass da fast dreihunderttausend einzelne Kristalle vor mir stehen. Unter dem Baum befindet sich das kleine Dorf, vor einem Lebkuchenhaus hat Santa Claus seinen Thron. Die Eltern setzen ihre Kinder auf seinen Schoß, die dürfen ihn mit ihren Wünschen zuquatschen und dann gibt es ein digitales Familienfoto, das sie an jeden schicken können, den es nicht interessiert. Einige der Kids haben richtig leuchtende Augen, leuchtend vor Gier, denn ein kleines Geschenk gibt es auch noch. Das wird von Elfen übergeben. Junge Männer und Frauen in lächerlichen Kostümen, sogar spitze Ohren hat man ihnen angeklebt.

Einfach erniedrigend!

»Was soll ich mir von ihm wünschen?«, fragt das Mädchen. Warum labert sie mich voll? Ich sollte mir Gedanken um ein neues Geschenk machen.

»Ein Gagball wäre nützlich!«, antworte ich lächelnd und blicke mich nach ihren Eltern um. Da stehen sie, drei Meter weiter und kümmern sich einfach nicht drum, wenn ihr kleines Vieh fremde Männer belästigt.

»Was ist das?«

»So etwas wie eine Halskette. Hey, willst du, dass der Weihnachtsmann dir eine ganz große Überraschung bringt?«

»Jaaaaaaaaaa!«, strahlt sie mich an und klatscht in die Hände.

»Gut, dann musst du ihn aber zum Lachen bringen, okay?«

»Ja!«, flüstert die Kleine.

»Gut, dann sagst du ihm, dass du dir wünscht, dass der Mann von Gegenüber Mama nicht mehr besuchen kommt, wenn Papa weg ist. Weil Mama dann immer so laut schreit. Machst du das? Das ist ein Witz für Erwachsene. Da freut der Weihnachtsmann sich!« Das Kind krümmt sich vor Lachen.

»Also, wie geht der Witz?«

»Ich wünsche mir, dass der Mann von Gegenüber nicht mehr kommt ... ääähmmm ... wenn Papa weg ist ... weil Mama dann so laut schreit!«, wiederholt sie brav und springt vor Freude in die Luft.

»Frederike! Komm, wir sind an der Reihe!«, ruft ihr Vater.

»Na lauf, der Weihnachtsmann wartet!«, sage ich und sie rennt los. Zeit für mich zu gehen. Ein Stück weiter drehe ich mich um und beobachte die Szene, während sich ein Paar Sanitäter auf den Weg zum Elektroladen machen und sich vorsichtshalber eine kleine Krankenstation aufbauen. Das Mädchen sitzt bei Santa Claus auf dem Schoß, ihre Lippen bewegen sich, sie lacht. Ich kann nichts hören, »O du fröhliche«, nur sehen, wie sie kichert, der Weihnachtsmann verstört die Eltern anguckt, wie die Mutter die Augen schockiert aufreißt und ihr Mann sich mit offenem Mund zu ihr dreht.

Score!

Letztes Jahr hatte ich schon mal so eine Gelegenheit und habe einem Mädchen gesagt, sie soll sich vom Weihnachtsmann wünschen, dass ihr Papa nicht mehr in ihr Bett kommen soll, wenn Mama weg ist und besonders mit ihr kuschelt. Ich versuche eben so viel Spaß wie möglich zu haben.

***

Lauwarmes Wasser fließt durch meine Haare, zwei Hände kneten sinnlich meinen Kopf, etwas zu sinnlich. Die Massage fühlt sich wie ein Vorspiel an, ich kann mich nicht entscheiden, ob ich geil werde soll oder mir das unangenehm ist. Ich lasse mir gerade die Haare schneiden, um etwas Zeit zu schinden und mir ein neues Geschenk auszudenken.

Was mögen Tussen?

Während ich versuche mich von der intensiven Massage nicht ablenken zu lassen, quetsche ich dem Chihuahua in meiner Faust zusammen und denke angestrengt nach. Nein, es ist nur ein Beanie Baby Hund, kein echter. Hab ihn eben in Spielwarengeschäft besorgt, das war eine ziemliche Schlacht, die Atmosphäre hat an eine Moshpit bei einem Hatebreed Konzert erinnert, nur dass das Publikum aus Zwergen bestand.

Wir sind jetzt beim Schneiden und sie versucht penetrant ein Gespräch aufzubauen. Besser gesagt, sie baggert verzweifelt an mir rum. Anscheinend hat sie mich schon mal frisiert, jedenfalls weiß sie eine Menge über mich, welche Musik ich höre, welchen Sport ich treibe und was ich beruflich mache. Ihre Titten berühren meinen Rücken und die Schultern auffällig oft. Sie ist weit davon entfernt perfekt zu sein oder einem gängigen Schönheitsideal zu entsprechen. Übergewicht, zu kleine Brüste, ein bestenfalls nettes Gesicht, wirklich nicht hässlich, aber auch nicht mehr. Im ersten Moment habe ich es als Beleidigung empfunden, dass sie denkt, sie hätte eine Chance bei mir. So langsam allerdings finde ich es bewundernswert, dass sie den Mut hat, es zu probieren. Fällt ihr bestimmt nicht leicht. Normalerweise würde ich sie ficken, aber ich habe jetzt eine Freundin, normale Menschen betrügen ihre Freundinnen nicht, jedenfalls in den ersten Monaten.

Ich gucke zum Schaufenster hinaus. Der Elektromarkt ist im selben Stockwerk und die Menschenmasse reicht schon fast bis zum Friseursalon. Noch eine Stunde, bis sie öffnen, der Verkauf soll die ganze Nacht gehen. Wird anstrengend sich nach unten durchzukämpfen. Das Pärchen aus dem Louis Vuitton Shop läuft vorbei. Die Frau hat drei Meter Vorsprung, der Zustand des Mannes hat sich verschlechtert. Hochrotes Gesicht, zu einer Grimasse verzerrt, aufgerissene Augen, in denen schon die Tränen stehen, schweißnasse Stirn. Ernsthaft, erwartet mich dieses Schicksal auch?

Als sie weg sind, fällt mein Blick ins Schaufenster des Juweliers.

Da ist die dumme Sau! Das Hipster Schwein mit meiner Tasche, er kriegt eine kleine Schachtel in die Hand gedrückt und geht mit einem breiten, selbstgefälligen Grinsen aus dem Laden raus. Diese Haare, diese Visage, dieser aufgesetzte Gang!

»Benutzt du ein neues Shampoo?«, fragt sie ganz natürlich.

»Äh, ich bin nicht sicher, wieso?«, antworte ich zögernd.

»Deine Haare riechen anders.«

Creepy! Scary!

Es ist etwas Angst einflößend, wenn sich ein fremder Mensch nach Monaten noch an den Geruch deiner Haare erinnert, besonders wenn er mit einer Schere neben deinem Hals steht. Angst macht mich geil! Ich fühle mich zu verrückten Mädchen hingezogen.

»Und was machst du heute noch?«, fragt sie, als sie mir zum Abschluss den Nacken ausrasiert.

»Ich gehe mit dir essen!"«, antworte ich.

Das ist das, was sie hören wollte, sie sieht wirklich glücklich aus. Natürlich werde ich sie knallen, es wäre unhöflich mit ihr essen zu gehen und den Anstandsfick auszulassen. Das ist auch kein Betrügen, eher ein Weihnachtsgeschenk an ein armes Mädchen, das den Mut aufgebracht hat mich anzuflirten. Wir werden die Rechnung im Restaurant teilen, nicht das sie es für ein echtes Date hält oder denkt ich würde sie für Sex bezahlen. Vielleicht sollte ich sie die ganze Rechnung übernehmen lassen?

»Wo gehen wir hin?«, fragt sie, als ich bezahle.

»Irgendwas bei dir in der Nähe. Deine Vagina, deine Entscheidung!«

***

»Der Druck wird zu hoch, sie müssen jetzt öffnen!«, schreit der Wachmann hektisch in sein Funkgerät, während ich mich an ihm vorbei durch die Masse schiebe.

Ein heftiger Ruck geht durch die Menge, als der Elektromarkt die Tore öffnet und alle gleichzeitig versuchen reinzustürmen. »Jingle Bell Rock« heizt die tödliche Moshpit zusätzlich an. Das Personal versucht verzweifelt zur Seite zu springen, einige werden zu Boden gestoßen und verschwinden aus meinem Blickfeld. Die Sanitäter versuchen die Gestürzten unter der stampfenden Herde herauszuziehen, werden aber mit Fäusten attackiert und müssen sich zurückziehen.

Mein Körper wird mit voller Wucht gegen das Geländer geschleudert, immer mehr Menschen scheinen nachzudrängen, mir wird die Luft aus den Lungen gequetscht. Ich versuche zur Seite zu fliehen und trete auf etwas, eine Hand! Der Besitzer zieht sie hektisch zurück und krümmt sich zusammen, um sich vor den trampelnden Füßen zu schützen. Mir selber bleibt eigentlich nur der Weg nach hinten, bedauerlich, dass es da Zehn Meter abwärtsgeht.

Ich kann den Kassenbereich erkennen. Ein Typ legt einen Fernseher aufs Laufband, hält der Kassiererin seine Kreditkarte hin und wird hinterrücks niedergeschlagen. Der Angreifer drückt der verwirrten Frau einen Batzen Bargeld in die Hand und flüchtet mit dem Flatscreen. Der Druck lässt etwas nach, ich atme erleichtert ein und suche nach einem Ausweg, über der Balustrade neben mir, hängt eine Frau leblos mit ihrem Oberkörper in die Tiefe.

Ich muss hier raus! Ich muss zur Treppe kommen!

Die Menge gerät aus dem Gleichgewicht, Einige fallen, reißen Andere mit sich und stoßen uns zurück gegen das Geländer.

Nein! Ich werde nicht zu »Last Christmas"« sterben, niemand sollte so verrecken.

In der Sekunde, wo der Druck wieder nachlässt, stoße ich meinen Vorarm gegen den Hals des Typen vor mir und benutze ihn als Rammbock. Für ein paar Meter geht das gut, dann schafft er es sich von mir zu befreien. Zwei Männer, die sich zum Laden durchkämpfen wollen, drängen mich zurück. Der erste bekommt meine Finger in die Augen gequetscht, den zweiten packe ich mir gleichzeitig an Hinterkopf und Nase, drehe seinen Kopf seitlich nach oben, bis er das Gleichgewicht verliert und zu Boden geht. Im selben Moment treffen ihn schon Dutzende Winterstiefel. Zwischen mir und der Treppe steht nur noch ein Typ, er starrt mich an, will keinen Platz machen, mit den Handflächen schlage ich ihm gleichzeitig auf beide Ohren. Seine Trommelfelle platzen, er sinkt auf die Knie. Ich bin hier etwas im Vorteil muss ich zugeben, ein paar Jahre Krav Maga und noch mehr Jahre in Moshpits bereiten einen gut auf solche Situationen vor.

Fuck! Ich stecke fest, wieder! Dieses Mal im ersten Drittel der Treppe. Mich trennen aber nur zwei Meter vom Treppengeländer, von da könnte ich springen, das sind höchstens vier Meter. Mit etwas Glück, komme ich sogar ohne Verletzungen davon, wenn ich es denn erreichen kann. Keine Ahnung, wie lange ich dem Druck nach oben noch standhalte.

Von hier kann ich in den Laden sehen, der zu einer Art Schlachtfeld geworden ist. »Do They Know it's Christmas« begleitet den Aufstand. Zwei Männer liegen auf der Erde und schlagen aufeinander ein. Ein Zuhältertyp reißt eine zierliche Frau an den Haaren zurück, boxt ihr in den Magen und nimmt ihre Mikrowelle an sich. Mehrere Angestellte sind auf ein Regal geflüchtet und krallen sich panisch an den Deckenleuchten fest. Ein paar Arschlöcher haben ihre Kinder mit in die Schlacht genommen, einige werden kreischend von der Menge hin und her gestoßen. Ein Vater zerrt seine Tochter hinter sich her, schlägt einem vielleicht elfjährigen Jungen mit der Faust ins Gesicht und nimmt ihm die Playstation ab.

Ich werde eine Stufe aufwärts geschoben, auf meiner Augenhöhe, etwa sechs Meter entfernt, sehe ich das Gesicht des Kalaschnikowtypen auf der Erde liegen. Sein Mund ist weit geöffnet, seine Augen aufgerissen, keine Reaktion auf die Füße, die auf seinen Körper und Kopf stampfen.

Fuck, noch eine Stufe weiter oben!

Es ist dringend an der Zeit hier rauszukommen, ich werfe meinen Kopf zurück und treffe das Nasenbein meines Hintermannes, gleichzeitig schmettert mein Ellbogen in die Kehle des Typen zu meiner rechten Seite. Das nächste Hindernis wird mit einem Schlag in die Hoden aus dem Weg geräumt. Nur noch wenige Körper zwischen mir und der Rettung. Ein fetter Kerl steht mir im Weg und drängt mich zurück, selber Schuld! Mein Daumen bohrt sich tief in eine seiner Augenhöhlen, mit seinem Körpergewicht gelingt es mir, die restlichen Leute aus dem Weg zu schieben. Er geht schreiend zu Boden, ich missbrauche ihn als Stufe und schwinge mich über das Geländer. Innerhalb von Sekunden hat sich die Lücke wieder geschlossen!

Mein Bein ist eingequetscht!

Ich hänge hilflos über dem Abgrund, Gesicht an Gesicht mit dem fetten Bastard, nur getrennt durch die Glaswand. Ein Lachen kann ich mir nicht verkneifen, es sieht so dämlich aus, wie seine Visage platt gedrückt wird. Sein gesundes Auge fixiert mich, das andere, na ja, das scheint nicht mehr da zu sein, nur ein blutiges Loch. Keine Ahnung wie das hier ausgehen wird, aber man sollte auch in Extremsituationen seinen Humor behalten, also lächele ich und zwinkere ihm zu, bevor ich mich mit aller Kraft abdrücke und ihm den Mittelfinger entgegenstrecke.

Mein Bein ist frei!

Der Boden rast auf mich zu, irgendwie gelingt es mir mit den Beinen aufzukommen und mich unsanft abzurollen.

Wieder ein Weihnachten überlebt! Okay, noch nicht ganz, ich brauche ein Geschenk. Was soll ich kaufen?

***

Vielleicht einfach ein neues Smartphone? Eins in Rosa? Oder ein überflüssiges, teures Schmuckstück?

Aber ich kann nicht wieder nach oben, die Aufgänge sind abgesperrt. Langsam ist Ruhe eingekehrt, die Verletzten werden nach und nach abtransportiert, verreckt sind wohl nur drei. In den anderen Stockwerken tut man so, als wäre nichts passiert, außer dass die Musik lauter geworden ist, »Santa Clause is coming to town«, wohl zur Ablenkung. Trotzdem kann man noch das nervtötende Geschrei der Babys hören. Der Flashmob scheint in Schichten zu agieren, die zweite Welle ist größer als die erste und hat auch die Außentische von Starbucks besetzt. Potenzielle Kunden werden jetzt zusätzlich vom Gestank vollgeschissener Windel abgeschreckt, als würden die schlaffen Euter nicht reichen.

IEEEEEE, wie widerlich, eine lebensgroße Nachbildung der Weihnachtsgeschichte. Religion, warum ist die Scheiße noch nicht ausgestorben? Wie denken gläubige Christen eigentlich darüber, dass ihr höchstes Fest von den sieben Todsünden charakterisiert wird? Sind Gläubige in der Lage Assoziationen zu bilden?

»Let it Snow« setzt ein. Drüben am Bio-Glühweinstand, gleich neben Starbucks, steht wieder dieses miese Schwein mit meiner Handtasche und stößt mit ein paar anderen Hipstern an.

Diese Frisur! Dieses selbstgefällige Grinsen, dass ich ihm am liebsten aus der Fresse schneiden würde!

Bevor ich mich weiter aufregen kann, werde ich von lautem Geschrei abgelenkt. Oben im dritten Stock steht das Louis Vuitton Pärchen. Sein Gesicht hat eine purpurne Färbung angenommen, ein Wasserfall aus Tränen schießt über sein Gesicht, er kreischt sie hysterisch an, dabei übertönt er sogar die Musik. Ich kann kein Wort verstehen und sehe nur, wie er alle Einkaufstüten über die Balustrade schleudert. In der Luft verteilt sich der Inhalt bevor diverse Dekorative, Klamotten und Geschirr auf die Erde krachen. Ein paar Leute springen schreiend zur Seite und gucken schockiert nach oben. Der Mann krallt sich in seinen Haaren fest, zerrt daran, als ob er sie ausreißen will, bis er plötzlich, in aller Seelenruhe, auf den Handlauf klettert, seine Arme wie ein Engel ausbreitet und springt. Sein Körper schlägt in den Glühweinstand ein, mitten auf den Tresen. Der Aufprall faltet ihn zusammen, ein

Geräusch, wie der Schuss aus einer Pistole, hallt durch die Gänge. Wohl sein Rückgrat. Sein Bauch ... ich erspare euch die Details, jedenfalls kann ich nicht sagen, was in den Gesichtern der Leute Blut und was Glühwein ist.

Vielleicht hätte er sich einfach trennen sollen!?

Steht mir so ein Schicksal auch bevor?

Nein, ich bin eher der Typ, der die Frau runtergeworfen hätte!

Die nächste Panik bricht aus, auch auf der Terrasse von Starbucks. Mütter reißen sich ihre Säuglinge von der Brust, Milch spritzt durch die Gegend und sie stürmen auf den Ausgang zu. Ich selbst, ich breche in lautes Lachen aus! Ihr müsstet sie sehen, ein Dutzend Frauen mit jeweils einer entblößten Brust, die umherschwingen wie schwere Kirchenglocken. Verfolgt werden sie von einer weiteren Horde aufgeschreckter Menschen, die von oben bis unten mit roter Flüssigkeit bespritzt sind. Ich stehe da, wie ein Fels in der Brandung, als beide Gruppen an mir vorbeirennen. Der Hipster stürmt auf mich zu, er ist fast bei mir.

Soll ich?

Mein Knie schießt mit aller Wucht hoch und trifft ihn in die Magengrube. Der Aufprall schmeißt mich fast selbst von den Beinen, sein Körper schlägt einen halben Salto und prallt auf dem Marmorfußboden auf. Langsam nähere ich mich meiner Beute, stelle ein Bein auf sein Handgelenk und reiße meine Tasche aus seinen Fingern.

»Ey, was soll das?«

»Ich bin der fuckin' Grinch Bitch!«

Bevor er einen Laut rausbringen kann, stampft mein Fuß in sein Gesicht und zerschmettert seinen Kiefer. Sprechen kann er nicht mehr, dafür stöhnt er, als würde ihm gerade eine Prostatamassage verpasst werden. Diese Frisur! Ich beuge mich herab und ziehe im das Haarband raus. Schon besser!

Auf dem Weg zu meiner Verabredung, der ganze Scheiß hat mich wirklich geil gemacht, kontrolliere ich die Tasche auf Blut oder Weinspritzer, nichts passiert, Problem gelöst. Drinnen steckt die kleine Schachtel vom Juwelier, ich öffne sie. »Willst du mich heiraten?«, steht im Deckel und da liegt ein Ring aus Gold und Platin drinnen.

Was für ein Arschloch! Irgendwann wird er mir danken!

Hat er sich wohl so gedacht, die Tasche überreichen, am besten noch vor der ganzen Familie und dann findet sie den Ring. Ganz ganz niedlich! Aber irgendwie eine gute Idee, ich werde den Vibrator und das Beanie Baby reinstecken.

Weihnachten, unerträglich, all dieser unnötige Stress!

Die Ballade von Foxy Hotcheeks

Die Sonne geht langsam auf, Foxy beobachtet durch einen Spalt in ihren Gardinen, den Wald gegenüber. Sie muss sich beeilen, bevor die Straße sich füllt und sie gesehen wird. Jemand blickt zu ihrem Fenster hoch, sie springt hektisch zurück. Niemand darf den Geist sehen!

Geist!

So haben die Kinder sie in der Schule genannt, sie sieht eben etwas anders aus. Weiße Haut und Haare, sogar die Augenbrauen, ihre Augen sind grau, nicht rot, wie viele behaupten würden.

Damals mochte niemand mit ihr spielen, auch später, als sie erwachsen wurde und sich gerne mit den Jungs treffen wollte, hat sich keiner für sie interessiert. Zugegeben, sie hat auch niemals nachgefragt, wer hätte denn auch Ja gesagt, so wie sie aussieht. Na ja, eigentlich haben die Kinder doch mit ihr gespielt, immer wenn sie sie auf dem Schulhof oder der Straße gesehen haben, sind sie weggerannt und haben »Hilfe ein Geist« geschrien. Aber oft konnte sie auch nicht rausgehen, die Sonne tut ihrer Haut weh, sie verbrennt sie.

Mama hat sie zum Fasching und zu Halloween immer als kleinen Fuchs verkleidet, dann sind die Kinder nicht vor ihr weggerannt, jeder fand sie toll, weil das Kostüm so schön war.

Irgendwann wurde Geist zu groß für all das, aber dann, im Internet hat sie sie gesehen, die Furries! Lauter erwachsene Menschen, die kuschelige Tierkostüme anhatten und sich manchmal sogar trafen. Mama hat ihr auch so eins genäht, eines für große Menschen, eng anliegend.

»Damit du auch wie ein Mädchen aussiehst«, hat sie gesagt. Deshalb ist sie auch ein Rotfuchs mit einer rosa Nase und großen Wimpern. Die Treffen mit den anderen Furries waren schön, jetzt hatte sie Leute, mit denen sie reden und spielen konnte, manchmal sogar kuscheln, mehr aber leider nicht. Die Leute haben sie niemals Geist genannt, vom ersten Tag an, hat jeder Foxy zu ihr gesagt.

Mama ist gestorben, natürlich war Geist traurig, aber jetzt konnte sie mit ihrem Kostüm machen, wovon sie schon lange geträumt hatte. Nur eine kleine Veränderung, ein Schlitz, der unterhalb des Schwanzes anfängt und sich bis nach vorne durchzieht. Früher mochte niemand sie berühren, als wäre sie ansteckend, aber jetzt wollte jeder sie anfassen und mit ihr spielen.

Auf den Conventions haben sie ihr den Namen Foxy Hotcheeks gegeben, den hat sie dann auch im Internet benutzt, dort hat sie viele Männer getroffen, die mit ihr im Wald spielen wollten, so viele, dass sie ihr irgendwann Geld angeboten haben, um sich mit ihr zu verabreden. So hatte sie dann ihren ersten Job, die Leute bezahlen aber auch Geld dafür, dass sie sie über ihre Webcam beobachten dürfen.

Wenn Geist zu Foxy Hotcheeks wird, dann ekelt sich niemand mehr vor ihr, die Kinder freuen sich, die Erwachsenen sehen manchmal etwas verwirrt aus, aber das macht nichts, sie kann die lüsternen Blicke der Männer auf ihrem Körper spüren.

Einem Freund von den Conventions gehört ein Swingerclub, gemeinsam veranstalten sie einmal im Monat den Furry Gangbang, wo die Männer hundert Euro Eintritt dafür bezahlen, sich in einer Schlange aufzustellen, um mit Foxy spielen zu dürfen.

Sie reibt ihren Körper an der Wand, die Nähte haben sich wieder entzündet, vielleicht könnte sie einen Kleber finden, mit dem es besser funktioniert? Die Ärzte haben sich geweigert ihre

Haut mit dem Fell zu verbinden, sie muss es immer wieder selbst machen.

Gestern hat sie andere Furries im Park gesehen, alles Hasen, vielleicht freuen sie sich ja über sie, Foxy war schon seit Monaten nicht mehr bei Sonnenlicht im Wald.

***

»Ihr werdet jedem Spaziergänger freundlich zuwinken und einen Flyer hinhalten! Wenn Kinder dabei sind, dann gebt ihr ihnen ein Osterei! Wenn die Leute Fotos mit euch machen wollen, dann lasst ihr sie! Fasst um Gottes willen nie ein Kind zuerst an! Wenn sie euch umarmen wollen, dann lasst ihr sie und tätschelt ihren Kopf oder Rücken! Es wird nicht gesprochen, ihr seid jetzt Hasen, also benehmt euch auch so!«

»*Was für ein beschissener Albtraum*«, denkt Robert. Alles die Schuld seiner Eltern, weil sie ihm das Kindergeld gestrichen haben, für die Miete!

»*Warum soll ich Miete bezahlen? Ich bin ihr Kind!*«

Deshalb musste er sich jetzt diesen Job suchen, Flyer verteilen, bei Werbeaktionen mitmachen und den ersten Tag darf er gleich im Hasenkostüm verbringen.

»*Als wäre das Studium nicht schon genug Arbeit!*«

Er guckt auf sein Handy, ein Video von einem seiner Freunde. »*Diese Wichser!*« Es zeigt Martin, wie er das Mädchen aus dem Club von gestern, auf der Toilette von hinten nimmt. Ausgerechnet die, die Robert geil fand, aber er musste früher weg, wegen des Jobs.

»Hasen benutzen keine beschissenen Handys junger Mann!«, brüllt der Chef ihn an, »jetzt zieht die Kostüme an und geht an die Arbeit, das ist unsere letzte Osterwoche!«

***

»Was für eine scheiß Hitze, natürlich muss heute der erste richtige Sommertag des Jahres sein!« Robert schwitzt unter dem Kostüm, das Smartphone meldet sich wieder. *»Na super!«* Die Jungs sind an den Strand gefahren und schicken ihm Fotos von Ärschen in String Bikinis und Mädchen, die sich oben ohne sonnen.

»Und ich stehe hier im rosa Hasenkostüm, wenigstens kommen sie nicht vorbei und verarschen mich.«

Ein Schäferhund schnüffelt an seinem Bein, Robert gibt ihm einen leichten Tritt. »Hey!«, beschwert sich die Besitzerin, ihre beiden Hunde geben ihr mit lautem Bellen recht.

»Oh Oma ein Hasi!« Das kleine Mädchen fällt Robert um die Hüften, am liebsten würde er auch ihr einen Tritt verpassen, aber er braucht den Job, also streichelt er ihr über den Kopf und überreicht das Osterei.

»Diese Schlampe!« Die Oma der Kleinen drückt einem Passanten ihr Handy in die Hand und er muss mit den beiden ein Foto machen. *»Schön freundlich winken.«*

Sie gehen weiter, das Mädchen dreht sich um und wedelt mit der Hand, Robert hebt den Mittelfinger. »Versteht das Biest eh nicht!«

***

»Wie kriege ich ihn da raus verdammt?«

Endlich schafft Robert es, er muss seit einer halben Stunde dringend pinkeln, dafür ist er tiefer in den Wald gegangen. Eigentlich sollen sie vor der Mittagspause ja nicht zur Toilette gehen.

»Was ist das denn?«

Hinter einem Baum guckt ein Mensch im Fuchskostüm hervor und winkt Robert zu. Eine Frau wie er sieht, ausgeprägte Hüften und Brüste. Die Füchsin huscht von einem Baum zu nächsten, versteckt sich hinter den Stämmen und kommt so immer weiter auf ihn zu.

»Was soll das?«

Die Füchsin bleibt wenige Meter entfernt stehen, kreuzt die Beine, legt den Kopf zur Seite und hält eine Pfote vor die Schnauze. Robert starrt sie mit einer Mischung aus Verwirrung und Interesse an. Sie dreht sich um, stützt sich an einen Baum und lässt die Hüften kreisen.

»*Was will sie?*« Sie guckt ihn über ihre Schulter an, steht für einen Moment still da, bevor sie sich bückt, den Schwanz hebt und mit dem Hintern wackelt.

»*Geil!*«, freut Robert sich, als er bemerkt, dass sie einen Schlitz zwischen den Beinen hat, durch den er alles sehen kann.

»Nein!« Die Füchsin hüpft im Zickzack davon, er folgt ihr bis zu einem Toilettenhäuschen. Sie blickt wieder nach hinten, streckt ihm mit erhobenem Schwanz ihr Hinterteil entgegen und verschwindet durch die Tür.

***

Die Füchsin steht gebückt an das Waschbecken gelehnt, Robert steht nervös hinter ihm und schüttelt hastig die Hasenpfoten ab.

»*Verdammtes Scheißding*!« Er kriegt das Kostüm nicht auf und reißt den Schritt mit aller Gewalt auf.

»*Endlich! Wenn die anderen mich jetzt sehen könnten! Warte, warum nicht?*«

Eine seiner Hände lässt Foxys Hüften los und tastet in dem Geschenkkorb nach dem Smartphone.

»*Da ist es!*« Mit der Kamera filmt Robert, wie er wieder und wieder zustößt. »*Ein Selfie noch!*« Er hält das Handy hoch und sucht nach dem perfekten Winkel, damit man ihn und den Hintern der Füchsin sieht.

»Ieeeeeeeeeee!« Ein markerschütternder Schrei lässt ihn zusammenzucken, er dreht sich ruckartig zur Seite, da steht die Oma mit der Kleinen.

»Ahhhhhhhhhhhh!« Noch ein Schrei, Robert blickt an sich hinab, die Erektion ist noch da, wie unpassend. Das Mädchen starrt ihn an und beginnt zu weinen.

»Meine Eltern werden mich umbringen!«, denkt er, rennt los und rempelt dabei das Kind um, das zusammen mit seiner Oma auf die dreckigen Fliesen fällt.

In Panik rennt der rosa Hase über die große Wiese, wenn man die unbeholfenen Bewegungen denn als solches bezeichnen kann, die riesigen Hasenfüße sind nicht wirklich hilfreich.

»Guck mal Mama der Hase!«

Alle Kinder auf dem Spielplatz beginnen vor Freude zu kreischen. Ein paar Jugendliche unterbrechen ihr Fußballspiel und beginnen ihn lachend zu filmen.

»Arschlöcher, wenigstens ist mein Gesicht nicht drauf!«

Christina versucht verzweifelt, die beiden Schäferhunde festzuhalten, aber ihr fehlt die Kraft. Ein paar Meter zerren sie sie hinter sich her, sie stürzt, wird noch ein paar Meter durch den Dreck geschleift, bevor ihr die Leine aus den Fingern gerissen wird und blutige Striemen in ihrer Handfläche brennt.

Robert hört ein tiefes, drohendes Knurren hinter sich, er spürt wie sich Zähne in seinen Oberschenkel graben, etwas auf seinen Rücken springt und mit sich zur Erde reißt. Mächtige Kiefer packen seinen Oberarm, die Tiere zerren an ihm, als wollten sie ihn in zwei Hälften teilen. Ungläubig sieht er den Tieren dabei zu, wie sie wild ihre Köpfe schwingen und ein Stück nach dem anderen aus ihm herausreißen.

»Verdammte Schweine!«, kreischt er schrill zu den Jugendlichen rüber, die ihn weiter filmen, statt zu helfen. Christina versucht in das Massaker einzugreifen, umklammert den Hals von Schiller und versucht ihn von dem blutigen Hasen wegzuziehen, es gelingt ihr, aber dabei löst sich auch der Hasenkopf.

Robert tritt verzweifelt mit dem gesunden Bein nach dem Hund, der sein anderes gerade in Hackfleisch verwandelt. Die Tiere ziehen sich kurzfristig zurück und belauern ihn.

»HILFE! HILFE!«

Blutüberströmt und zittern versucht er sich über das Gras wegzuziehen, aber die Hasenpfoten lassen ihn keinen Halt finden. Er sieht, wie die Köpfe der Hunde sich unter ihre Schultern senken und sie sich zum nächsten Angriff bereit machen. Das Flimmern vor seinen Augen lässt ihn erahnen wie viel Blut er verloren hat, er streckt seinen Arm hilfesuchend nach der Gruppe aus. »Bitte!«

In diesem Moment spürt er den heißen Atem in seinem Gesicht, bevor sich Zähne wie Stacheldraht in sein Gesicht und den Nacken bohren. Das Flimmern wird zu einem Sternenhimmel, er sieht das mächtige Gebiss auf seinen Hals zurasen, die Sterne werden von einem Schwarzen Loch gierig eingesaugt.

***

Das Chaos hat die Reiterstaffel der Polizei alarmiert. Foxy versucht zwischen die Bäume zu fliehen, ein riesiges Pferd stößt gegen ihre Schulter, sie stürzt und versucht weiterzukriechen, jemand setzt sich auf ihren Rücken. Sie blickt nach vorne, dutzende Menschen stehen vor ihr, die meisten richten ein Smartphone auf sie. »Nein!« Sie versucht sich unter dem Polizisten herauszuwinden, aber er dreht ihr den Arm auf den Rücken, ein zweiter kommt ihm zur Hilfe.

»Nein, nein bitte nicht!« Sie zerren an ihrem Kopf, Foxy spürt, wie er sich löst, sie fängt panisch an zu schreien. Die Zuschauer beginnen zu murmeln, noch mehr von ihnen holen ihre Handys raus und filmen sie. Geist sieht einen der Polizisten mit Foxys Kopf vor sich stehen, ihre Schreie werden wütend, hemmungslos wütend, ein erschrockenes Raunen geht durch die Menge. Verzweifelt schafft sie es sich auf die Seite zu drehen und beißt in die Hand des Mannes, der immer noch auf ihr sitzt. Eine Faust zerschmettert ihre Nase und ein Nebel aus Pfefferspray blendet sie. Die Männer binden ihr die Arme auf den Rücken und schleifen sie davon, Geist kann nichts mehr sehen, aber sie kann sie hören, wie sie lachen und flüstern.

»Ist das ein Geist Oma?«

Das Krippenspiel

Am Anfang waren wir noch sechzehn Schüler, jetzt muss zum Großteil schon die Zweitbesetzung auf die Bühne. Heute ist unsere Generalprobe. Sollte sich die Uraufführung vor Hunderten Augen nicht viel schlimmer anfühlen? Aber hier oben, in diesem Moment, alleine, ohne den Schutz unserer Eltern, vor den strengen Blicken von Frau Martin zu spielen, treibt uns allen den Angstschweiß auf die Stirn.

Niemand von uns wollte bei dieser Aufführung mitmachen. Welches zwölf oder dreizehnjährige Kind will sich schon vor seinen Freunden mit so etwas blamieren? Wer will seine Freizeit damit verbringen, zusätzlich Texte zu lernen oder zu den Proben nach der Schule zu erscheinen? Besonders nicht für so ein blödes Stück, das eigentlich für den Kindergarten ist. Einfach nur peinlich!

Trotzdem, heute bangt jeder von uns darum, dass er es schafft, den Text seiner Rollen fehlerfrei runterbeten zu können. Dass wir auch die richtige Betonung benutzen, die sie uns vorgeschrieben hat. Dass wir zum richtigen Zeitpunkt Augenkontakt zum kleinen Publikum aufbauen. Dass wir haargenau die Bewegungsabläufe, Gestik und Mimik hinbekommen, die sie uns gezeigt hat. Heute wollen wir alle perfekt sein und sie mit unserer Leistung beeindrucken.

Gleich kommt mein Auftritt, ich bin der Engel, die Erstbesetzung. Mit feuchten Händen studiere ich ein letztes Mal meinen Text, versuche eins mit meiner Rolle zu werden. Ich beobachte die anderen Kinder auf der Bühne.

»Hoffentlich finden wir sie bald. Ich bin wirklich sehr Müde. Weißt du Josef, es ist schon schwer an das Licht zu glauben, wenn man so müde ist und einen so schweren Weg gehen muss«, sagt meine Freundin Finja brav ihren Text auf. Sie hat Tränen in den Augen, hoffentlich fängt sie nicht an zu weinen.

Ich versuche mich weiter darauf zu konzentrieren meine Rolle zum Leben zu bringen, während der Rest sein Bestes auf der Bühne gibt.

»Es gibt da doch den Psalm Davids, in dem es heißt: »Der Herr ist mein Licht und mein Heil, vor wem soll ich mich fürchten?« Das war Lilly, sie spielt Magdalena, früher waren wir zusammen im Reitkurs.

Gleich kommt meine Szene! Gott, ich pinkle mich gleich voll! Das würde Frau Martin bestimmt nicht gefallen. Alles was ich zu tun habe, ist eine Kerze mit einem Streichholz anzuzünden und zu sagen: »Fürchte dich nicht. Gott hat dich ausgesucht, sein Licht in die Welt zu tragen«. Auf dem Papier sieht das nach einer leichten Aufgabe aus, aber da vorne? Ich drehe mich um, in Richtung Ausgang. Ich möchte wegrennen, aber sie würde mich sehen. Um diese Uhrzeit sind die Türen der Aula außerdem abgeschlossen, nur Frau Martin kann uns rauslassen. Ich gehe auf die Knie um sie durch das kleine Loch in der Scheunendekoration sehen zu können. Da sitzt sie kerzengerade und verfolgt aufmerksam das Spiel auf der Bühne. Sie wartet doch nur darauf, dass jemand einen Fehler macht. Ihre Augen durchbohren meine Freunde ja fast schon, sie hat die Mundwinkel zusammengezogen, als ob ihre streng gebundenen Haare nicht genügen würden einem Gänsehaut über den Rücken zu jagen.

»Mir fällt da eine Stelle ... eine Stelle ... äh ... beim Propheten Jesus a ... aaa ... ein.«

Nein! Lilly hat ihren Text vergessen und einen Fehler gemacht. Jessika nicht Jesus« Sie dreht sich zitternd mit geöffnetem Mund zu Frau Martin um.

»Äh ... äh ... ich.«

BUUM!!!

Lilly fällt und bleibt regungslos liegen, unter ihr bildet sich eine kleine Blutlache, die langsam über die Bretter der Bühne läuft. Finja hält die Hände über ihre Ohren und beginnt zu weinen.

»CONTENANCE! Fräulein! Man muss immer in der Rolle bleiben! Man darf sich nie ablenken lassen! Fräulein! Das ist deine letzte Chance!«, ruft Frau Martin ihr drohend zu.

BUUM!!!

Finja schlägt krachend auf den Boden auf, ihre leeren Auge gucken hilfesuchend zu mir.

»Die Show muss weitergehen Kinder! Hopp Hopp! Die Zweitbesetzung auf die Bühne! LOS JETZT!!!«

Mia und Kadiga stolpern verzweifelt auf die Bühne, um den Platz meiner toten Freundinnen einzunehmen. Lennard, heute Joseph, steht steif wie eine Statue im Spotlight. Auf seiner Hose hat sich ein dunkler Fleck gebildet, um seine Füße eine gelbe Pfütze.

»Es geht weiter! Los, zeigt mir wie ihr mich beeindrucken wollt! Enttäuscht mich nicht!«, fordert sie die beiden auf, schiebt ein neues Magazin in ihre Waffe und lädt durch.

Wir haben diese Situation selbst zu verantworten, wir sind zu weit gegangen. Wir wollten uns nur ein bisschen dafür rächen, dass Frau Martin immer so gemein ist, wir dachten, es wäre lustig.

Frau Martin hatte eine Tochter, die verrückt war. Sie hat sich gerne als Hase verkleidet, in solchen Kostümen, wie sie die Leute im Freizeitpark tragen. Zu Ostern hat sie sich mit anderen Leuten zu einer Party getroffen, alle waren wie Hasen angezogen. Dann sind zwei Mädchen gekommen und haben sie erschossen. Jeden bis auf Frau Martins Tochter, die haben sie in den Backofen gesteckt. Matteo hat erzählt, dass sie dann von Leuten in einem Restaurant aufgegessen wurde. Keine Ahnung, ob das stimmt. Frau Martin ist den Rest des Schuljahres nicht mehr zur Arbeit gekommen. Wir haben das gefeiert, sie war unsere Mathelehrerin und eine unglaubliche Ziege. Streng, unfair und gemein.

Den Theaterkurs im neuen Schuljahr haben wir gewählt, weil wir dachten, es würde chillig werden. Der Rest der Klasse hat Musik gewählt, ich wünschte, das hätte ich auch getan. Wir haben so einen Schreck gekriegt, als plötzlich Frau Martin als Kursleiterin vor uns stand, auch Mathe hat sie wieder übernommen. Der Schulleiter hat eine Rede vor der Klasse gehalten, dass wir besonders nett und rücksichtsvoll zu ihr sein sollen, aber sie war genauso gemein wie früher.

Wir wollten doch nur, dass sie geht!

Natürlich war es nicht nett was wir gemacht haben, aber sie war so eine Bitch!

Rafael hat angefangen, er hat einen großen Hasen an die Tafel gemalt, mit ausgestreckter Zunge und Kreuzen statt Augen. Als sie ihn sah, hat sie sich auf ihren Stuhl gesetzt und den Rest der Stunde ins Leere gestarrt. David hat einen Hasen unter seine Mathearbeit gemalt, aber er hat keinen Ärger dafür bekommen. Einige von uns Mädchen haben zu ihren Stunden Hasenpullover angezogen, dann ist sie immer ins Stocken geraten.

Beim Theaterkurs hat sie ihre Wut an uns ausgelassen, hat uns hin und her gescheucht, wir mussten perfekt sein, sonst wurden wir angeschrien. Ich denke, dann sind wir zu weit gegangen. Die ganze Klasse hatte schlechte Noten in der Mathearbeit bekommen. In der nächsten Stunde hat David wieder einen toten Hasen an die Tafel gemalt und als sie reingekommen ist, hat jeder eine Karotte rausgeholt und reingebissen. Sie hat nichts dazu gesagt, sich nur geräuspert und den Unterricht normal durchgezogen. Also haben wir am nächsten Tag beim Theaterkurs einen draufgesetzt. Alle haben sich Hasenohren aufgesetzt und sind über die Bühne gehoppelt als sie kam. Sie hat sich auf den Boden fallen lassen und geschrien, geschrien, wie ich es noch nie gehört habe. Sie hat sich gegen den Kopf geschlagen, geheult, ihre eigenen Haare ausgerissen und die Fäuste in den Boden gerammt, bis sie geblutet haben. Dann ist sie weggerannt. Sie hat uns nicht verpetzt, unser Klassenlehrer hat gesagt, dass sie einen Nervenzusammenbruch hatte und nicht wiederkommen wird. Es hat sich nicht gut angefühlt, aber wir hatten gewonnen, dachten wir jedenfalls. Ich würde mich so gerne bei ihr entschuldigen, aber wenn ich nicht im Charakter bleibe, wird sie mich töten.

Der Hausmeister ist als Erstes gestorben, sie hat ihn, mit ihrer Pistole am Kopf, in die Aula geführt und einfach abgedrückt. Dann hat sie den Kurs wieder übernommen. Wir hatten Frau Visser als Vertretung, sie sitzt jetzt in der ersten Reihe und schaut uns zu, ohne zu blinzeln. In ihrer Stirn hat sie in großes Loch. Neben ihr sitzt, leise weinend, Frau Blom, die Referendarin. In der zweiten Reihe sind drei Männer vom Reinigungsdienst und die Überlebenden, die auf ihren Auftritt warten. Es sind nur noch vier da unten. Frau Martin sitzt ganz hinten, damit sie alles überblicken kann, die Waffe liegt auf ihrem Schoß.

Kadiga übernimmt die Rolle der Maria, betet ihren Text perfekt herunter und bläst die Lampe aus. Kurze Pause, jetzt kommt ich. Irgendwo sind Sirenen zu hören, sie werden nicht rechtzeitig da sein. Ich bin bereit sie mit der besten Performance, die sie je gesehen hat, zu beeindrucken. Ich werde sie nicht enttäuschen, ich bin bereit, meinen potenziell tödlichen Text perfekt vorzutragen.

Mit erhobenem Haupt schreite ich auf die Bühne, wie sie es verlangt hat. Ich lasse meinen Blick über die halb leeren Zuschauerreihen streifen und stelle mit jedem für kurze Zeit Augenkontakt her. Als ich in ihrem Gesicht ankomme, lächele ich sie sanft an, in der Hoffnung Pluspunkte zu kassieren, aber ihre Mine bleibt regungslos. Meine Füße tragen mich galant über die Bretter, die mein Leben bedeuten, wie sie es gefordert hat. Ich weiche meinen toten Freunden und den Blutlachen aus, bis ich bei der Lampe ankomme, und hole die Streichhölzer hervor.

Das Zündholz ratscht an der Reibfläche entlang, das Phosphor geht in einer grellen Flamme auf, ein beißender Geruch steigt mir in die Nase.

Es geht aus! Nein!

Panisch greife ich ein weiteres und reiße es an der Fläche entlang.

Nichts!

Noch ein Versuch, es bricht ab.

Hektisch krame ich das nächste heraus, die Hälfte fällt auf die Erde, ich werfe Frau Martin einen verzweifelten Blick zu. Sie hebt ihre Pistole ans Kinn und sagt scharf: »Bleib in der Rolle Kindchen!«

Der nächste Versuch klappt, das Streichholz brennt und mit zitternden Händen zünde ich die Kerze an, ich wende mich Kadiga zu. Jetzt kommt mein Text: »Fürchte dich nicht, Gott hat dich ausgesucht um ... um ... s-s-s-sein ...« Scheiße!

Aus meinem Mund kommt kein Ton mehr, mein Kopf dreht sich zu Frau Martin, ich will mich entschuldigen ...

BUUM!

Feiertagsprogramm

»Welcher Tag ist heute mein junger Freund?«, dröhnt es aus dem Flatscreen.

»HEUTE? HEUTE IST WEIHNACHTSTAG!« grölt Adrian den Text mit und springt jubelnd auf der Couch herum.

»Nein! Ruhe! Er könnte mich hören!«

Er verkriecht sich hinter dem Sessel, schielt zum Fenster rüber, kriecht vorsichtig über das Laminat und zieht die Gardinen zu, bevor er sich wieder dem Film widmet. Wie viele Versionen von Dickens Weihnachtsgeschichte hat er in den letzten Wochen gesehen? Mickey und Donald waren dabei, die Muppets, Bill Murray, Barbie und viele andere. Sein Weihnachtsfilmmarathon geht jetzt in die siebte Woche. Es ist eine bessere Welt da auf dem Bildschirm, eine perfekte Welt, nicht so grausam wie die hinter seiner Haustür, dort draußen, wo er auf ihn wartet. Adrian schläft nicht mehr viel, vielleicht zwei oder drei Stunden am Tag, in Etappen. Es ist besser so, er könnte die Tür aufbrechen und ihn im Schlaf überraschen.

»WER IST DA?«, schreit Adrian panisch, es hat an der Tür geklingelt.

»Ihre Einkäufe!«

»STELLEN SIE SIE AB UND GEHEN SIE!«

Vielleicht sind es wirklich seine Einkäufe, er hat heute Morgen Nahrungsmittel bestellt, er kann das Haus nicht mehr verlassen, nicht seitdem der Sommer vorbei ist. Er weiß, dass er da draußen auf ihn lauert, hinter jeder Ecke könnte er hervorspringen, um ihn zu holen. Im Sommer ging es manchmal noch, wenn Milena sich erbarmt hat ihn zu begleiten. Sie sind dann durch die Straßen spaziert, er hat es vermieden mit irgendjemanden Augenkontakt herzustellen, es hätte er sein können, er hätte ihn wiedererkennen können. Wenn man die Menschen nicht ansieht, dann ist es als wären sie nicht da, als könnten sie einem nichts antun. Trotzdem hat er ihre verletzenden Blicke gespürt, wenn er angefangen hat zu weinen, zu zittern, zu hyperventilieren, als wäre er geisteskrank, wenn sie wüssten, was er weiß.

»Ich brauche eine Unterschrift!«

»ES IST ALLES BEZAHLT! GEHEN SIE ENDLICH WEG!«

Adrian hört, wie Tüten vor seine Tür gestellt werden, er wartet ab, bis er die Schritte auf den Treppen hören kann und schleicht sich vorsichtig zur Haustür. Er guckt durch den Spion. »*Niemand da!*« Er zögert, soll er es wagen? Was wenn er an der Ecke auf ihn wartet wie ein Raubtier? Ganz langsam öffnet er die Tür einen Spalt und schaut auf den Flur, er zieht sie ein Stück weiter auf, kniet sich hin und zieht eine Tüte nach der anderen hinein, ohne dabei die Treppen aus den Augen zu lassen.

Die Wohnung gegenüber öffnet sich, eine junge Frau tritt heraus und guckt ihm verwirrt zu. Adrian schlägt die Tür hektisch gegen seine eigenen Arm, er zieht ihn panisch zurück und schlägt sie knallend zu. Er lehnt sich an die Wand, umarmt fest eine der Tüten und beginnt zu weinen. Ihre stechenden Blicke, er kann spüren, wie sie sich durch das schwere Holz in sein Fleisch bohren. Die Frau ist neu eingezogen, er ist sich sicher, dass sie eine seiner Agentinnen ist, ausgeschickt um seinen Tagesablauf zu studieren und ihm ein Zeichen zu geben, wann der perfekte Moment für den Angriff gekommen ist. Ihm wird schwindelig, der Abstand zwischen seinen Wänden wird immer kleiner, sie drohen ihn zu zerquetschen, sein Magen zieht sich zusammen. Adrian drückt sich hoch, die Tüte zerreißt, seine Einkäufe verteilen sich auf dem Flur, er schaut verzweifelt zum Badezimmer. Der Raum scheint sich zu dehnen, bis eine Unendlichkeit zwischen ihm und dem Eingang liegt. Er tritt die Konservendosen beiseite, torkelt an der Wand gestützt bis zur Kloschüssel, lässt sich fallen und übergibt sich, bis er nicht mehr atmen kann und nur noch ätzende Galle aus seinem brennenden Rachen strömt. Seine Reflexion im Toilettenwasser sieht zu ihm hoch, zusammengewachsenen Augenbrauen, ein verfilzter Bart, zottelige Haare, mit pechschwarzen Ringen unter den Augen.

»*Was hat er nur aus mir gemacht? Wann war ich das letzte Mal duschen?*«

Unter der Dusche würde er es vielleicht nicht hören, wenn er sich anschleicht, er könnte ihn überraschen, es würde noch schlimmer werden als letztes Mal. Adrian krümmt sich zitternd, wie ein Fötus im Mutterleib, zusammen und drückt seinen Kopf gegen das kühle Porzellan der Kloschlüssel. Aus dem Wohnzimmer hört er den Fernseher, »Der Polarexpress« fängt an, sein Gesicht verwandelt sich in ein Lächeln.

***

»*Ich muss mich ihm stellen, ich muss mich vorbereiten, ich muss kämpfen*!«

Adrian späht, vom Türrahmen aus, auf den Flatscreen. Die dritte Fassung vom Grinch läuft, dieses Mal mit Jim Carrey. Es ist der pure Terror für ihn, jede Sekunde hat er Angst, dass das Monster aus dem Bildschirm nach ihm greift, aber vielleicht kann er so seinen Plan aufdecken. Ängstlich schaut er zur Tür, vielleicht lauert er da schon. Adrian weiß, dass das Wesen auf dem Bildschirm nicht der echte Grinch ist. Nein, der echte Grinch hat sich als Mensch getarnt, letztes Jahr im Einkaufzentrum hat er ihm Weihnachten gestohlen, nicht nur das, er hat er ihm auch Milena und sein ganzes Leben geraubt. Der Grinch hat ihn niedergeschlagen, seinen Kiefer und seinen Schädel zertrümmert, er hat die Geschenke für Milena mitgenommen. Die Ärzte haben gesagt, dass er einen bleibenden Hirnschaden behalten wird. Das glaubt er allerdings nicht, er weiß, dass er ganz klar denken kann, die Anderen wissen nur nichts von der Bedrohung. Er ist sich ganz sicher,

dass er den Grinch vor wenigen Wochen unten auf der Straße gesehen hat.
»Was will der Grinch in Eppendorf, wenn nicht mich?«

Er hat sogar die Polizei gerufen, aber sie haben ihm nicht geglaubt. Er ist auf sich alleine gestellt. Wenn dieser Film vorbei ist, wird er sich beide Teile von »Kevin – Allein zu Haus« angucken, er muss lernen, wie er dem Grinch Fallen stellen kann.

***

»Komm runter du verdammtes Ding!« Adrian zerrt sein altes Luftgewehr aus dem obersten Regal des Wandschranks. Es poltert, er zuckt zusammen, ein Haufen alter Kartons kracht auf ihn herab. In dem Chaos fällt sein Blick auf eine Kiste mit der Aufschrift »Weihnachtsdeko«. Er stellt sie sanft in die Mitte des Wohnzimmers, schneidet behutsam das Paketband auf und öffnet sie. Ihm schlägt der Duft vergangener Weihnachten entgegen, Tannennadeln, Kerzenwachs, altes Geschenkpapier. Er ist überwältigt von all den glücklichen Erinnerungen, die die Gerüche in ihm wecken. Er hat sie damals versehentlich mitgenommen als er nach Hamburg gezogen ist, sie gehört seiner Mutter. Seine Mutter, wie gerne würde er sie jetzt anrufen, aber er hat ihre Nummer nicht mehr. *»Ich weiß nicht mal, ob sie noch in unserem alten Haus wohnt, verdammt, ich weiß nicht ob sie noch lebt!«* Sie sind im Streit auseinander gegangen, sie wollte seinen Umzug in die große Stadt nicht unterstützen. *»Ich habe sie alleine gelassen!«*

Vorhin hat er versucht Milena anzurufen, sie hat nicht abgehoben, sie hat seit acht Wochen nicht mehr auf seine Anrufe und Nachrichten reagiert. *»Vielleicht ist sie im Urlaub!«* Er weiß es besser, sie will ihn nicht mehr sehen, der Grinch hat sie ihm genommen. Adrian stößt die Kiste von sich weg, sie kippt um und verteilt klirrend ihren Inhalt über den Teppich. Christbaumkugeln rollen wild umher, er greift sich eine nach der anderen und zerschmetter sie hysterisch kreischend an der Wand. Seine Hände krallen sich in das alte Geschenkpapier und zerfetzten es in Tausende Stücke, die wie buntes Konfetti auf ihn herabregnen.

»Dafür wirst du bezahlen Grinch!«

Er reißt den Kopf zur Seite und stürzt zum Flatscreen, »Santa Claus« läuft.

***

Adrian sitzt mit angezogenen Beinen auf der Couch, hält sein Luftgewehr fest umklammert, er guckt begeistert »Das Wunder von Manhattan«. Wie er sich wünscht, ein Teil dieser Welt zu sein.

»*Gleich ist es geschafft, in einer Stunde ist Heiligabend vorbei, er hat mich nicht gefunden, oder die Fallen haben ihn verjagt.*«

Seine Augen wandern zum gefüllten Farbeimer über der Wohnzimmertür, der auf jeden herabstürzen wird, der es wagt sie zu öffnen. Im Flur hat er die Glühbirnen rausgeschraubt, damit der Grinch die Stolperdrähte nicht sehen kann, die er gespannt hat, dazwischen warten die Scherben der Christbaumkugeln auf ihn. So weit würde er aber wahrscheinlich eh nicht kommen, Adrian hat der Stehlampe die Kabel herausgerissen und mit der Türklinke verbunden.

»Ich habe gewonnen Grinch!«

Wie aus dem Nichts erschüttert eine ohrenbetäubende Explosion das Haus, die Gläser in Adrians Vitrine zittern, draußen wird es taghell, über das Fenster zieht sich ein langer Riss.

»*Der Grinch! Er ist da!*«

Mit dem Gewehr im Anschlag springt er zum Fenster.

»*Der Grinch hat den goldenen Porsche gesprengt! Er hat Bomben!*«

Im Schein der Flammen sieht er zwei Frauen wegrennen.

»Er hat eine Armee!!!« Lucas lässt das Gewehr sinken und schaut zum Eimer. »*Ich kann sie nicht aufhalten, sie werden die Fallen niederrennen, bereit für ihren diabolischen Meister zu sterben. Dann wird er kommen, er wird mich kriegen!*«

Er hetzt zum Fernseher, schlingt seine Arme um den Bildschirm und drückt sein Gesicht gegen Kringels. »Hilf mir, bitte!«

Kringel wirft ihm ein geheimnisvolles Lächeln zu, Adrian weiß, was zu tun ist, dort ist er in Sicherheit. Er krallt sich in die Seiten des Flatscreens, wirft seinen Kopf zurück und schleudert ihn mit aller Kraft vorwärts. Die perfekte Welt heißt ihn mit einem glühenden Sternenregen willkommen. Ein gleißender Ring aus Feuer scheint an der Stelle, an der er seinen Kopf gegen den Bildschirm geschmettert hat. Elektrische Funken verteilen sich, wie Weihnachtsglitter, über sein schwarzes, verbranntes Fleisch.

Rape Play

Liam betrachtet entzückt das Werk seiner Frau. Der Esstisch ist, wie jedes Jahr, ein kleines Kunstwerk geworden. Der Versace Porzellanteller vor ihm, ist mit einem Tannenzweig, kleinen lilafarbenen Christbaumkugel und etwas Blattgold geschmückt, das Tafelsilber, durch eine rote Servierte, zusammengeknotet und mit einer goldenen Schleife verziert.

Marija schenkt etwas 2007er Lafite-Rothschild in das mundgeblasene, handgeschliffene Saint-Louis Kristallglas. Er nimmt das Besteck vom Teller, damit sie den Hauptgang servieren kann. Ein Wagyu Entrecôte mit einem Wachtelei sowie schwarzen und weißen Edeltrüffeln. Der Kimonen Baiser mit Schildampfer und Ringelbete konnte ihn schon mehr als überzeugen.

Sie setzt sich und beginnt zu essen, Liam betrachtet ihren Körper. Marija trägt ihr schwarzes Louis Vuitton Cocktailkleid. Er selbst hat sich in seinen Brioni Anzug geworfen, heute ist ein besonderer Heiligabend, der erste ohne ihre Zwillinge.

»Die Schwangerschaft und das Alter konnten ihrer Schönheit nichts anhaben«, denkt er, *»oder besser gesagt, Personal Trainer und Schönheitschirurgen konnten sie immer wieder reparieren und verbessern.«*

Er muss schmunzeln und dreht sich beschämt zur Seite zum Weihnachtsbaum, eine vier Meter hohe Korea-Tanne, die sie mit Dutzenden Swarovski Weihnachtskugeln geschmückt hat. Mundgeblasene, kristallbesetzte Glaskugeln, in deren Innerem sich verschiedene Motive, ebenfalls aus vollfacettiertem Kristall, befinden. Er dreht sich wieder zu ihr und bewundert ihr Gesicht.

»Einfach perfekt!«

Liam muss an die Weihnachtsfeier letztes Jahr denken und verschluckt sich fast vor Lachen.

»Alles gut mein Schatz?«

»Ja Liebste, ich musste nur an einen Witz denken, den ich letzte Woche von einem Angestellten gehört habe. Entschuldige bitte.«

Auf der Weihnachtsfeier war ihr Gesicht noch ganz gelähmt von der Botoxbehandlung, eine Katastrophe und später hat sich auch noch so ein vulgäres Weib in ihren Schoß übergeben.

Er wendet sich zum Panoramafenster, damit sie sein Grinsen nicht sehen kann. Unter ihrer Villa liegt der Kiekeberg und die Elbe. Die Grundstückspreise sind in den letzten Monaten explodiert, nach dem, was in der Nachbarvilla passiert ist. Die Besitzer haben ein Doppelleben als Furries geführt. Die Art von Perversen, die sich gerne in Tierkostümen kleiden und in diesen Sex haben.

Dieses Jahr zu Ostern haben sie eine Orgie veranstaltet, die von zwei wahnsinnigen Mädchen gestürmt wurde. Alle Besucher wurden getötet und Videoaufnahmen davon im Internet veröffentlicht. Liam schüttelt ungläubig den Kopf. Die beiden Mädchen sind dadurch richtige Stars geworden.

»Cecilia und Leonie, geistesgestörte Massenmörderinnen.« Sogar seine beiden Jungs hatten T-Shirts von ihnen. Natürlich hat er sie ihnen sofort abgenommen. Er hat schließlich einen Ruf zu verlieren, seine Jungs werden bestimmt nicht in so etwas gesehen werden. Jedenfalls hat er seitdem extrem hohe Angebote für seine Villa bekommen, einige Menschen scheinen es aufregend zu finden neben dem Massakerhaus zu wohnen. Die Meistbietenden waren ein US-Rockstar und ein arabischer Scheich. Ganz abgeschrieben hat Liam die Angebote noch nicht. Vielleicht könnte er in den Vorruhestand gehen und sich ein Anwesen an der Côte d'Azur kaufen, dazu vielleicht noch eine Jacht. Sein Wirtschaftsprüfergesellschaft könnte auch ohne ihn weiterlaufen, keine Arbeit mehr, nur noch kassieren.

Andererseits ist diese Villa eines seiner drei großen Statussymbole. Das Erste ist Marija. Was er in den Jahren alles an Geld in sie gesteckt hat. Das ganze Gebiss ist erneuert, jede Hautpartie gestrafft, ihre Titten und der Arsch sind mit Silikon vollgepumpt. Letztes Jahr gab es eine Vaginalverjüngung und ein Bleaching für ihre Nippel und den Anus.

Das Dritte sind seine Zwillinge, Per und Tomas. Sie haben eine herausragende Zukunft vor sich. Beide haben am Lyceum Alpinum in der Schweiz eine hervorragende Ausbildung genossen. Per hat es dieses Jahr ans MIT geschafft. Tomas hat es nach Harvard verschlagen.

»Wenigstens sind beide im gleichen Bundesstaat.« Die Jungs waren noch nie voneinander getrennt. Sie werden die Weihnachtsferien gemeinsam in Los Angeles verbringen.

Seine Augen wandern zu der antiken Wanduhr. Liam wirft Marija ein süffisantes Lächeln zu. *»In drei Stunden bist du fällig, du schwanzgeile Schlampe!«*

***

Nachdem sie zum Dessert eine karamellisierte Altländer Apfeltarte mit Sauerrahmlimetten Soufflé genossen haben, ist es, bei einer Flasche Roederer Crista Rose, Zeit für die Bescherung. Liam öffnet seine Schachtel und findet eine U-Boat Chimera SS Skeleton in der schwarzen Limited Edition.

»Ganz schön teuer, das hat sie sich etwas kosten lassen. Na ja, eigentlich ist es ja mein Geld.« Liam verfolgt die Zeiger, wie sie sich unaufhaltsam vorwärts bewegen. *»Die Zeit wird knapp für dich meine Liebste!«*

Er überreicht Marija einen Umschlag, den sie ungeduldig aufreißt. Als sie den Inhalt sieht, stößt sie einen schrillen Schrei aus und springt auf die Beine. Es ist eine einmonatige Reise für zwei Personen nach Bora Bora ins Four Seasons. Dort wohnt man in einem Bungalow auf dem Wasser in der Lagune. Einer der teuersten Urlaube, die man sich gönnen kann. Liam nimmt Marija kurz in den Arm und gibt ihr einen Kuss auf die Wange.

»Ich habe noch ein Geschenk für dich mein schmutziger

Engel!«, sagt er geheimnisvoll. Er streicht über ihren Bauch und Busen, während er sich um sie herumschleicht. Seine Hände packen ihre Schultern, fahren langsam weiter nach oben, sie schließen sich fest um ihren Hals. Er reißt sie an sich heran und legt den Mund an ihr Ohr: »Heute Abend, wirst du dreckige kleine Schlampe vergewaltigt.«

***

Zufrieden beobachtet Liam, wie Marija aufgestochen durch das Ankleidezimmer hetzt. Sie hat sich, nach endloser Suche, für das schwarze Crescentini Assoluto Bustier entschieden und nach mehreren Anproben den roten Prada Longdress ausgewählt.

»Wie lange wird das halten? Bestenfalls zwei Minuten? Sie werden es ihr in Fetzen vom Leib reißen. Am Ende wird es nur noch dazu taugen ihren Körper trocken zu wischen!«

Wie dem auch sei, der Abend ist etwas ganz Besonderes, er selbst hat sich zur Feier des Tages in seinen Kiton-Frack gekleidet, geschmückt mit den goldenen Manschettenknöpfen, die seit vier Generationen durch seine Familie wandern. Natürlich trägt er Fliege statt Krawatte.

Liam war nie eifersüchtig, wenn ihr fremde Männer auf der Straße oder in Restaurants hinterher geguckt haben, er hat es genossen. Wenn die Nachbarn ihr heimliche Blicke im Garten zugeworfen haben, hat es ihn sogar erregt. Wenn seine Jungs in den Ferien bei ihnen waren und Freunde sie besuchen kamen, dann hat es ihn angemacht, wie diese, vor Testosteron strotzenden, kleinen Bastarde ihre Augen nicht von ihrem Körper nehmen konnten. Und ihr, ihr hat es mindestens genauso gut gefallen. Die Vorstellung wie all diese Tiere vor dem Schlafengehen an sich herumspielen, während sie ihr Bild vor Augen haben, hat ihren Sex so viel intensiver werden lassen. Vor ein paar Jahren haben sie endlich über ihre geheimen Fantasien geredet und beschlossen einen Schritt weiterzugehen …

Cuckold nennt man sein Fetisch, wenn man gerne zusieht, wie

die eigene Frau von anderen Männern genommen wird.
Das Gefühl dabei ist unbeschreiblich, gleichzeitig ein Hoch und ein Tief, Erniedrigung und Euphorie. Zuerst ist da dieses Gefühl vom Macht und Reichtum, wenn er sieht, wie sie sein Eigentum begehren, sich gegenseitig wegdrängen, um es berühren zu dürfen. Seine Frau, sein Statussymbol, sein Besitzt, schließlich hat er sie ja irgendwie selbst kreiert und bezahlt. Dann folgt der eigentliche Akt, wie sie von einem oder mehreren fremden Männern genommen wird. Ihr Gesicht vor Leidenschaft verzerrt, ihre gierigen Schreie nach mehr. Er selbst darf nur zuschauen, meistens durch irgendwelche Gitterstäbe oder schmutzige Gloryholes. Es ist ihm nicht erlaubt teilzunehmen, er muss zusehen, wie die Anderen es ihr besser besorgen, als er es je könnte. Natürlich leidet er dabei irgendwie, es ist eine Form von Masochismus. Chaucer und Shakespeare haben die Untreue der eigenen Ehefrau einst als die ultimative Schande bezeichnet und sie hatten recht. Wenn sie sie nehmen, ist es wie ein Schlag in die Magengrube, wenn sie auf ihr kommen, fühlt es sich an wie Ohrfeigen, wenn sie kommt, wie ein Tritt in die Genitalien, wenn sie sie Küssen, ist es als würden sie sein Gesicht in den Dreck drücken.

Am Ende aber ist er es, der sein Spielzeug mitnimmt und es sich den Rest der Nacht vornimmt, wie er es sonst niemals könnte. Allerdings erst nachdem er sie gründlich gewaschen und innig mit Bodylotion eingerieben hat. Seinen Pagani Zonda R und Bentley R-Type wäscht, poliert und wachst er ebenfalls nur mit eigenen Händen. Bei der Auswahl der Deckhengste muss man sehr vorsichtig sein, Pornokinos und Swingerclubs in anderen Städten bieten sich an. Anonymität ist normalerweise entscheidend, man möchte später nicht Opfer eines Erpressers werden.

Heute werden sie ihrer ultimativen Fantasie so nahe kommen wie es möglich ist, eine Gruppenvergewaltigung, wenn auch eine für die er bezahlt hat. Dafür lohnt sich auch das Risiko, die eigene Villa zu nutzen, wahrscheinlich wird es dem Event einen noch intimeren Twist geben. Irgendwann in den nächsten zwei Stunden wird es an der Tür klingeln, er wird sie öffnen und eine

Gruppe Männer wird vor ihm stehen. Sie werden ihn überwältigen, knebeln und fesseln. Sie werden Marija auf den Esstisch werfen, ihr die Kleider vom Leib reißen und sie vergewaltigen. Wieder und wieder wird das Rudel sie penetrieren, während er sie nicht retten kann und Zeuge der Schande sein muss, in seinem eigenen Königreich.

Liam atmet schwer, die Härchen an seinen Armen stellen sich vor Erregung auf. Die Organisation war viel einfacher als erwartet, er musste nicht lange nach potenziellen Kandidaten suchen, stattdessen haben ein paar Klicks genügt und er war auf der Website einer Gangbang Gruppe, die auch Fake Vergewaltigungen anbietet. Alles gut gebaute, eindrucksvoll bestückte junge Männer, die Kommentare und Bewertungen auf der Seite waren ebenfalls mehr als überzeugend.

***

Schweigend gucken sie sich an, es fällt ihnen schwer ruhig sitzenzubleiben, die Ungeduld treibt ihren Puls in die Höhe. Beide zittern leicht, vor Angst und vor Erregung.

Das schwere Eisentor zum Garten fällt krachend ins Schloss, die Anspannung ist wie weggefegt, sie springen auf die Beine. Marija rückt ihren Busen und das Kleid zurecht. Nervös probt sie mehrere Posen vor dem Esstisch, bis sie sich entschließt, die Beine überkreuz zu stellen, eine Hand in die Hüfte zu stemmen und mit der anderen ein Glas Champagner zu halten.

GONG! GONG! GONG!

Liams eigener Herzschlag übertönt fast den Hall der Türglocke in seinem Kopf. Er eilt zur Tür und reißt sie auf. Was er sieht, lässt seinen Atem stocken, wie gelähmt bewundert er das Bild vor sich. Acht Männer, wie versprochen in passenden Verkleidungen, stehen vor ihm. Alle tragen tiefschwarze Jumpsuits. Die ersten beiden haben eine Mischung aus Gas und Pestmaske auf dem Kopf. Der lange Schnabel ist mit Eisen besetzt, große dunkle gläserne Augen zieren sie. Gekrönt wird sie von einem ledernen Zylinder. Die restlichen sechs tragen ebenfalls Masken aus Leder. Es sind schwarze Hundeköpfe mit spitzen Ohren und einer langen Schnauze, die anstelle von Lippen Reißverschlüsse haben. Sie drängen auf ihn zu, packen ihn unter den Armen und schleifen ihn zurück ins Esszimmer. Marija stößt einen schrillen unnatürlichen Schrei aus, die Männer stürzen sich auf sie.

Zwei der Hunde legen ihm Hand und Fußfesseln an und fixieren ihn an seinem Essstuhl. Marija tut so, als würde sie Widerstand leisten und gibt aufgesetzt wirkende Hilferufe von sich.

»Sehr gut, das Spiel gefällt ihr!«

Nach ein paar Ohrfeigen kann sie ein euphorisches Lächeln nicht mehr verbergen. Sie reißen ihr die Kleider in Fetzen vom Leib und werfen sie auf den Esstisch.

Jemand zerrt seinen Kopf zurück und hebelt seinen Kiefer auf, ein weiterer Hund nähert sich ihm, stopft einen Gag Ball in seinen Mund und zurrt ihn in seinem Nacken fest.

»Das ist so viel geiler als ich erwartet habe!«

Liam hört ein Klimpern auf den Fliesen, einer seiner Manschettenknöpfe ist abgefallen.

Zwei der Hunde klettern zu Marija auf den Tisch um ihre Arme zu fixieren, während der erste Schnabeldoktor sie mit brutalen Stößen nimmt. Ihre Lustschreie treiben Liam die Tränen in die Augen. Sind es Tränen des Glücks, oder der Verzweiflung? Er kann es nicht sagen. Ihre Schreie verwandeln sich in ein Grunzen, als ihre Peiniger ihr, mit allem was sie zu bieten haben, das Maul stopfen.

»Ja, das gefällt dir, du verruchte Hure!«

Der zweite Pestdoktor nimmt sie sich vor, sie stößt ihm ihr Becken entgegen und windet sich vor Erregung. Danach dürfen auch die räudigen Köter ran, sie reißen sie herum und nehmen sie in ihre Mitte. Einige schauen vorerst zu, einer von ihnen filmt das Fest mit seinem Handy. Kein Problem in diesem Fall, Liam kriegt das Video zugeschickt, danach wird es gelöscht. Die Diskretion dieses Rudels wurde mehrfach hochgelobt.

Die Pestdoktoren kommen auf ihn zu, bleiben kurz vor ihm stehen, kippen seinen Stuhl an und beginnen ihn fortzuziehen. *»Was soll das? Nein! Nein! Ich will dabei sein! Ich muss es* *sehen!«*

Man zieht ihn in die Küche. Er versucht sich loszureißen, er windet sich und zappelt. Marija verschwindet aus seinem Blickfeld, er versucht sich vorzubeugen, aber sie drücken ihn zurück in den Stuhl. »Schön stillhalten«, sagt ein Hund und richtet sein Smartphone auf ihn, »der Auftritt deiner Hure geht gerade über einen Youtube Livestream um die ganze Welt! Du kriegst gleich deinen eigenen!«

»Ist es also doch passiert, sie wollen mich erpressen!«

Ein zweiter Hund kommt mit einer Sporttasche rein und wirft sie mit einem lauten Knall auf die Fliesen. *»Was ist das?«*

Die Pestdoktoren gehen auf die Knie und ziehen den Reißverschluss auf. *»Was soll das? Was machen sie?«*

Der Hund mit dem Handy geht mehrere Schritte zurück, um die Szenerie im Ganzen filmen zu können. Liam scheinen die Augen aus den Höhlen zu springen, als er sieht, wie die Pestdoktoren sich bedrohlich mit Vorschlaghämmern nähern. Er versucht zu schreien, aufzuspringen, sie zerschmettern seine Kniescheiben. Liam wirft seinen Oberkörper vor und zurück.

»MARIJA!«, tönt es aus seinem Knebel heraus.

»Ja! Ja! Ja! Gibs mir!«, ist die einzige Antwort, die er erhält.

Die beiden Männer treten zurück und starren ihn aus den dunklen Löchern an.

»Sein Gesicht! Wir brauchen seinen Gesichtsausdruck!«, sagt der eine Hund aufgeregt. Die Doktoren greifen sich synchron an den Zylinder und reißen ruckartig ihre Masken hinunter.

»Hallo Vater! Wir haben es zu Weihnachten nach Hause geschafft! Freust du dich uns zu sehen?«, fragt Per ihn sarkastisch, während Tomas ihn mit steinerner Miene anguckt.

»Du sagst ja nichts Vater!«, lacht Tomas leise, »Weihnachten ist doch Zeit für die Familie. Hast du uns etwa nicht erwartet?«

Es sind seine Kinder! Seine eigenen Kinder, die aus kalten, mitleidslosen Augen auf ihn herabschauen, als wäre er ein Stück Müll.

»Und CUT! Fortsetzung folgt!«

Liam versucht seine Söhne anzuschreien und bekommt eine

schallende Ohrfeige von Tomas. Er kniet sich vor seinen Vater und spricht mit leiser Stimme, kaum zu verstehen hinter Marijas Schreien, zu ihm.

»Das ist die Werbeunterbrechung«, lacht er, »ich denke, wir schulden dir eine Erklärung, damit du das Ausmaß dieses erbarmungslosen und grausamen Spiels verstehst! In diesem Moment machen wir dich und Mutter berühmt, eure Gesichter werden weltweit in den Nachrichten zu sehen sein. Eure Profile werden die Zeitungen zieren, gleich neben den unseren. Unsere kleine Familie wird der große Star in diesem wertvollen Kunstprojekt sein!«

»Nein! Nein! Nein!«, will Liam schreien. Er versucht verzweifelt den Stuhl mit seinem Gewicht nach vorne zu rücken.

»Marija!«

»Lass sie Vater! Hörst du nicht, dass sie ihren Spaß hat? Höre genau hin, sie genießt diesen Moment. Keine Sorge, wird werden dein Spielzeug nicht beschädigen. Die Geschichte gewinnt doch an Niveau und Charakter, wenn wir sie am Leben lassen. Wenn sie sich der grausamen Tatsache stellen muss, dass du zu Tode gefoltert wurdest, während sie den Fick ihres Lebens hatte!«

»Cecilia und Leonie haben Geschichte geschrieben, ihr Manifest zur Wertlosigkeit der menschlichen Existenz wird zu einer Legende werden, genau wie wir, wenn wir hier fertig sind«, flüstert Per.

»Ich verfolge seit Jahren deinen E-Mail-Verkehr Vater, all diese abstoßenden, perversen Abgründe! Wir waren wirklich schockiert, ja fast schon enttäuscht von euch! Natürlich habt ihr uns nie die Gelegenheit gegeben euch wirklich kennenzulernen, oder ein Teil eures Lebens zu sein. So ist enttäuscht hier vielleicht das falsche Wort. Deshalb darfst du all das hier auch nicht persönlich nehmen. Es geht nicht um so etwas Triviales wie Rache, es geht darum eine Nachricht an die Menschheit zu schicken und es geht natürlich auch um Ruhm. Ich habe mir übrigens erlaubt, den Termin mit dieser Gangbang Gruppe um eine Stunde zu verschieben.«

Seine Kinder positionieren sich neben ihm, halten ihre Köpfe dicht an seinen und machen das erste Selfie, das sie je mit ihm gemacht haben. Er sieht ihre teilnahmslosen Gesichter neben seiner verzweifelten Mine auf dem Bildschirm.

»Und Action!«

Per hält ein Skalpell in der Hand, zieht es quer über Liams Gesicht und reicht es an Tomas weiter, der es ihm in die Wange sticht. Nach und nach kommen die Hunde rein, sie wechseln sich ab, um ihn mit der Klinge zu malträtieren. Sie zeigen ihm ihre Gesichter. Gesichter, die er teilweise seit ihrer Geburt kannte. Damals fröhlich lachend im Sandkasten mit seinen Jungs, schelmisch grinsend auf den alten Klassenfotos. Später verschmitzt schielend auf Marijas Körper. Jetzt ohne jegliche Emotionen, kalt, gnadenlos, starr wie Porzellanpuppen.

Liam versucht seinen Körper zu verlassen, sich auf Marijas Stöhnen zu konzentrieren, um seine Qualen auszublenden. Per reißt den zweiten Manschettenknopf von seinem Ärmel, Tomas hält den ersten vor sein Gesicht. »Von Generation zu Generation vererbt Vater.« Per und Tomas heben die Hämmer in die Luft, er sieht sie auf sich zurasen und schließt die Augen.

***

Marija liegt schwer atmend, zufrieden lächelnd auf dem Küchentisch. Die zerrissenen Kleider hängen von ihrem nassen Körper herab. Die Haustür öffnet sich knirschend, schwere Schritte stampfen über den Flur, sie dreht sich schockiert um. Vor ihr stehen sechs zitternde junge Männer mit freien Oberkörpern und rasierten Schädeln, sie gucken sie verdutzt an. Marija setzt sich hektisch auf. Die Gesichter und Körper der Fremden sind bleich geschminkt, ihre Münder mit Chromfarbe besprüht.

»Wer seid ihr? Was wollt ihr?«

»Wir sind die Bang Boys«, antwortet einer verwirrt und mustert ihren tropfenden Körper.

»Wir wollen dich vergewaltigen«, sagt ein anderer zögernd.

Marija schaut sich aufgeregt nach Liam um. Ihr Blick bleibt

im hell erleuchteten Kücheneingang hängen.

»Liam?!«

Die Waldbraut

»Mein Gott, guckt euch die Scheiße an!«, schreit Andrew. Tobias und Tyler drehen sich ruckartig in die Richtung, in die er zeigt. Eine Elchkuh hetzt am Ufer entlang, direkt hinter ihr ein riesiger, brauner Grizzly. Als sie versucht über einen umgestürzten Baumstamm zu klettern, springt der Bär mit seinem ganzen Körpergewicht auf ihren Rücken und reißt sie auf den Boden, ein Biss in die Kehle erlegt das Opfer.

»Seht es euch an, diese majestätische Kreatur verfolgt seine Nahrung mit einer Geschwindigkeit von über fünfzig Stundenkilometern, er muss über drei Meter groß sein. Das ist die rohe Gewalt der Natur! Dafür kämpfen wir!«, jubelt er weiter.

Wofür sie kämpfen, hat Tyler schon längst gesehen. Seit vier Tagen sind sie in ihrem Kanu auf dem Yukon River unterwegs und haben die Magie der unendlichen Wälder genießen dürfen. Um das hier zu erhalten, würde er sterben. Für diesen Trip hat er seinen ganzen Jahresurlaub genommen. Anders als die Leute im Büro denken, ist es keine Reise, es ist eine Mission. Sollen sie sich doch weiter von ihren Flatscreens hypnotisieren und manipulieren lassen, sich einer Gerhirnwäsche unterziehen, während sie sich mit Pizza vollfressen. Einige Leute würden ihn und seine Freunde als Terroristen bezeichnen, sie nennen sich Freiheitskämpfer. Sie sind hierher gekommen, um Großes zu vollbringen, ihr Ziel ist es die Welt zu retten, Stück für Stück. Kollateralschäden gehören dazu, wer nicht bereit dazu ist, ihren Weg mitzugehen, ist der Feind. Sie sehen die Dinge wie sie sind, man muss fokussiert nach vorne blicken, oder die Corporate Machine dreht einen durch ihre Zahnräder und spuckt einen blind, fett und faul wieder aus.

Er hat lange nach einer bedeutungsvollen Aufgabe im Leben gesucht, Irgendetwas, was allem einen Sinn gibt, einen Inhalt. Weg von der hemmungslosen Gier der Zombies in dieser materialistischen Gesellschaft. Bei Andrew und seinen Leuten hat er endlich Menschen gefunden, die seine Bemühungen zur Rettung der Umwelt anerkannt haben, endlich eine Gruppe, die ein gemeinschaftliches Ziel hat. Tyler klemmt den Rucksack mit dem Sprengstoff fester zwischen seine Beine. Andrew hat ihn und Tobias unter allen anderen dazu auserwählt, ihn auf dieser Mission zu begleiten. Eine unglaubliche Ehre, vor allem, da er das neueste Mitglied ist.

»Wir sind bald da!«, verspricht Andrew ihnen. Damit meint er noch nicht ihr Angriffsziel, nein, sie werden die Legende treffen, ihren spirituellen Führer, den Eremiten!

Tyler schließt die Augen um den Moment zu genießen, die kühlen Spritzer frischen Flusswassers saugen sich in seine Handschuhe, er atmet tief durch die Nase ein, gierig nach dem erdigen Moosgeruch des Waldes. Er stößt die Luft wieder aus und dreht sich zu dem Bären um, der gerade ein großes Stück bluttriefendes Fleisch aus seiner Beute reißt und das Kanu bemerkt.

Der Grizzly trottet gemächlich näher ans Ufer heran und lässt einen mächtigen Schrei über den Fluss hallen, aber die Menschen fahren einfach weiter. Enttäuscht dreht er sich um, bedauerlich, etwas Gesellschaft hätte ihm gefallen, er hätte auch seine Beute geteilt.

***

Vor den drei Jungs steht eine menschliche Gestalt in Lumpen gehüllt, der Eremit, was für ein ehrfurchtsgebietender Anblick.

Der Mann hat lange, graue, verfilzte Haare, unter seinem wilden Bart und den buschigen Augenbrauen können sie sein Gesicht nur erahnen. Dort wo seine Nase sein sollte, befinden sich nur noch zwei Löcher.
»Ja«, lacht er, »ich habe mich etwas verändert. Letzten Winter ist ein Stamm auf mich gestürzt, als ich Holz und Nahrung sammeln wollte.« Er hebt den linken Arm und winkt ihnen mit seinem Stumpf zu. »Eine Nacht habe ich eingeklemmt im Wald gelegen, es hat noch einen weiteren halben Tag gedauert, bis ich mir endlich die Hand vollständig abgeschnitten hatte.« In seiner rechten Hand wedelt er ein Messer hin und her. »Selbstgeschmiedet! Leider war es für die Nase zu spät, ist ganz schwarz und schrumpelig geworden. Musste ich auch abschneiden, sonst hätte ich an einer Infektion sterben können. Hab die Wunden dann ausgebrannt und ich lebe noch. Die Natur fordert eben ihren Tribut!«

Er führt die Gruppe zu seiner kleinen Hütte, ebenfalls selbstgebaut, aus ganzen Baumstämmen, auf dem Dach wuchern Gras und Pflanzen. »Von oben nicht zu erkennen!«

Tyler muss seinen Kopf immer wieder zur Seite drehen, der Geruch der Ikone löst einen Brechreiz bei ihm aus. Eine beißende Mischung aus Schweiß und Urin.

»Wie schaffst du es hier zu überleben?«, fragt Andrew.

Der Eremit hält einen selbstgebauten Bogen und Pfeile hoch. »Ich nehme, was die Natur mir gibt, manchmal ist es hart, dann gibt es eben nur Pilze oder Würmer.«

»Und wie sieht es mit deinem Sexleben aus?«, lacht Tobias. Die anderen Jungs drehen sich beschämt zur Seite. »Was für eine Blasphemie!«

»Ich nehme, was der Wald mir gibt!«, antwortet der alte Mann erstaunt. In der Gruppe herrscht betretenes Schweigen, die Vorstellung verstört sie etwas. »Also, habt ihr alles mitgebracht?«

Andrew packt mehrere Konservendosen aus seinem Rucksack aus, Tobias hält eine Videokamera hoch. Das ist der Preis dafür, dass man ihn besuchen darf und von ihm für einen Abend auf eine schamanische Reise geschickt wird. Konserven, damit er im Winter überlebt und eine Videoaufnahme, damit er seinen Anhängern eine Botschaft schicken kann. Er selbst kann nicht zurück in die Zivilisation, seit fünfzehn Jahren versteckt er sich hier vor dem FBI, dabei ist er kein Verbrecher, finden jedenfalls die Jungs. Er und seine Gruppe haben nur ein Verbrechen verhindert und den Wald beschützt. Damals haben sie zwei Pickups mit jeweils zwei Tonnen selbstgemachten Sprengstoff beladen, einer ist mitten in einer Holzfällersiedlung detoniert, den anderen haben sie direkt durch die Eingangstür des Bürogebäudes der Holzfirma gefahren und das Haus gesprengt. Einhundertdreiundvierzig Umweltzerstörer sind dabei getötet worden, kein Verlust, wie Tyler findet. Die Wahrheit ist, dass der Eremit ein neuer Messias ist. Er konnte es sehen und verstehen, ihm ist es gelungen eine Armee aus ihrem Tiefschlaf zu erwecken, indem er ihr gezeigt hat, dass die Corporate Machine einfach nur ein Mechanismus ist, dessen einziger Zweck es ist, den Virus Mensch weiter zu verbreiten, egal was es kostet. Ihre Aufgabe ist es, die Balance wieder herzustellen.

***

»Erhebt euch gegen die Architekten der Apokalypse! Jeder der unsere Mutter Erde vergewaltigt soll vernichtet werden, trefft sie wo ihr nur könnt.« Andrew filmt den Eremiten bei seiner Rede, sobald sie wieder Internetzugang haben, werden sie das Video online stellen und es wird sich verbreiten wie ein Feuersturm, gepaart mit ihrer Aktion stehen die Chancen nicht schlecht, dass sich der Widerstand erhebt und noch mehr Menschen ihn unterstützen werden.

»Der Mensch missbraucht ein Drittel der photosynthetischen Fläche der Erde für seine unersättliche Gier, die Baumnazis und ihre schrecklichen Maschinen müssen zurückgedrängt werden. Jäger müssen zu Gejagten werden. Die Mörder der Wälder und Ozeane müssen aufgehalten werden, Worte helfen nicht mehr, ihr müsst zu den Waffen greifen!«

Tyler selbst war erst an drei größeren Aktionen beteiligt. Der erste Versuch war nicht wirklich erfolgreich, sie haben eine Hühnerfarm überfallen und die Tiere aus ihren Käfigen befreit, leider sind die Tiere auf die Autobahn gehüpft und wurden alle überfahren.

»Besser stehend sterben, als kniend leben«, hat Andrew gesagt, so sieht Tyler das auch.

Die zweite Aktion war wesentlich erfolgreicher, sie haben sich in vier Gruppen über Hamburg verteilt und über zwei Dutzend Luxuskarossen abgefackelt, dass dabei auch ein ganzes Haus niederbrennt war nicht wirklich der Plan, aber den Preis wert. Reibungsverluste eben, die Familie hat es mit leichten Rauchvergiftungen raus geschafft. Eine gerechte Strafe dafür, dass sie über Jahre Mutter Natur mit ihren Abgasen vergiftet haben.

Nummer drei hat ihnen so viel Ansehen eingebracht, dass sie heute hier sind. Die Maschine wollte Teile des Schwarzwalds abholzen, alles was sie brauchten, waren ein paar rostige Nägel, die sie in die Baumstämme schlugen. Das Gesicht des Holzfällers, dessen linke Gesichtshälfte weggerissen wurde ging begeistert um die Welt. Ein weiterer hat sein Auge verloren, es existiert ein Video, wenn man im richtigen Moment auf Stopp drückt, sieht man, wie es lose aus seiner Höhle hinabbaumelt. Ein dritter hatte weniger Glück, der Nagel ist direkt durch seine Halsschlagader geschossen. Todesstrafe für Mord! Ebenfalls kein Grund zu trauern.

Der Eremit beendet seine Botschaft an die Außenwelt und wendet sich den Jungs zu. »Morgen Abend schicke ich euch auf eure schamanische Reise, sie wird euch Kraft geben, für den Rest eures Weges.«

Der Rest des Weges ist in ihrem Fall ein Bombenanschlag auf einen Staudamm, oder wie sie es nennen, das Monster aus Zement. »Die gefesselten Flüsse müssen befreit werden«, hat der Eremit in der Videobotschaft gefordert, ein Hinweis auf ihre bevorstehende Heldentat. Um die maximale Opferzahl zu erreichen, haben sie sich den Ostersonntag ausgesucht, dann werden viele Familien im Tal an der großen Ostereisuche im Wald teilnehmen.

***

»Pack die Kamera weg, das ist nicht für fremde Augen bestimmt!«, zischt Andrew Tobias an. Genervt stopft er das Gerät zurück in den Rucksack mit dem Sprengstoff.

Im Schein des Vollmonds, kriecht der alte Mann nackt auf der Lichtung herum, er gibt grunzende Geräusche von sich, wälzt sich auf dem Boden und stößt schrille Schreie aus.

»Er hat den ganzen Beutel Pilze gekocht und es alleine getrunken. Ich dachte, die wären auch für uns?«, fragt Tyler.

»Er hat gesagt, er braucht eine Nacht um den Trank herzustellen, keine Ahnung!«, flüstert Andrew.

»Jungs! Jungs! Er fickt den Baum!«, kichert Tobias.

Der Eremit hat sich an einem Baum hochgezogen, umarmt ihn und reibt seinen Körper an der Rinde. Er sackt zusammen und scheint eingeschlafen zu sein.

»Sollen wir ihn nicht reintragen?«, fragt Tyler.

»Nein, er weiß was er macht!«

Die Jungs legen sich schlafen, Tyler denkt an Hamburg, an Anna, seine Freundin. Sie war schwanger, vor drei Wochen hatte sie eine Fehlgeburt. Die Wahrheit ist, dass Tyler den Gedanken nicht ertragen konnte, die Natur noch weiter unter Druck zu setzen und den Virus Mensch zu unterstützen. Also hat er sich Extrakte des Lebensbaums besorgt, jeden Morgen und jeden Abend ihren Tee damit veredelt und nach wenigen Wochen hatte sich das Problem erledigt.

Die unkontrollierte, selbstsüchtige Reproduktion des Virus Mensch muss aufgehalten werden. Sogenannte medizinische Fortschritte verlängern nicht nur seine Lebenserwartung auf unnatürliche Weise, sondern behindern auch die natürliche Auslese zu Beginn seiner Existenz. In wenigen Jahrzehnten wird die Überbevölkerung ein derart kritisches Ausmaß erreicht haben, dass sich die Natur nie wieder erholen kann.

***

Als Tyler am nächsten Morgen aufwacht und aus der Tür guckt, sieht er den Eremiten zu einer alten Blechkanne robben, in die er seine Blase entleert.

»Nach diesem Trank wird sich euch das Antlitz Gaias offenbaren. Mein Körper hat für euch alle Giftstoffe gefiltert und mit meiner Energie gefüllt. Eure Reise wird rein und mächtig sein!«

Die Jungs knien vor dem Eremiten, der ein altes Elchkostüm trägt und sie aus der Kanne trinken lässt.

»Jetzt setzt die Köpfe auf!«

Sie tragen Bärenkostüme, deren Gestank erbärmlich ist, wieder Schweiß und Urin, als Bonus dazu noch der Geruch von Erbrochenem, Tyler muss würgen. Die Welt vor seinen Augen verschwimmt, seine Freunde verwandeln sich in echte Bären, um sie herum schimmern Regenbogenfarben. Die Bäume scheinen lebendig zu werden, ihre Rinde ist mit kunstvollen Ornamenten geschmückt. Von ihren Ästen schweben gold glühende Elfen, die Tyler in den Wald locken, er greift sich seinen Rucksack und folgt ihnen tiefer und tiefer in die Wildnis.

Tyler ist alleine, die Bäume haben sich verwandelt, die Stämme starren ihn an, aus ihnen scheinen knochige Arme zu wachsen, die ihn krallen wollen. Das Rauschen in den Baumkronen dröhnt in seinen Ohren wie ein Meer aus Kettensägen, die ihn auf seiner Mission aufhalten wollen. Er sieht Licht durch die monströsen Äste der Bäume scheinen und rennt durch das dichte Gestrüpp darauf zu, direkt auf eine Lichtung. Über ihm scheint der Vollmond, riesig, majestätisch, so grell und nahe, dass er glaubt nach ihm greifen zu können. Er streckt seine Arme aus und stürzt ins Unendliche. Tyler sieht seinen eigenen Atem in die Kühle Luft steigen, während die Gravität seinen Körper gnadenlos in die Tiefe reißt, er schlägt durch Äste, die sein Bärenfell aufschlitzen wie Rasierklingen. Er schlägt klatschend auf der tiefschwarzen, betonharten Oberfläche des Flusses auf. Der Aufprall zerschmettert alle

Rippen seiner rechten Körperhälfte und reißt ein Auge aus seiner Orbita.

Die eisige, stechende Kälte lässt Tyler aus seinem Rausch erwachen, er hat jegliche Orientierung verloren, weiß nicht wo oben und unten ist. Seine Lungen schnappen gierig nach Luft, saugen aber nur das tödliche Flusswasser ein. Tyler sinkt wie ein Stein auf den Grund, mit letzter Kraft stößt er sich ab.

Eine Ewigkeit später fühlt Tyler moosige Erde unter sich, er erbricht Massen an Wasser, seine Lungen japsen gierig nach Sauerstoff. Aus seinem übriggebliebenem Auge sieht er schemenhaft die Silhouette eines seiner Freunde im Bärenkostüm. Er springt auf, die Drogen lassen ihn die Schmerzen nicht spüren und rennt mit ausgebreiteten Armen auf seinen Freund zu.

Der Grizzly ist freudig überrascht, nach all den Wochen einen anderen Bären zu sehen, anscheinend ein kleines Weibchen. Es ist zwar noch etwas zu früh für die Paarungszeit, aber wer weiß, wann er die nächste Gelegenheit bekommt.

Tyler umklammert den Grizzly, der verschwendet keine Zeit und schleudert Tyler frontal auf einen Baumstamm. Das Tier stellt sich mit den Vorderbeinen auf seinen Rücken, presst die Luft aus seinen Lungen und zerquetscht den Rest von Tylers Brustkorb, seine restlichen Rippen zerbersten. Der Bär versucht sein Bestes, aber er muss sich seinen Fehler eingestehen, es handelt sich hier offensichtlich nicht um ein Weibchen, vielleicht möchte er ja trotzdem spielen. Die Krallen bohren sich tief in Tylers Rücken und fahren an ihm herab, er gibt einen schrillen Schrei von sich. Mehr aus Schrecken packt der Grizzly seine Beine und schmettert ihn an den nächsten Baum. Tylers Körper wickelt sich um den Stamm, die Wucht des Aufpralls schleudert seinen Bärenkopf weg und bricht seinen Körper in zwei Hälften, die nur noch von Haut zusammengehalten werden.

Verwirrt trottet der Bär auf den unkontrolliert zuckenden Menschen zu und beschnuppert ihn. Er versucht die Situation positiv zu betrachten, wenigstens gibt es etwas zu fressen.

Ordure Of Nihilism

26.12

Wir sind in London angekommen, im Rock 'n' Roll Sanctum Hotel in Soho, in der BXG Suite. Googelt sie, das ist ein Zimmer mit einem Fifty Shades Of Grey Thema. An der Rezeption wird einem ein großer Metallschlüssel in die Hand gedrückt, mit dem man ins Zimmer gelangt. Für einen Aufpreis von ein paar Hundert Pfund haben wir noch einen Bijoux Sanctum Flight Case bekommen, der mit einer großen Auswahl an Sextoys gefüllt ist.

Wie auch immer, wir sind nicht zum Spaß nach London geflogen, nicht nur. Na ja, ganz genau genommen schon. Die Rezeptionistin hat mir auch ein Paket ausgehändigt, dass ich mir vor unserem Abflug nach Paris selbst geschickt habe, es enthält Latexhandschuhe, Badekappen, PVC-Jumpsuits, mein BioGenFutures Spray und das Karambit. Nicht die Art von Dingen, die man durch die Flughafenkontrolle bringen möchte.

Layla, meine Freundin, wird hier ihr erstes Opfer finden. Freundin, wie das klingt, aber das mit uns sieht aus wie Liebe, wir dürfen jetzt nur nicht blinzeln. Vielleicht sind wir auch nur infiziert worden, von der Flut klebriger Liebeslieder und Filme. Opfer der unzähligen Werbespots und Anzeigen für Datingportale, die uns einimpfen, dass wir nur mit einem Partner vollkommen sind und uns zu Brutzombies machen wollen. Aber das denke ich nicht. Mit ihr fühlt sich alles so anders an. Ich muss nicht mehr darauf achten, was meine Partnerin wohl dazu sagt, wenn ich jemanden zu einem blutigen

Brei schlage, mich zum Spaß fast selbst umbringe oder aufs Gesetzbuch pisse. Gemeinsam mit ihr, hat die Gewalt eine romantische Facette bekommen.

Morgen werden wir unser Jagdrevier auskundschaften. Ein bisschen aufgeregt bin ich schon, gemeinsam ein Leben beenden, so müssen sich Paare in den Tagen vor ihrer Hochzeit fühlen. Unsere Beziehung erreicht ein neues Level, ein neues Gefühl der Gemeinsamkeit. Ich habe niemanden getötet, seit fast drei Monaten. Nicht, dass ich wirklich einen Zwang verspüre, töten ist für mich eher ... Töten ist wie eine Pizza!

Ich weiß es ist ungesund, ich brauche es nicht wirklich, kann gut ohne Leben, aber manchmal muss es eben sein. Kein Hunger, sondern Appetit.

Ich habe das Gefühl, dass es mit besser geht als dem Rest der Herde da draußen seit ... ihr wisst schon seit wann. Das Leben fühlt sich nicht mehr apathisch an, die Tage nicht mehr zu lang, ich schlafe so wenig wie möglich, um mehr von meiner Zeit zu haben. Die letzten zwölf Monate, ich würde nicht sagen, dass ich mich wirklich weiterentwickelt habe, eher, dass ich mehr ich selbst bin. Alles ist viel einfacher geworden, seitdem ich meine Maske vor mir selbst hab fallen lassen, seitdem ich das Leben nicht mehr ernst nehme, es als den grausamen Scherz akzeptiere das ist und selber die Pointen schreibe,

Ich hole den stählernen 50 Speeds Of Play Vibrator aus dem Flight Case und probiere seine Stärkestufen aus. Nebenbei schaue ich mich im Zimmer um, so viele schöne Fotos von Ray Burmiston an den Wänden. Selbst tendiere ich allerdings eher zu Banksy. Mein Daumen senkt sich auf einen Knopf der Fernbedienung. »Ahhhhhh! Mehr!« Das war Layla, sie steht unter der Dusche, die Fernbedienung regelt die Stärke von dem Vibro-Ei, das ich ihr eben eingeführt habe. In dem Koffer befindet sich auch eine Straußenfeder. Sie erinnert mich an diese eine Fetisch-Party, auf der eine Domina ihrem nackten Sklaven eine Feder in den Arsch gesteckt hat, er mit flatternden Armen im Kreis hüpfen musste und sie die ganze Zeit »flieg mein Vögelchen, flieg«, gerufen hat.

Die restlichen Sachen lege ich auf den Tisch. Es ist auch ein Eiswürfel dabei, seltsam, Ingwer wäre passender gewesen, schmilzt auch nicht. Wir haben zu Hause gute Erfahrungen mit Figging gemacht, auch wenn das Schälen und Schnitzen etwas nervig ist. Die Spreizstange, die Sensua Suede Peitsche, das Paddel und ein Knebel dürfen mit ins Bett. Nach einigem Zögern, lege ich auch den Strap-On auf den Nachttisch. Es ist an der Zeit auch diese Grenze zu überschreiten.

Ich frage mich, wer unsere Opfer sein werden, wie sie aussehen, was sie in diesem Moment wohl machen. Ach Fuck, es ist ja nicht mal sicher, dass es mehr als einer sein wird.

Verstöre ich euch? Dafür gibt es keinen Grund, töten ist so natürlich wie ficken. Es liegt in unser aller Natur, unserer DNA, wir gehen diesem Bedürfnis nur nicht nach, weil wir die Konsequenzen fürchten. Deshalb benutzen wir gewalttätige Filme und Videospiele als Katalysator. Ich fürchte nichts mehr!

27.12

Heute haben wir schon die wichtigsten Sehenswürdigkeiten abgearbeitet, den Tower, London Eye und waren in Sea Life. Mir ist wieder klar geworden, wieso ich mich in London so wohl fühle. Es sind diese wohlerzogenen Menschen, die schon fast graziös durch den Tag gleiten. Alle gehen distanziert und höflich miteinander um, sie sind rücksichtsvoll und bemüht, einem so wenig im Weg zu stehen wie möglich. Ich habe nicht ein Mal davon fantasiert jemanden zu ermorden.

Die Strap-On Premiere gestern Nacht hat übrigens wirklich Spaß gemacht. Retrospektiv muss ich allerdings zugeben, dass ein Städtetrip vielleicht nicht der beste Zeitpunkt fürs erste Mal war. Ich war schon besser zu Fuß unterwegs.

Wir haben uns jetzt, wie verfickte Touristen, einer Jack The Ripper Tour angeschlossen. Es ist bereits dunkel, die Tourführer benutzen Handprojektoren, um an den alten Tatorten nachgestellte Mordszenen an die Mauern zu projizieren. Wir werden an allen Plätzen vorbeigeführt, wo der

Ripper Frauen aufgeschnitten und ausgeweidet hat, ihre Geschlechtsteile verstümmelt oder den Uterus entfernt.

Und was lernen wir aus dieser Geschichtsstunde?

Die Menschheit wird nicht zusehends kranker oder perverser, wir waren nie anders! Wie dem auch sei, die anderen Teilnehmer genießen den wohligen Grusel der weit entfernten Verbrechen, während wir Feldstudie betreiben. Wir machen so viele Fotos und Videos wie möglich, um uns in den nächsten Tagen das Terrain genau einzuprägen und herauszufinden, wo die Überwachungskameras sich befinden.

Für Whitechapel haben wir uns nicht nur wegen des Rippers oder der Band entschieden. Der Stadtteil bietet sich auch an, weil er immer noch ein Arbeiterviertel mit vielen Kneipen ist, in dem sich spätabends wenige Touristen rumtreiben. Irgendwo hier werden sich bestimmt ein paar böse Jungs finden lassen, die gerne Frauen belästigen und dafür bestraft werden müssen.

Opfer!

Beute!

Der Mitre Square, die Ripper's Corner, eignet sich am besten als Tatort. Abgeschieden mit drei möglichen Fluchtwegen, perfekt!

Wenn ich die Touristen um uns herum betrachte, komme ich in Versuchung die ganze Sache vorzuverlegen. Es sind auch andere Deutsche anwesend und bringen Schande über uns. Hier in England werden auch diese Schockbilder auf Zigarettenschachteln gedruckt, zwei Männer haben ihre Schachteln eben allen Ernstes umgetauscht, um andere Motive zu kriegen.

»Alles nur nicht Impotenz!«

Ich meine, WIRKLICH?

Sie ziehen Blindheit, Krebs oder sogar den Tod der Impotenz vor? Vielleicht wäre das eine gute Frage, um den Bodensatz unseres Genpols herauszufiltern!

»Sie haben die Wahl! Impotenz oder Blindheit!«

Wer Blindheit wählt, sollte an Ort und Stelle erschossen werden! Seht ihr, das ist das Positive an mir, ich unterscheide nicht nach Hautfarbe, Religion, Geschlecht oder sexueller Orientierung. Ich bin neutral, ich verachte fast jeden, alle tragen das Potenzial in sich zur Beute zu werden. Es gibt diese Tage, da denke ich, dass jeder getötet werden sollte. Eine radikale Säuberungsaktion um einen Neuanfang zu machen. An anderen Tagen verspüre ich nur das brennende Bedürfnis, die hässliche falsche Fratze der Menschheit in ihre eigene Scheiße zu drücken und sie dann zu zwingen ihr dreckiges Spiegelbild zu betrachten.

***

Wir mussten es einfach ausprobieren. Einen der teuersten Burger der Welt im Honky Tonk Restaurant in Chelsea essen. 1100 Pfund kostet dieses Abendessen pro Person. Dekadenz, Hochmut und Maßlosigkeit, manifestiert in einem Burger. Ich präsentiere euch den Glamburger, dieser Tritt ins Gesicht der vermeintlichen Menschlichkeit ist komplett mit Blattgold überzogen. Seinen Kern bilden ein Burger Patty aus Kobe-Rindfleisch und Neuseeland Wildfleisch, dazu kommt schwarzer Trüffelbrie, Bacon in Ahornsirup, Beluga-Kaviar und ein goldenes Entenei. Dazu gibt es noch einen kanadischen Hummer, der mit iranischem Safran gewürzt wurde. Das Getränk ist inklusive, ein Mango-Champagner-Cocktail mit geriebenen weißen Trüffeln.

Ich habe Menschen als Spiel und Werkzeuge benutzt, ich habe gefoltert und getötet, aber erst dieser Burger ist in der Lage mich Schuld fühlen zu lassen. Ihn zu essen dürfte wohl das moralisch Verwerflichste sein, das ich jemals getan habe. Millionen Menschen verhungern und wir fressen das hier, anstatt einfach zu Burger King zu gehen und das gesparte Geld zu spenden, ein interessantes Gefühl, irgendwie amüsant.

Soll ich aufstehen, mein Steakmesser nehmen und ihm genüsslich die Kehle aufschneiden? Einige Tische weiter sitzt ein fettes Pärchen und gibt eine Getränkebestellung auf, während sie noch ihr Essen kauen. Beide quellen aus ihren

Hosen heraus, sein Bauch hängt über die Hose und wird nicht mehr vollständig von seinem T-Shirt bedeckt. Viel besser ist sie auch nicht, offene Schuhe, ihr Fußrücken ist ganz zusammengequetscht und ragt wie ein Fettberg in die Höhe.

Ich verstehe es nicht! Wirklich! Wie finden sich solche Menschen und warum? Es ist kein Drama fett oder hässlich zu sein, aber man muss doch trotzdem noch ein gewisses Ästhetikempfinden haben und sein Gegenüber abstoßend finden.

Die beiden scheinen sich einen Fresswettbewerb zu liefern, jedenfalls schlingen sie ihre Burger derart rabiat runter, dass in mir die Hoffnung aufkeimt, einer könnte sich verschlucken und ersticken. Ernsthaft, ihr solltet das sehen, beide schwitzen und röcheln beim Essen, bei jedem Bissen fällt ihnen die Hälfte wieder aus dem Maul. Es würde dem Abend einen netten Touch verleihen, solch einem Menschen erbärmlich verrecken zu sehen. Getötet von der eigenen Maßlosigkeit, wie er röchelt und blau anläuft, sich windet wie ein gestrandeter Wal. Der Gedanke an einen Wal erweckt mein Mitleid, ich könnte auch etwas Gutes tun und ein Leben retten. Ich habe ein Steakmesser, ich habe Strohhalme, alles, was ich für einen Luftröhrenschnitt brauche.

Auch wenn sie mich abstoßen, war der Gedanke seine Kehle aufzuschneiden nicht wirklich persönlich gemeint. Es ist eher Forscherdrang. Wie würde sie reagieren, wie würde sich ihr Gesichtsausdruck verändern, wenn ich ihren Mann vor ihren Augen töte? Würde sie weiteressen? Würde sie es vor lauter Gier überhaupt bemerken? Könnte ich ihm ein Ohr oder die Nase abschneiden, auf ihren Teller werfen und würde sie es einfach verschlingen?

Während ich uns einen Porn-Stars und Stripes Sharer bestelle, das ist ein Mix aus Vanille Vodka, Maracujalikör und Saft, sowie Prosecco, wirft sich das fette Schwein quasi vor meine Füße und bettelt darum, seinen Schädel eingeschlagen zu kriegen. Ich höre ihn erstmals sprechen, ebenfalls Deutscher, es scheint ihm nicht klar zu sein, dass man in England englisch spricht. Er belästigt den Kellner damit, dass sein Latte nicht aussieht wie auf dem Bild.

»Willst Du deinen Schwanz in das Glas stecken?«, frage ich den Mann

»Wie bitte?«

»Willst du das Getränk ficken?«

»Ich verstehe nicht!«

»Nein, ich verstehe nicht, warum dir das Aussehen des Getränks wichtiger ist als der Geschmack. Wenn ich deine Frau betrachte, gewinne ich den Eindruck, dass du mehr Wert auf innere als auf äußere Werte legst!«

Kastriert! Er starrt schweigend auf seinen Teller und meidet jeglichen Blickkontakt mit mir, seine Begleitung guckt ihn vorwurfsvoll an, sie bestellt die Rechnung.

28.12.

Tick Tack Tick Tack! Für irgendjemanden läuft die Zeit ab, zwei Tage noch, wir können es beide nicht mehr abwarten und versuchen das Beste um uns abzulenken. Zuerst waren wir im Zoo, bezaubernde Schimpansen und Orang-Utans kann ich euch versichern. Danach habe ich Layla alternative Sehenswürdigkeiten gezeigt, die spektakulären Konsumtempel von Victorias Secret und M&M, übrigens der größte Candy Shop der Welt. Vorher waren wir aber im Diesel Headstore, wo ich mir einen Beistelltisch gekauft habe, den ich den Rest des Tages mit mir rumschleppen musste. Aber es ging nicht anders, er wollte einfach mit. Das Teil nennt sich Piston Table, ein charakterstarkes Wohnobjekt mit industriellem Touch, Beton und Keramik. Für den Flug muss ich ihn gut verpacken.

Später sind wir in »The Underworld« gegangen, ein legendärer Metal Club in Camden. Solche Nächte sind hart für mich, ich werde langsam zu alt dafür, zum Glück hat Layla schnell ein Spielzeug gefunden, das wir mit ins Hotel nehmen konnten. Dank Pfizer bin ich dafür noch jung genug. Ihr Name ist Frogh, Perserin, bestimmt schon volljährig, wir haben ihr die

Spreizstange angelegt. Sie hat dieses faszinierende Mermaid Hair, ganz weiß, mit einem leichten blaugrünem Stich, harmoniert perfekt mit ihrem olivfarbenen Teint. Zum Glück kein schüchternes Mädchen, sie hat sofort auf meinem Gesicht Platz genommen, als Layla mich geritten hat. Meine Hände packen fest an ihre Hüften und reißen sie bei jedem Stoß fest an mich heran, während sie an Layla leckt, als wäre sie ihre liebste Eiscremesorte. Ich kann mich kaum entscheiden, wo ich hingucken soll, in den großen Spiegel, um mich selbst mit diesen beiden Naturwundern zu betrachten, oder auf ihren Rücken. Versteht mich nicht falsch, von vorne ist sie schon beeindruckend, aber dieses maritime Disneythema das sie tätowiert hat, wirkt hypnotisierend auf mich. Aus der großflächigen Unterwasserwelt schauen mich Nemo, Dory, Marlin, Fabius und dieser Krebs Sebastian fröhlich an. Zwischen ihren Schulterblättern thront Arielle auf einem Felsen. Hätten wir Jungs ihr in unserer Pubertät nicht alle gerne ein Facial verpasst? Ich komme diesem feuchten Traum gerade näher und näher.

29.12

Durch die Gitterstäbe meiner Zelle beobachte ich abwesend, wie eine junge Frau, vollständig in blauer Cellophanfolie eingewickelt, an der Decke baumelt und sanft in der Luft wiegt, wie eine vergewaltigte Leiche, die im Fluss entsorgt wurde. Unter ihr steht ein Mann, der nur mit ledernen Cowboy Chaps und Cockring bekleidet ist.

Ein fetter Kerl, in einem pinken Babydoll, peitsch ein Schulmädchen aus, die jeden Hieb mit einem Kleinkindkichern beantwortet und nebenbei an einem Lolli lutscht.

Eine Nonne hockt mir mit gespreizten Beinen gegenüber, ich kann fast bis zu ihrem Gebärmutterhals hinaufsehen. Nein, sie ist keine echte Nonne, sie trägt nur die typische Kopfbedeckung, allerdings aus Lack und hat ein großes Kruzifix um den Hals hängen. Nichts davon ist echt, wir sind im Torture Garden, dem größten Fetisch Club der Welt.

Layla und drei Männer sind mit mir in der Zelle, sie vergnügen sich auf einem Himmelbett, das mit einem Latexlacken überzogen ist. Wir haben die Männer sorgfältig ausgewählt, sie haben Regeln von mir bekommen. Kondome tragen, keine Schläge, keine Küsse, keine Cumshots auf sie. Nichts was sie glauben lassen könnte, sie wären ihr irgendwie überlegen oder sie wäre nur ein Stück Fleisch. Sie sind nur zu ihrer Befriedigung da und um ihr zu zeigen, wie viel Macht ihr Körper besitzt. Austauschbare Dildos mit Herzschlag. Um den Typen der unter ihr liegt, mache ich mir etwas Sorgen, sein Gesicht ist ganz verkrampft und rot angelaufen. Layla hat ihn ausgesucht, er hat gesagt, dass er keine Erektion mehr bekommen kann. Irgendwelche Herzprobleme. Sie hat ihm ein Päckchen Oral Jelly vors Gesicht gehalten, er meinte, dass er keine Potenzmittel nehmen darf, weil sie ihn umbringen könnten. Sie hat einen zuckersüßen Blick aufgesetzt, mit der Stimme eines kleinen Mädchens »Bitte, ich will dich so sehr« gebettelt und unterwürfig angelächelt. Ihr hättet sein Gesicht sehen sollen, man konnte den Konflikt wirklich deutlich erkennen. Sollte er sein Leben wirklich für diesen Fick aufs Spiel setzen? Nach wenigen Sekunden hat er ihr das Päckchen aus der Hand gerissen, es gierig mit den Zähnen geöffnet und das Gel in den Mund gesaugt.

Die Macht der heiligen Vagina!

Pussymagie!

Was genau ihr Plan ist, kann ich noch nicht sagen. Will sie ihn töten? Kann sie nicht bis morgen abwarten? Oder will sie einem alten Mann nur einen Gefallen tun?

An den Gitterstäben stehen die Zuschauer wie eine gierige Viehherde. Sie schubsen sich gegenseitig weg, versuchen sich nach vorne zu pressen, drücken ihre Gesichter durch die Stäbe und onanieren hemmungslos. Irgendwer sollte den Boden wischen.

Was die Leute an diesem Cuckold-Fetisch finden, werde ich nie verstehen. Aus einer evolutionären Perspektive betrachtet, erscheint es nicht wirklich sinnvoll Freude zu empfinden, wenn das eigene Weibchen von anderen Männern begattet wird.

Männer sind in Verlauf der Geschichte wirklich weit gegangen damit sich ihre Weibchen nicht anderweitig paaren und Nachwuchs zeugen. Dieses Argument könnte allerdings mit der Geburt der Verhütungsmittel gestorben sein.

Es gibt allerdings Studien, die beweisen, dass die eigene Spermienproduktion steigt, wenn man zusieht, wie eine Frau von mehreren anderen Männchen bestiegen wird. So könnte es sein, dass dieser Cuckold Bullshit Männer aus Konkurrenzgründen geil macht. Mir selbst erscheinen die Jungs allerdings nicht als Konkurrenz, im Endeffekt bin ich eh besser als sie. Das alles löst bei mir nur Langeweile aus.

Eine weitere Erklärung gibt es noch, es könnte die Rückbesinnung auf unsere Urzeiten sein, in denen sich jeder mit jedem gepaart hat und die Kinder gemeinsam großgezogen wurden. Lange vor der kulturellen Erfindung der Monogamie. Ein gesellschaftliches Konzept, das besonders die Frauen zu Besitztümern degradiert hat.

Endlich sind sie fertig und stehen auf. Layla springt mir um den Hals und gibt mir einen Kuss.

Bah! Sie schmeckt nach Kondom!

Der alte Mann kommt ebenfalls, mit zittrigen Knien, auf die Beine. Er wankt bedenklich und bewegt sich Richtung Zellentür. Die Zuschauer mit ihren halbschlaffen Schwänzen in der Hand bilden eine Gasse und starren ihn ehrfürchtig an. Er ist schneeweiß, atmet heftig, sein Körper ist schweißnass, aber er trägt ein zufriedenes Grinsen. Seine Beine tragen ihn noch etwas zwei Meter, bevor er stürzt wie eine gefällte Eiche und regungslos liegen bleibt.

Pussymagie!

Schwarze Pussymagie!

Vielleicht gehört der Magie ja die Zukunft!

Ist es nicht beeindruckend, zu was uns unser Sexualtrieb bewegt? Neben Krieg ist er wohl am meisten für den Fortschritt verantwortlich. Ich bin mir sicher, dass wir innerhalb eines Jahres eine bemannte Marsmission auf dem Weg hätten, wenn irgendein Teleskop ein paar sexy grüne Alienchicks entdecken würde, die uns barbusig und mit gespreizten Beinen zuwinken würden. Ich übertreibe nicht ihr scheinheiligen Bastarde. Jedes Studium das ihr belegt, jeder Sport den ihr treibt, jeder Job den ihr anstrebt, eure Autos, eure Kleidung, einfach alles zielt nur darauf ab Frauen flachzulegen.

Einige der Zuschauer versuchen verzweifelt ihn zu reanimieren, ein lustiges Bild, vielleicht hätten sie vorher ihre Penisse einpacken sollen, wäre würdevoller. Das Oral Jelly scheint auch noch im Tod zu wirken, wenigstens entleert sich so seine Blase nicht! Wäre amüsant, wenn eine der anwesenden Damen die Gelegenheit für einen letzten Ritt nutzt. Wir verziehen uns still und heimlich, auf unangenehme Fragen kann ich verzichten.

Kann man das hier als Laylas ersten Kill bezeichnen?

Wenn ja, was war es?

Giftmord?

Mord mit bloßer Vagina?

30.12.

Verdammt, ich kann den Abend kaum noch abwarten, mein Herz pocht und die Hände zittern. Ich schaue zu, wie ein Streifenhörnchen aus Laylas Hand frisst, zwei weitere springen an meinen Beinen hoch, um nach Fressen zu betteln. Das hier Leute, das ist Evolution pur. Diese Tiere sind eine Symbiose mit den Menschen eingegangen, halten es nicht mehr für nötig selbst Futter zu finden, weil wir ihnen etwas geben, Winterschlaf wird auch nicht gehalten, Menschen laufen ja das ganze Jahr durch den Park.

Nur noch wenige Stunden.

Layla scheint wesentlich entspannter mit der Situation umzugehen als ich. Vielleicht macht es mich nervös, dass sie dabei ist, mache ich mir vielleicht Sorgen um sie? Es ist so faszinierend sie beim Spielen mit den Nagetieren zu beobachten, so süß, unschuldig und kindlich auf den ersten Blick, so gefährlich und tödlich hinter ihrer Maske. Das Klingeln meines Handys reißt mich aus den Gedanken.

»Lassen Sie sie rein. Hören Sie, bitte waschen und füttern Sie das Tier. Ich bin in zwei Tagen wieder da, ich gebe Ihnen das doppelte Gehalt, wenn Sie sich heute und morgen um sie kümmern! Oh, und drehen sie die Heizung hoch.«

»Wer war das?«, fragt Layla.

»Meine Haushälterin. Da stand eine Dackelhündin vor meiner Tür und wollte rein. War wohl ganz unterkühlt und hungrig.«

»Willst du sie behalten?«

»Ich weiß nicht, ja. Ich bin mit Dackeln aufgewachsen, ich wollte schon lange wieder einen Hund haben.«

Bei Tieren entwickle ich eine menschliche Seite.

***

»Guck dir diesen geilen Arsch an! Meine Tochter ist auch in dem Alter.«

Ich bin nicht auf der Suche nach einem Gespräch, sondern will die Situation aus angemessenem Abstand beobachten. Der Pub ist das perfekte Jagdrevier, lauter Besoffene, die sich nicht an unsere Gesichter erinnern werden und so notgeil und enthemmt sind, dass sie uns ins Netz gehen werden.

Layla sitzt am Tresen und lässt sich Getränke von den Männern ausgeben, drei Jungs versuchen zur gleichen Zeit ihr Glück bei ihr. Wir haben sie verkleidet, High Heels, ein billiges weißes Minikleid, keinen BH, keinen Slip. Sie hat sich viel zu viel Make-up verpasst, knallrote Lippen und Wangen, schwarzer Lidschatten. Normalerweise trägt sie nie welches, es verschandelt ihre natürliche Schönheit nur.

Layla verschwindet auf der Toilette um zu kotzen, der Alkohol muss regelmäßig raus, damit ihre Wahrnehmung scharf bleibt. Außerdem muss sie sich in die Nippel kneifen, damit sie durch das Kleid gut zu sehen sind.

Die Jungs die an Layla rumbaggern, werden die Nacht wahrscheinlich überleben, sie machen einen netten Eindruck, kein aggressives oder dominantes Verhalten. Meine Hand streicht über das Karambit, ich bilde mir ein, die anderen Raubtiere spüren zu können. Es sind die vier Motherfucker da hinten am Tisch, die sie gierig mit ihren kleinen dunklen Haifischaugen fixieren und miteinander flüstern.

Layla kommt zurück, unsere Blicke treffen sich, ich deute unauffällig auf die Gruppe, sie lächelt und nickt leicht. Sie hat es auch bemerkt, ihre Instinkte sind wie meine. Sie setzt sich, in Richtung der Jungs, drückt ihre Brüste nach vorne, sodass ihre Nippel auf sie zeigen, sie spreizt die Beine um sie anzulocken. Vielleicht ist es nicht ganz fair die Beute so zu provozieren, besonders wenn sie nicht ganz zurechnungsfähig ist. Andererseits gibt es keine Entschuldigung für Vergewaltigung, jedem Vergewaltiger sollten bei lebendigem Leib die Eier abgeschnitten werden, bevor er öffentlich erhängt wird. Die Ehre sollte dem Opfer zukommen.

Die Vier passen hier nicht wirklich rein, College Typen um die Zwanzig, feine Schuhe, Hemden, Pullover um den Hals gebunden. Einer trägt ein rosa Hemd. Welches Arschloch auch immer der Männerwelt erzählt hat, dass es okay wäre rosa Hemden zu tragen, er hat euch verarscht. Wahrscheinlich Studenten, die ihre Weihnachtsferien in London verbringen. Vier Gegner, vielleicht etwas gefährlich, Layla kann nur einen übernehmen, aber das macht es spannender, ich liebe Herausforderungen, ich muss schnell sein.

Bei Gott!!!

Einer legt gerade seine Louis Vuitton Brieftasche auf den Tisch! Niemand wird sich wundern, dass diese Figuren in Whitechapel getötet wurden! Es ist eine von diesen Braunen mit dem klassischen Gold Muster. Ihr könnt mir erzählen was ihr wollt und behaupten sie sei für Männer, das Teil ist noch weiblicher als eine Pinke!

***

Layla biegt barfuß zu mir in die Gasse ein, sie hat vielleicht zweihundert Meter Vorsprung, wir müssen schnell sein. Ich höre ihre Schreie hinter ihr.

»Ey! Wait for me you little slut!«

»Fucking cunt, daddys got a big surprise for your sweet ass!«

Ich helfe Layla in ihren Jumpsuit, meinen habe ich schon übergezogen, sie schlüpft in die neuen Sneaker, setzt die Badekappe auf, streift Gummihandschuhe über, während ich ihr die Plastiküberschuhe anziehe.

Einer der Jungs rennt los, ich kann ihn im Schaufenster sehen. Einer, warum nur einer? Ich brauche alle zusammen! Ein Chaos aus stimmen ist zu hören.

»Wait you fucking whore!«

»Get that stupid cunt!«

Eine weitere Person läuft los. Das ist schlecht, sehr schlecht. Sollten wir abbrechen? Wenn der Rest nicht mitkommt, bleiben Zeugen übrig. Wenn sie nur verzögert nachkommen, verliere ich den Überraschungsmoment, ich muss wenigstens zwei auf einmal tödlich verwunden. Fuck! Aber Layla hat sich so auf heute Abend gefreut, also scheiß drauf.

Die Schritte sind fast bei uns, ich gebe ihr einen letzten Kuss, ziehe sie an mich um ihr ins Ohr zu flüstern: »Genieße den Moment des Tötens, lass diese Macht über Leben und Tod auf dich wirken Honeybunny. Ich liebe dich!«

Das ist so romantisch!

Sie läuft ein paar Meter weiter, der Erste rauscht um die Ecke, bemerkt mich nicht und bleibt kurz hinter ihr stehen. Layla dreht sich zu ihm um, er zögert, ist völlig verwirrt von ihrem neuen Outfit.

»Come here you Slut!«, zischt er und packt sie am Handgelenk. Ein kleiner Handgriff und eine halbe Drehung mit ihrem Körper, schicken seine Fresse direkt in die Mauer. Sie guckt über ihre Schulter und lächelt mich glücklich an.

Die Schritte von meinem Stück Pizza sind fast bei mir, meine Hand krallt sich fest um das Karambit, ich bleibe bewegungslos im Schatten stehen und warte auf die Beute.

Es ist die Knabenschlampe im rosa Hemd!

Ich packe ihn unter dem Arm, reiße ihn an mich heran und dränge ihn mit dem Unterarm am Hals gegen die Wand. Er mustert mich erschrocken und leistet keinen Widerstand, als das Karambit seine linke Brachialarterie durchtrennt, in derselben Bewegung seinen Hals aufschneidet und dabei fast seinen Kehlkopf herausreißt. Dann muss ich mich etwas verrenken, um den Bewegungsablauf sauber weiterzuführen und die rechte Brachialarterie zu erwischen.

Sein Blick springt ungläubig zwischen meinem Gesicht und dem Messer hin und her, aus seinem Hals dringt ein Zischen und Gurgeln.

Layla hat ihre Pizza unter Kontrolle, befördert ihn mit einem Chasse Bas Kick zurück an die Mauer als er auf sie zustolpert, sticht die Finger ihrer linken Hand in seine Augen und zerquetscht mit der rechten seine Hoden.

Ich vollende mein Kunstwerk und schlitze seinen Bauch in einer leichten Rundung auf.

Da haben wir ihn, den perfekten C-Cut!

Das Freunde, das ist hohe Kampfkunst!

Langsam sackt er zusammen, versucht seine klaffenden Wunden mit den Händen zu verschließen, aber Blut und Innereien quellen gnadenlos heraus.

Laylas Beute stürzt sich in ihrer Verzweiflung auf sie, um sie zu tackeln, blitzschnell fixiert sie seinen Kopf unter ihrem einen Arm, packt mit dem anderen seine Hose, lässt sich fallen und jagt seinen Kopf mit aller Gewalt in den Asphalt. Hm, er bewegt sich noch, schade, aber sie macht das Richtige und löst ihren Griff nicht, sondern wandelt ihn kurzerhand in einen Guillotine Choke um.

Gut, sehr gut!

Es dauert zwar bis der Tod eintritt, aber jemanden zu erwürgen ist die schönste Art zu töten, so nah, so persönlich, man kann richtig spüren, wie man das Leben aus dem Körper quetscht.

Ein gewaltiger Stoß reißt mich fast von den Beinen, jemand hält meinen Körper und die Arme von hinten fest umklammert. Ich muss dringend an meiner Einstellung arbeiten, ich hätte aufmerksamer meine Umgebung beobachten sollen. Es ist nur einer, warum nur einer? Wo ist Nummer vier?

Egal, mein Hinterkopf zerschmettert sein Nasenbein, das

Karambit gräbt sich tief zwischen seine Beine. Er stößt ein schrilles Jaulen aus, sein Griff lockert sich, ich gehe in die Knie, nehme in auf den Rücken und lasse mich gemeinsam mit ihm fallen. Wir schlagen auf der Straße auf, ich höre, wie sein Schädel auf dem Kantstein zerberstet, das nenne ich Zielsicherheit.

Einen Moment ruhe ich mich auf seiner Brust aus und drehe meinen Kopf zu Layla.

»Sehr schön Honeybunny, noch nicht loslassen, Blutwürgegriffe musst du lange halten.«

Ihr Gegner scheint ebenfalls erledigt zu sein, aber es dauert, bis das Hirn wirklich tot ist, also soll sie lieber sicher gehen.

Aus dem Augenwinkel sehe ich noch die Schuhsohle mit dem Buscemi Logo auf mein Gesicht zurasen. Der Aufprall knockt mich fast aus, aber ein zweiter harter Treffer weckt mich schnell wieder auf.

Da ist also Nummer vier, der Extra-Belag!

Er versucht mir in den Brustkorb zu treten, ich reiße meinen Körper zur Seite und kann seinen Fuß zwischen Brustkorb und Oberarm einklemmen. Ja, Buscemi Sneaker, schwarzes Lackleder im Krokodildesign, silberne Riemen. Ganz hübsch! Er zerrt an seinem Fuß um sich zu befreien, ich ramme ihm meinen Stiefel zwischen die Beine, sobald er am Boden liegt, spanne ich meinen Körper an. Seine Sehnen reißen und das Kniegelenk springt heraus, er versucht wimmernd vor mir wegzukriechen, den Bordstein rauf. Ich zerre ihn am Fuß zurück, drücke mein Knie in seine Rücken, packe seine Haare und presse meine Finger in seine Wangen, bis sein Mund weit geöffnet ist. Layla guckt mich an, sie wirft mir einen Kuss zu. Er versucht seinen Kopf wegzuziehen, hat aber keine Chance. Langsam quetsche ich seinen aufgerissenen Mund auf die Bordsteinkante, kralle mich in seine Haare, stehe auf und stampfe mit aller Gewalt in seinen Nacken, seine Zähne zersplittern, sein Kiefer und sein Genick zerbersten.

»Du solltest mir danken, ich habe dich berühmt gemacht!«

Er bedankt sich nicht, natürlich nicht, sein Gesicht ist

vollständig mit dem Kantstein verschmolzen.

Layla tritt neben mich, sie nimmt meine Hand und küsst meine Wange.

»Wow, das sieht krass aus!«

»Das nennt sich Curbjob. Sie es dir an, wie ein modernes Kunstwerk. Eine Skulptur auf Stein und Fleisch, es sieht aus, als ob sie eins wären. Der Tod kann wirklich wunderschön sein.«

Wir decken die Leichen mit dem BioGen-Spray ein, unsere Kleidung werden wir über die Stadt verteilt loswerden. Irgendetwas ist noch nicht perfekt! Mir gefällt der Junge mit dem C-Cut nicht, es fehlt etwas. Ein Glasgow Smile vielleicht? Nein, nicht schon wieder, mir fällt etwas Besseres ein!

»Warte Honeybunny, sein Hemd würde mit einer kolumbianischen Krawatte wirklich besser aussehen!«

31.12

Fuck, was für ein schönes Feuerwerk!

Wisst ihr, was ich an Feuerwerken am meisten schätze?

Ihren misanthropischen Charakter!

Wahrscheinlich könnten die Millionen Menschen die jährlich erbärmlich verrecken mit dem Geld gerettet werden, das wir in die Luft sprengen.

Wir sind auf einer Bootsparty und schippern über die Themse. Das Jahr des Affen beginnt in dieser Sekunde und die menschliche Rasse schlafwandelt weiter unaufhaltsam ihrer Ausrottung entgegen. Wahrscheinlich ist der Irrglaube, dass wir intelligente, rationale Wesen wären das große Problem. Wir waren vielleicht mal auf einem guten Weg, vor langer Zeit, aber irgendwo ist uns dann der Treibstoff ausgegangen. Fortschritte sind nur noch technischer Natur, wir selbst ... es ist vorbei.

Unsere Moral ist nur ein soziales Konstrukt, um uns zu unterdrücken. Die Normen, die unsere Gesellschaften ausmachen, bremsen uns aus, wenn wir nicht mit ihnen brechen, kann es keine Weiterentwicklung geben. Das was ihr Zivilisation nennt, ist eine Lüge, sie basiert auf einen Haufen

Illusionen, an die ihr nur zu gerne glauben wollen. Deshalb verfallt ihr alle in Schockstarre, wenn die primitive menschliche Natur euch mal wieder mit dem Stiefel in die Fresse tritt.

Der größte Irrglaube ist, dass die Menschheit sich tatsächlich für zurechnungsfähig hält. Wenn ich falsch liege, und die Gesellschaft wirklich geistig gesund ist, dann ist Wahnsinn wohl die einzige Möglichkeit wirklich frei zu sein und zu evolvieren. Aber ich bin mir sicher, es ist andersherum, wir sind die wirklich Gesunden, die Outsider, die Monster, die die ihr fürchtet. Wir sollten die Welt regieren und sie säubern, wir sind die letzte Hoffnung, wir sind die Zukunft.

SRAW RATS

7

Sein Stormtrooper-Helm schlittert kratzend über den Beton, er presst Harley Quinn hart an die Stahltür. Seine Zunge hinterlässt eine fleischfarbene Spur im fahlen Make-up ihrer Wange. Er packt ihren Hals und beißt in die Unterlippe, bis er den metallischen Geschmack von Blut wahrnehmen kann. Ihr Mund öffnet sich leicht, er schüttelt sich hastig die Handschuhe ab und greift fest zwischen ihre Beine. Er spürt ihren Puls rasen, als er sie fester gegen den kalten Stahl drückt. Der Stormtrooper tritt einen kleinen Schritt zurück, zieht ihr T-Shirt nach oben und vergräbt seinen Kopf zwischen ihren Brüsten. Hinter dem leisen Rauschen der Elbe hört er ihren Herzschlag pochen, wie das Trommelfeuer eines Blastbeats. Er öffnet die Knöpfe ihrer Hotpants und schiebt seine Hand hinein. Die Bewegungen werden immer schneller, er spürt seine Hand feuchter werden. Ihr Atem wird zu einem schweren Hecheln, das Blut wird unaufhaltsam und rasend schnell durch ihren Körper gepumpt. Der Orgasmus lässt Harley Quinn zusammensinken, aus ihrem Mund kommt ein verzweifelt röchelndes Rasseln. Der Stormtrooper beginnt ungläubig zu lachen, er schlägt eine Hand vor den Mund und schüttelt seinen Kopf.

»Queen Bee, du siehst wirklich Scheiße aus!«

Er versucht, Harley Quinns Pupillen zu finden, ihre Augen sind zugeschwollen, als hätte sie einen blutigen Boxkampf hinter sich. Ihr Gesicht ist von feuerroten Flecken bedeckt, sie streckt Hilfe suchend die Hände nach ihm aus, er schlägt sie mit einem verächtlichen Schnauben weg. Sie keucht und versucht nach Luft zu schnappen. Er zieht sie an ihren Zöpfen zu sich heran und drückt ihr einen Abschiedskuss auf ihre grotesk angeschwollenen Lippen.

»Fuck, du solltest dich sehen, dein Kopf explodiert gleich!«

Harley stürzt klatschend auf den Beton, sie greift nach seinem Bein, aber gleitet an der strahlend weißen Rüstung ab. Ihre Hände krallen sich krampfhaft in den Boden, ein Fingernagel nach dem anderen reißt ab, bevor ihr Körper sich ein letztes Mal aufbäumt und schlaff zusammensackt.

Der Trooper wirft den leblosen Körper achtlos hin und her, während er sie wieder anzieht. Aus seinem Rucksack holt er einen Erdnussbutter Brownie, hebelt ihren Mund auf und stopft ihn tief in ihren Rachen.

Er verteilt etwas Kokain unter Harleys Nase, legt eine verwischte Line auf die Brüstung und wirft den zusammengerollten Geldschein neben die Leiche. Er geht auf die Brüstung des Daches zu, atmet die frische Herbstluft ein und genießt noch für einen kurzen Moment den Ausblick über die Hafencity.

6

Sophie versucht sich stolpernd von der Tanzfläche zu retten. Klebrige, feuchte Körper stoßen sie hin und her wie eine Flipperkugel. Vor ihren Augen flimmert ein rotes Spinnennetz, die Musik fühlt sich seltsam verzerrt an, die Tanzfläche scheint bei jedem ihrer Schritte nachzugeben. »*Häääääää??? Treibsand!*«

Sie macht große, hohe Schritte, um nicht zu versinken. Eiskalter Schweiß läuft ihren Körper herab, das Blut in ihren Venen brennt wie Säure. Sie saugt die Luft mit gespitzten Lippen ein und stößt sie wieder aus, sie hat das Gefühl, die Kontrolle über ihren Körper zu verlieren, als würde sich ihr Darm jede Sekunde selbstständig entleeren.

Die Leute sehen für sie aus wie aus Plastik, kleine, sich

rhythmisch bewegende Maschinen aus Plastik, jede mit ihrer eigenen Aufgabe betraut. Da ist die Maschine, die auf und ab hüpfen muss, das steht die Maschine, die mit den Füßen auf den Boden stampfen soll. An der Seite befinden sich Maschinen, die im Einklang mit dem Kopf nicken müssen, dazwischen welche, deren Zähne imaginäre Nahrung zermalmen. Sophie erreicht das Ende der Tanzfläche und muss über eine kaputte Maschine klettern, die in einer Pfütze ihres eigenen Erbrochenen zum Stillstand gekommen ist.

Sie fixiert einen der großen Lautsprecher und erreicht ihn, oder besser gesagt, er rast auf sie zu. Sophie lässt sich in ihn fallen, ihre Finger krallen sich in das Gitter. Für einen Moment fühlt sich die Welt wieder sicher an, die sanften Wellen der warmen ausgestoßenen Luft wandern über ihre verkrampften Arme bis in ihr Gesicht, wie eine warme Brise an einem lauen Sommerabend. Sie schließt die Augen, ihr ganzer Körper prickelt, jedes Härchen auf ihrem Körper absorbiert die schweren Basslinien. Für einen kurzen Moment scheint sie ihren Körper zu verlassen und sich selbst in ihrem Harley Quinn Kostüm zu beobachten. Die Panik kriecht wieder durch ihre Venen, sie kann Augen auf sich spüren, verächtliche Blicke, die sie auslachen. Sophie fühlt sich, als würde sie ertrinken, wirft den Kopf in den Nacken und saugt gierig nach Sauerstoff. *»Du vergisst zu atmen, vergiss nicht zu atmen! Du wirst ersticken, du wirst sterben! Irgendetwas stimmt nicht, warum kannst du deine Augen nicht öffnen? Mein Körper gehorcht mir nicht mehr! Bin ich tot? Nein, ich kann meinen Puls spüren, ich kann mein Herz schlagen hören!«*

Sophie konzentriert sich auf ihre expandierende Lunge.

»Irgendetwas ist verkehrt, atmen sollte ein Reflex sein! Konzentriere dich! Lebe! Atmen heißt leben! Ich liebe meine Lungen! Ich liebe Sauerstoff! Ich will atmen! Ganz ruhig, ein und aus!« Sie zieht die Luft durch ihre Nase ein, lässt sie für ein paar Sekunden ihre Lunge füllen, entspannt ihren Körper und stößt sie wieder aus. »Ganz ruhig! Lass dein System wieder übernehmen!«

Sie zieht mit zitternden Händen ihr Handy aus der

Handtasche und schreibt ihrem Freund, dass er sie sofort abholen soll.

Ein Kribbeln, scharf und stechend, rast von ihrer Wirbelsäule bis zu den Händen hoch, wie Tausende kleine Insekten, die sich auf ihren Körper stürzen, um sie langsam zu zerfressen.

Sie dreht sich um, schlägt auf ihre Arme und sucht panisch einen Ausweg aus dieser feuchten Höhle, dieser bakterienverseuchten Todesfalle. Sie sieht den Stormtrooper, strahlend weiß wie ein Engel, bewegungslos hinter einer Gruppe Kids im Ketaminrausch stehen, die sich auf der nassen Erde im Dreck wälzt.

Boom!

Totenstille, die Welt steht still, niemand bewegt sich mehr. Dutzende Körper eingefroren in ihrer letzten Bewegung.

»Ich muss hier weg, ich muss hier weg! Beweg dich, nur ein bisschen, wenigstens einen Zeh! Warum höre ich nichts? Wo ist die Musik hin?«

Bam!

Die Beats hämmern wieder in ihrem Kopf und kreischen in ihren Ohren. Die Welt befindet sich im Schnellvorlauf, der Stormtrooper rast wie in Zeitraffer auf sie zu und steht plötzlich vor ihr. Er presst sie gegen die Boxen, seine Hände streicheln sanft über ihren Körper. Jede warme, weiche Berührung, lässt sie mehr Sicherheit, Harmonie und Liebe spüren. Die Vibrationen der Bässe durchdringen ihren Unterleib, erregen sie, lassen sie unermessliches Glück spüren. Der Stormtrooper reißt sie in seine Arme und zerrt sie mit sich.

5

Der Stormtrooper kniet mit tränenden Augen vor der dreckigen Toilette, er versucht, ein Würgen zu unterdrücken. Seine Finger graben sich in das große Glas Erdnussbutter und stopfen den letzten Rest in seinen Mund. Er keucht, sein Magen verkrampft sich, er schlägt eine Hand vor den Mund und zwingt sich, das Erbrochene wieder zu schlucken. Atemlos lässt er sich krachend gegen die Kabinenwand fallen und wischt die Tränen aus seinem Gesicht. Taumelnd kommt er auf die Beine, schlägt die Kabinentür auf und wankt zum Waschbecken. Er betrachtet zufrieden sein Spiegelbild, holt eine Handvoll Erdnussflips aus dem Rucksack und stopft sie sich in den Mund. Er bricht in schallendes Gelächter aus, die Krümel fliegen in hohem Bogen an den Spiegel. Mit dem Zeigefinger holt er den letzten Rest Erdnussbutter aus dem Glas und schmiert ihn auf seine Lippen, bevor er seinen Helm wieder aufsetzt und die Reste der Flips sorgfältig von seiner Rüstung wischt.

4

Sophie steuert zielstrebig, halb tanzend, halb gehend, auf den Dancefloor zu. Ihr Kopf wippt mit den Basswellen, die durch den Raum ziehen. Sie erobert das Zentrum der Tanzfläche, die Beats ergreifen Besitz von ihrem Körper. Sie packt ihre besten Dance Moves aus und genießt die bewundernden Blicke um sich herum, ein dickes, fettes Grinsen zieht sich über ihr Gesicht. Sie winkt dem Stormtrooper an der Seite, er nickt ihr langsam zu.

Die Beats werden schneller, sie fangen an zu stampfen, zu rasen, Sophie schlägt die Fäuste in die stickige, feuchte Luft.

»Woooooooooooo! Wooooooooooooo!«

Sie ist die Königin, ihre Untertanen wirbeln um sie herum, Hände in der Höhe, Gliedmaßen, die sich wild winden und drehen, tropfender Schweiß, einige von ihnen mit geschlossenen Augen, die einfach nur die Musik fühlen. *»Schließt mein Herz an einen Atomreaktor an, damit ich für immer tanzen kann!«*

Dann der Super-GAU, die Kernschmelze beginnt! Alles verändert sich, der Raum scheint sich zusammenzuziehen, es ist kochend heiß und zum Ersticken feucht. *»Eng, zu eng, ich kann mich nicht bewegen, ich werde zerquetscht!«*

Sie sucht ängstlich nach dem Stormtrooper, er ist nirgends zu finden. Ein schmerzender Druck baut sich hinter ihren Augen auf, so stark, dass sie Angst hat, sie würden explodieren. Ihre Hände berühren das Gesicht, sie hat das Gefühl, dass die harten Beats ihr die Haut abschälen. Der Gedanke, dass sie den vaporisierten, bakteriengeschwängerten Schweiß hunderter Menschen in ihre Lungen einsaugt, versetzt sie in Panik. Sie spürt jedes einzelne Duftmolekül ihre Nase hochkriechen und sich in ihren Schleimhäuten festbeißen. Die Gesichter ihres Kollektivs verwandeln sich in bösartige gelbe Grimassen, die sie neidisch anstarren. *»Eifersüchtig! Sie sind alle eifersüchtig auf mich!«*

3

»Häääääääääää? Ist das nicht zu viel?«, fragt Sophie ängstlich.

»Sei nicht so eine feige Bitch! Man braucht so viel, sonst merkst du nichts!«, antwortet der Stormtrooper, während er den Drogenmix zerkleinert und zu einer dicken Line zusammenschiebt.

»Natürlich ist es zu viel, hoffentlich nicht so viel, dass ihr Herz explodiert oder eine Arterie platzt.«

»Hey, ich hab das noch nie gemacht!«

»Ich denke, wir wollen unser Beef hinter uns lassen? Du brauchst keine Angst haben, das ist ja kein Meth oder Crack, nur Koks. Alle Stars machen das auch, ist doch nicht schlimm! Ich wette, Kylie feiert nie ohne! Na los Queen Bee, es ist angerichtet!«

Der Stormtrooper rollt einen Hunderter zusammen und reicht ihn Sophie.

»Häääääääääääää?«

»Benimm dich nicht wie ein Kind! An die Nase halten und wegziehen!«

Der Trooper lächelt zufrieden, alles verläuft nach Plan. Er ist Sophie auf die Toilette gefolgt, hat sich am Waschbecken positioniert und gewartet. Als sie aus der Kabine kam, hat er so getan, als würde er eine Line ziehen. Natürlich ist sie neugierig geworden, alle ihre Vorbilder machen es. Er hat ihr eine Line angeboten, als Friedensangebot. Sie hatte keine andere Wahl, sie ist zum Opfer ihrer eigenen Persönlichkeit geworden, nie wieder hätte sie vor ihm Angst oder Schwäche gezeigt, schließlich ist sie die Queen Bee. Er lässt den Geldschein in seinen Rucksack fallen.

Sophie wirft ihren Kopf schnaubend nach hinten und schüttelt sich. »Wooooo, das ist zu krass!«

Der Stormtrooper nimmt ihr Gesicht zwischen seine Hände und wischt ihr mit den Daumen die Kokainreste von den Nasenlöchern.

»Bereit zu feiern, Queen Bee? Na los, geh da raus und zeigs ihnen, das ist deine Nacht!«

Er schiebt sie zur Tür raus und gibt ihr einen Klaps auf den Hintern, Sophie dreht sich kichernd um und wirft ihm ein nervöses Lächeln zu.

»Ich will dich eskalieren sehen, Queen Bee!«

»Woooooooo!«

Der Trooper schnaubt verächtlich und setzt seinen Helm wieder auf.

»Oh Honey, high, dumm und naiv zu sein, ist ungefähr so sicher, wie nackt durch die Slums von Indien zu laufen!«

2

Der Stormtrooper bahnt sich seinen Weg durch die wabernde Masse, die dumpfen Elektrobeats lassen seine Rüstung erzittern. »*Was für ein Stil mag das sein? Es macht keinen Unterschied, 4/4-Takte ohne besondere musikalische Ornamente, primitiv, monoton und simpel, wie ihre Zuhörer. Kein großer Unterschied zu einem Haufen Höhlenmenschen, die sich von dem Sound eines Knochens auf einen hohlen Stamm mitreißen lassen. Das semantische Priming unterscheidet sich nicht, warten auf das Wiedereinsetzen des Beats während einer immer höher werdenden Snare-Drum-Phase. Ekstase durch kognitive Vorausplanung. Primitive, evolutionsbiologische uralte Gehirnstrukturen werden bis zum sonischen Orgasmus durchgefickt! Ein wenig mehr Abwechslung und Anspruch wären schön. Man kann zwar kein Anaal Nathrakh oder Fallujah erwarten, aber wenigstens kommerziellen Popmetal, wie neuere Bring Me The Horizon oder We Came As Romans!*«

Er drängt sich auf der Treppe an einem Pokémon vorbei, der seine Zunge tief in den Hals eines zwinkernden Emojis steckt und seine Finger wild zwischen seinen Beinen bewegt. Er hat den richtigen Zeitpunkt gewählt, um auf die Party zu kommen, das Publikum ist schon im Vollrausch. Die Suche gestaltet sich allerdings schwieriger als erwartet. Anscheinend hat die Hälfte der weiblichen Besucher es für eine kreative Idee gehalten, sich als Harley Quinn zu verkleiden. Der Rest hat andere Wege gefunden, sich möglichst knapp bekleidet zu zeigen, alle bereit, sich für die Dauer der Party benutzen zu lassen, manche schaffen es vielleicht sogar bis in irgendein Bett.

Der Trooper setzt seinen Weg über die Partyflure fort, voll von weggeworfenen Plastikbechern, ungewollten Flyern, Zigarettenkippen und bunten Leuchtstäbchen, deren Licht langsam verblasst. Die ersten Opfer liegen schlafend an den Wänden, in der Sitzecke auf einer alten Ledercouch liegt ein bewegungsloses Mädchen breitbeinig mit hochgezogenem T-Shirt über ihrem Kopf. Neben ihr sitzt ein weiteres Mädchen, nur ihre Augen bewegen sich hektisch hin und her, der Rest still, als wäre sie eine Leiche.

»*Ein unheimlicher Anblick, intensiv irgendwie. Als wäre ein wildes Tier in ihr eingesperrt, traurig, verängstigt und verwirrt. Wahrscheinlich Ketamin und dann hat die Bitch vergessen, wie man sich bewegt. Opfer!*«

Er geht zielstrebig weiter, er ist auf einer Mission, er ist ihr Richter, er ist ihr Henker.

Da ist sie! Queen Bee, mit bleich geschminktem Gesicht, Hot Pants und den obligatorischen Zöpfen. Sie wird umringt von ihrem Hofstab, schlampiger Cop, schlampige Krankenschwester, schlampiger Engel, schlampiger Teufel und schlampige Katze.

1

»So jung und schon bei den Sturmtruppen?«, fragt Ainara von der anderen Seite der Webcam, während Layla wie ein Runway

Model auf und ab stolziert.
»Meine Titten passen nicht in die Rüstung, dabei trage ich schon ein verficktes Compression Shirt. Wahrscheinlich ersticke ich noch vor der Bitch. Aber der Schmerz ist es wert, sie muss bestraft werden, ich werde ihr Volk vernichten!«
Sie setzt sich und streut etwas MDMA in das Häufchen Kokain.
»Bist du sicher, dass der funktionieren wird?«
»Das läuft schon, sie wird betrunken sein. Der Alkohol macht sie übermütig und verdünnt ihr Blut, alle bösen Stoffe gelangen besser in ihr System. Das Kokain wird ihren Herzschlag zum Rasen bringen, damit sich alles schön schnell verteilen kann, außerdem betäubt es ihre Geschmacksnerven. Das MDMA ist für den Brainfuck da. Die Erdnüsse erledigen den Rest, wenn ich ihren Puls nach oben treibe, du weißt, wie gut ich bin«
Layla zwinkert Ainara zu, leckt sich lasziv über die Lippen und hält ein Glas Erdnussbutter in die Kamera.
»Erzählst du es ihm?«
»Klar, aber erst wenn es geklappt hat, es soll eine Überraschung sein, er wird sich so stolz auf mich sein«, lacht Layla.

o

»Hääääääääää?! Willst du mich umbringen? Hey, ich hab voll die heftige Erdnussallergie, ich kann davon sterben, das ist zu krass!«
Layla beobachtet Sophie am Nebentisch mit ihren Freunden, ihre Augen treffen sich kurz, ihre Erzfeindin wendet sich wieder hastig dem Schwarm zu. Sie flüstern miteinander und betrachten lachend ein Video auf ihren Smartphones. Layla denkt an das erste Mal, als sie sich getroffen haben. In der Sauna, ihr kleiner Freund hat eine Erektion bekommen, als er Layla gesehen hat, und Sophie ist völlig durchgedreht. Die Tatsache, dass Layla mit Sophies Exfreund da war, hat die Situation nicht einfacher für sie gemacht. Ihr Gesicht, als sie dieses Jahr auf die Berufsschule gekommen ist und Layla

gesehen hat, war unbeschreiblich.

Layla sucht die Cafeteria nach Lana ab.

»Natürlich ist sie heute nicht zur Schule gekommen, wahrscheinlich liegt sie mit aufgeschlitzten Pulsadern in der Badewanne ihrer Eltern. Sie ist sicher nicht das, was man eine klassische Schönheit nennen würde, eigentlich sollte jedem gläubigen Idioten bei ihrem Anblick Zweifel an der Existenz eines gütigen, fairen Gottes kommen. Es ist nicht nur ihr Übergewicht, man bekommt bei ihr Zweifel daran, ob ihr Familienstammbaum im Kreis gewachsen ist. Da die Welt bereits so grausam zu ihr war, hat sie das, was sie mit ihr gemacht haben, nicht verdient.«

Lana hatte noch nie einen Freund gehabt und sie ist ein richtiger Star Wars Nerd, auf einem Big Bang Theorie Level. Der Schwarm hat sich vor ein paar Wochen einen besonderen Streich für sie ausgedacht. Sophies Freund hat sich über Instagram mit Lana befreundet, mit ihr geflirtet und vorgegeben, ein großer Stormtrooper Fan zu sein. Er hat erzählt, dass er sich in sie verliebt hat und sie dazu gebracht, ihm Nacktfotos über Snapchat zu schicken. Fotos, die seit gestern durch diverse Gruppenchats gehen, zur Feier des Höhepunktes ihrer lustigen Idee. Sie sollte ihn zum ersten Mal treffen, am Hauptbahnhof vor McDonalds. Sie war da, hatte sich extra einen Chewbacca Mantel gekauft, so richtig mit Fell und einer Kapuze mit Gesicht drauf. Als sie ankam, hat sie ihn angelächelt und gewunken, er hat sein Smartphone gezückt und sie gefilmt. Dann kam der Schwarm aus McDonalds raus gestürmt. Ein dutzend Bienchen, die Königin mit ihren Arbeiterinnen und Drohnen, jeder bewaffnet mit einem Big Tasty Bacon Menü. Sie haben sie umzingelt und mit Burgern, Pommes und Cola Light bombardiert. Der ganze Mantel war ruiniert, an dem Punkt wurde aus Mobbing Blasphemie! Während Lana weinend auf der Erde kniete, die Hände zum Schutz über den Kopf gelegt, ist Sophie zu ihr gegangen und hat ihr das Geschenk abgenommen, das sie mitgebracht hatte, einen Stormtrooper Kaffeebecher. Sie hat ihn vor ihr auf der Erde zertrümmert.

Das Video steht jetzt schon kurz vor seinem hundertausendsten Aufrufe auf Youtube.

Der Schwarm fängt hektisch an, über die Kostümauswahl für die Halloweenparty zu diskutieren.

Lana war nicht ihr erstes Opfer, sie stürzen sich gemeinsam auf jedes schwache Wesen, das ihnen zu nahe kommt.

»Sie müssen gestoppt werden, vernichtet! Ein Bienenvolk ohne Königin verreckt erbärmlich! Monarchen gehören enthauptet!«

Fun Facts

Hundsweihnachten

Das war eigentlich die erste Kurzgeschichte, die ich schreiben wollte (es wurde dann Furries), irgendwie kam immer etwas dazwischen (Ausgebrannt) und sie sollte ja zu Weihnachten erscheinen. Jetzt ist eine ganze Anthologie draus geworden. Vor vier Monaten dachte ich noch, sie würde aus drei Geschichten bestehen (Hundsweihnachten, Der Weihnachtsengel und Ordure Of Nihilism), aber dann ...

Die Inspiration für die Geschichte liegt knappe dreißig Jahre zurück, als ich meinen verstörten Dackel (Kiwi) unter dem Weihnachtsbaum beobachtet habe und sie es für angebracht hielt, ihr Geschäft darunter zu erledigen. Letztendlich ist dieses Familiendrama, um ein passiv-aggressives Arschloch, eine manisch-depressive Frau und einen neurotischen kleinen Dackel entstanden, der zu früh erwachsen werden muss.

Cocain Apocalypse

Seit Jahren werde ich Zeuge primitiver Saufgelage auf Weihnachtsfeiern und muss die aufgesetzten Ansprachen lustloser Chefs mit anhören. Seit noch längerer Zeit höre ich Menschen darüber jammern, dass sie keine Lust auf ihre Weihnachtsfeier haben. Während meiner Ausbildung musste ich mir auch drei Stück geben und schon damals hatte niemand wirklich Lust drauf, es ist und bleibt eine reine Zwangsveranstaltung.

Dieser Ausgangspunkt erschien mir ganz passend für unseren Erzähler aus Ausgebrannt. Ich mag die Figur, deshalb wollte ich ihm ein kleines Prequel geben (okay, sind zwei draus geworden). Dass "Immer Ärger mit Harry" eine große Inspiration ist, muss ich ja eigentlich nicht erwähnen.

Furries

Das ist die erste Kurgeschichte, die ich seit der Schulzeit geschrieben habe. Sie ist in der Bizarro- und Splattergemeinde sehr beliebt, aber eigentlich hat sie einen sehr ernsten Hintergrund und ist sozialkritisch gemeint. Furries wurde zu einer Zeit geschrieben, als der IS das Internet mit spektakulär inszenierten Videos von Hinrichtungen geflutet hat. Während ich nicht der Meinung bin, dass Filme und Videospiele, also fiktive Gewalt, Menschen verrohen lassen, bin ich mir bei diesen echten Morden nicht sicher. Furries ist also eine Theorie über die Folgen, die diese Szenen auf junge Menschen haben könnten. Deshalb sind auch fast alle Todesszenen an reale Hinrichtungen angelehnt. Kombiniert ist das alles mit dem Selfiewahn und Internetexhibitionismus, den ich bei einer Exfreundin kurz davor erleben konnte.

Wie passen jetzt die Furries rein? Das Original von Furries kam schon 2014 raus. Ich wollte endlich etwas veröffentlichen, es war kurz vor Ostern... Ostern... Hasen... Furries. Außerdem stehen sie ganz gut für eine friedliche, unschuldige Gesellschaft.

Lilith_Petite

Ainara sollte ihre eigene Geschichte bekommen, ich wollte mal etwas aus der Krimi-Richtung ausprobieren, ich wollte mal mit der zweiten Person experimentieren ... hier ist es. Vielleicht etwas riskant für das Experiment eine so lange Geschichte auszuwählen, aber es ist mal etwas Anderes. Ich muss zugeben, dass es hier mal keine sozialkritische Message gibt. Ich bin nur fasziniert von dem Beruf der Camgirls. Moderne Prostitution ohne den Kunden berühren oder ansehen zu müssen. Sauber und lukrativ. Interessant, dass Männer wirklich so viel Geld dafür bezahlen oder?

Dildo Delirium

Neben dem IS ist E. L. James wohl der bedeutendste Einfluss unserer Dekade (zu böse? Ich habe nichts gegen sie. Sie hat Spaß zu schreiben, macht Millionen Menschen damit glücklich und ist reich damit geworden. Ist doch toll!)!

Trotzdem, nach Fifty Shades Of Grey wurden unsere Medien derart von Sex überflutet, dass einem manchmal die Lust daran vergeht. Während ich das hier schreibe, bombardiert mich Amorelie mit dem fünften Werbespot im Vormittagsprogramm. Der Spaß geht jetzt seit Jahren so, deshalb diese Geschichte ...

Und nein, ich denke nicht, dass man Obdachlose mit Sextoys glücklich machen wird, aber da die Spots mir erzählen, dass mein Leben durch die Spielzeuge besser wird, ist diese kleine Satire draus geworden.

Ich war ziemlich erkältet, während ich sie geschrieben habe, deshalb hat Layla auch Fieber gekriegt.

Mir fällt gerade auf, das war meine erste Geschichte, in der alle überleben! Es gibt auch keine Sexszene! Sie ist jugendfrei! Also los, lest sie euren Kindern vor!

Der Weihnachtsengel

Hm, wie kam ich eigentlich drauf? Ich wollte einem möglichst positiven Charakter (davon gibt es bei mir ja nicht viele) etwas sehr schlimmes passieren lassen.

Ganz bestimmt hat mich die South Park Folge mit dem Sexuellen Belästigungspanda beeinflusst und all die kleinen Kinder, denen man jeden Scheiß erzählen konnte und den sie dann nachgeplappert haben.

Gott, haben wir als Kinder nicht alle mal ein paar heftige Lügen erzählt, um uns aus Schwierigkeiten herauszubringen.

Sind die letzten Sätze ein wenig zu schmalzig geraten? Vielleicht. Aber ich bitte euch, der Mann wurde gerade verbrannt und geköpft, gönnt ihm eine Pause!

Deathcore

Ja, diese Story ist recht heftig ausgefallen, besonders am Ende. Aber, wie auch bei Furries war es, aufgrund des ernsten Hintergrundes nötig. Es ist nicht einfach Horrorclown vs. Pokèmon. Zum Einen basiert sie auf diversen Kriminalfällen, in denen Jugendliche völlig unmotiviert andere Kinder oder Obdachlose grausam ermordet haben. Es geht also um die Gruppendynamik von Gewalt, wie sich die Menschen gegenseitig hochschaukeln und barbarische Taten begehen.

Dann ist sie auch inspiriert von jungen Selbstmordattentätern in Nigeria und Syrien, die in letzter Sekunde den Anschlag nicht ausgeführt haben. Die Kinder wurden zwar von den Ideologien vergiftet, aber in Wirklichkeit haben sie nicht wirklich daran geglaubt. Wie viele Attentäter würden am Ende lieber einen Rückzug machen.

Ihr habt gemerkt, dass die Geschichte parallel zu Sraw Rats spielt? Dass Sophie seine Freundin ist?

Gianella

Da waren diese zwei Frauen, die sich jeden Samstag in unserem Restaurant getroffen haben und wild am Tresen miteinander rumgemacht haben, während ihre Ehemänner auf die Kinder aufgepasst haben. Sie hatten natürlich keine Ahnung, dass ihre Frauen ein Verhältnis miteinander hatten und sich selbst als lesbisch bezeichnet haben. Eigentlich eine traurige Geschichte, da sie wegen ihrer Familien nicht öffentlich zueinander stehen konnten und ihre Kinder sie letztendlich davon abgehalten haben sie selbst zu sein. Sie haben manchmal darüber geredet, dass sie zusammen durchbrennen wollen, ich habe sie seit Monaten nicht mehr gesehen und hoffe, sie haben es gemacht.

Letztendlich geht diese Geschichte also darum, zu sich selbst zu finden und dazu zu stehen. Außerdem wollte ich mal etwas aus Sicht einer Frau schreiben und mit was für einer Scheiße sie sich wegen uns Männern auseinandersetzen muss. Ernsthaft, wenn ich teilweise Zeuge werde, auf was für niveaulose Art und Weise Frauen angebaggert werden, wundere ich mich. ob die "Täter" jemals Geschlechtsverkehr hatten, jedenfalls ohne dafür zu bezahlen.

Das Ende hat auf den ersten Blick vielleicht etwas von einem Hausfrauenporno, aber bedenkt, dass ihre Tochter im Nebenraum liegt und ihrer Mama zuhören muss, der Gedanke hat mir Spaß gemacht. Ich denke, dieser Moment ist wichtig für Gianella, weil sie sich auch von ihrer Tochter befreit.

Arbeitstitel war "Mutter des Jahres", aber bei Lesbenporno musste ich an Emmanuelle denken, also hat es diesen Titel bekommen.

Bring Da Motherfucking Season

Basiert auf einen sehr seltsamen Friseurbesuch! Um den habe ich dann eine Geschichte geflochten, die stark vom "Black Friday" in den USA inspiriert ist. Man könnte sie wohl als Konsumkritik bezeichnen. Lasst uns ehrlich sein, ein Besuch im Einkaufszentrum in der Vorweihnachtszeit hat nicht viel mit den Werten zu tun, die dieses Fest eigentlich ausmachen sollen.

Die Ballade von Foxy Hotcheeks

Ursprünglich war die Geschichte von Foxy ein kleiner Absatz in

Furries, in dem Luscious vom Schicksal ihrer Freundin erzählt. Um Furries etwas schneller und auf den Punkt zu gestalten sind einige Dialoge und eben auch dieser Teil rausgeflogen. Allerdings mochte ich Foxy so gerne, dass aus dem Absatz eine kleine Geschichte wurde. Ich habe versucht das Kostüm als eine Art Metapher für Schönheitsoperationen darzustellen, keine Ahnung ob das klar wird.

Das Krippenspiel

Es geht um die Folgen, die Gewalttaten auf die Familie haben können. In Feiertagsprogramm wollte ich darstellen, wie das Opfer mit den Folgen umgeht, hier ist es eine Mutter. Außerdem musste ich darüber nachdenken, wie wir unsere Lehrer in der Schule manchmal behandelt haben. Ist ein knallharter Job.

Feiertagsprogramm

Wem kann ich die Schuld an dieser Geschichte geben? Wie kam ich drauf? Ich hatte dieses Bild, von einem Kopf im Flatscreen, vor Augen. Wes Craven und Freddy Krueger waren es also, oder vielleicht doch Cronenberg?

Egal, eigentlich hatte die Hauptfigur Angst vor Terroristen, Islamisierung und dass die Flüchtlinge gekommen sind, um Weihnachten zu stehlen. Dann habe ich daran gedacht, dass viele Leute die satirischen Elemente von Ausgebrannt nicht verstanden haben und wenn sie es auch hier nicht gepeilt hätten ... Glatteis, ganz dünnes Glatteis!

Rape Play

Palahniuk! Palahniuk ist schuld! Das war die erste Kurzgeschichte, die mir im Kopf herumschwirrte, die Idee kam mir, nachdem ich "Slumming" gelesen hatte und mir andere Rollenspiele vorgestellt habe, die einen in Schwierigkeiten bringen können. Vergewaltigungsspiele kamen mir in den Sinn, weil meine damalige Freundin Gefallen daran hatte. Abgesehen davon, fand ich immer die Männer faszinierend, die Spaß dabei hatten zuzusehen, wie ihre Frauen öffentlich (na ja gut, in Clubs und auf Partys) Sex mit anderen Leuten hatten. Ein Phänomen, das ich umgekehrt nie gesehen habe, außer bei bisexuellen Pärchen.

Eigentlich war die Geschichte nicht für diese Sammlung gedacht, aber dann wollte ich sie doch endlich schreiben und habe sie an Weihnachten stattfinden lassen.

Der Bezug zu Furries war aber schon lange geplant. Eigentlich ist Furries damals aus dieser Geschichte entstanden. Dann stand aber Ostern vor der Tür, ich brauchte Hasen, aus den Mördern wurden Mädchen ...

Die Waldbraut

Die Geschichte war nur ein Satz in Furries, Teil eines Dialogs, der entfernt wurde. Daraus entwickelt hat sich eine Story über die austauschbaren Gründe und Inhalte radikalisierter Menschen und Terrorismus. Der »Geistige Führer« füttert seine Anhänger mit seinen mentalen Fäkalien (sein Urin), verblendet sie damit (Drogenrausch) und führt sie letztlich in den Tod.

Ordure Of Nihilism

Das hier ist als das letzte Kapitel von Ausgebrannt geplant gewesen, dann war aber schon Paris drinnen und es hätte das Buch unnötig verlängert, besonders weil es zu gleichförmig war. Als Kurzgeschichte fand ich es akzeptabel, weil ich sie auch irgendwie erzählen wollte. Zuerst wollte ich sie einzeln veröffentlichen, empfand das dann aber doch als Rip Off, vor allem, da sie zwei oder drei Monate vor Jingle Bowels erschienen wäre und ich eh noch eine dritte Geschichte dafür haben wollte.

Da sie eigentlich nur ein weiteres Kapitel ist, nutze ich die Gelegenheit etwas über Ausgebrannt zu sagen, statt über sie alleine.

Als Erstes, Ausgebrannt ist in erster Linie eine Satire, ein Blick durch die Augen eines Psychopathen auf seine Umwelt, wie er sie sieht, wie er in bestimmten Situationen handelt. Ich habe absichtlich auf typische Thrillerstilmittel und Ähnliches verzichtet, um nicht vom eigentlichen Sinn des Buches abzulenken. Wer mit American Psycho nichts anfangen konnte, der wird auch Ausgebrannt hassen. Es ist kein Fitzek, es ist Transgressive Fiction.

Natürlich kann ich als Autor schlecht beurteilen, ob die Stilmittel, die ich verwendet habe, leicht zu verstehen sind. Das Buch ist ein Sumpf aus Gewalt und Sex, aber es soll seinen Zeitgeist präsentieren, ich kann kein Bild unserer Welt zeichnen, ohne es mit Blut und Sperma zu verschmieren. Beide Punkte steigern sich im Verlauf der Geschichte, das hat zwei Gründe. Einmal um die fortschreitende Extremisierung des Protagonisten zu verdeutlichen. Dann spielt die Steigerung auch in der »Liebesgeschichte« eine Rolle, die beiden Psychopathen finden so zueinander und wachsen zusammen. In den gemeinsamen Szenen habe ich versucht, der Gewalt eine romantische Facette zu verleihen. Für sie ist eine Schlägerei das, was für andere ein Spaziergang am Strand ist.

Ich habe darauf verzichtet, dem Protagonisten einen speziellen Grund dafür zu geben, warum er so ist wie er ist. Psychopathie ist eine angeborene Persönlichkeitsstörung, das Gehirn funktioniert nicht wie bei anderen Menschen. Natürlich wird nicht jeder Psychopath zum Mörder oder Kriminellen, aber es ist einfacher für sie, mit den richtigen Erziehungsmethoden kann man sie in eine Richtung lenken. Mein Hauptdarsteller erwähnt an einer Stelle des Buches, dass er in seiner Kindheit nichts als Unterstützung bekommen hat. Genau dieser kleine Satz ist die Erklärung für ihn, denn seine Eltern hätten dagegen steuern müssen. Zusätzlich habe ich ihn in eine Lebenskrise gestürzt und einen möglichen Ausweg für diese gegeben, mehr Erklärung braucht der Charakter eigentlich nicht. Richtige Psychopathen sind in Film und Buch oft nicht so beliebt, weil es eben kein katastrophales Ereignis gibt, das sie zu dem gemacht hat was sie sind. Wir wollen immer irgendeine Erklärung für das "Böse" haben, eine Entschuldigung, aber so funktioniert die reale Welt nicht. Meine Figur sollte so unberechenbar und natürlich sein wie eine Naturkatastrophe.

Sraw Rats

Noch ein Experiment mit Erzählerstrukturen. Die Message? Na ja, vielleicht gegen Mobbing, klar ... aber eigentlich wollte ich nur Sophie endlich töten und Layla einen kreativen Mord geben. Basiert übrigens auf einer wahren Geschichte, die allerdings ein Unfall war.

25023492R00134

Printed in Poland
by Amazon Fulfillment
Poland Sp. z o.o., Wrocław